小学館文庫

初恋食堂

古矢永塔子

小学館

目次

初恋食堂

プロローグ

子供の頃から私の一番のお気に入りの遊び場は、台所だった。

色褪《いろあ》せて生成り色になった古い型の冷蔵庫と、壁に貼られた空色のタイル。吊《つ》り下げ式の棚に積み重ねられた色とりどりの食器と、その下にずらりと並ぶ、梅干しや果物のシロップ漬け、豆や野菜のピクルスを入れた硝子瓶《ガラスびん》。風通しの良い窓辺で揺れる、麻紐《あさひも》のネットに包まれた玉葱《たまねぎ》。見ているだけでわくわくするものばかりだったけれど、なかでも一番私の胸を躍らせたのが、その場所に立つ祖母の姿だ。

まだほんの小さい頃から私は、磨き込まれたステンレスの作業台の縁《ふち》に手を掛け爪先立ちになり、料理をする祖母の手許《てもと》を覗《のぞ》きこむのが好きだった。

熱々のフライパンの上でバターが溶ける音。香ばしく焼けたさんまの皮についた、狐《きつね》色の焦げ目。ことことと揺れる鍋の蓋の隙間からこぼれる、刻んだ野菜やベーコンの旨味《うまみ》が滲《にじ》み出たスープの香り。

お皿の上の料理を食卓に運ぶ前に、まずは目や耳、香りや手触りでおいしさを味わう。それは、台所に立つ人間だけに許されたひそやかな贅沢《ぜいたく》だ。

だけど祖母に言わせれば、もうひとつだけ、特別なおいしさを味わうことのできる場所があるのだという。

『目でも耳でも鼻でもない。手でも口でもない、他のところ？　なんだか、なぞなぞみたい』

記憶の中の私は、ふかしたてのじゃがいもを懸命に潰しながら、首を傾《かし》げている。まだ背丈が祖母を追い越していないので、小学校の中学年あたりだろうか。

『食いしん坊の桐子《きりこ》には、ちょっと難しいかもしれないけどね』

パン粉や小麦粉を手際よくバットに移しながら、祖母は目尻の皺《しわ》を深めて微笑《ほほえ》む。

醤油《しょうゆ》と砂糖、ほんの少しのお味噌《みそ》で炒《いた》め煮にした玉葱と挽肉《ひきにく》を、ほくほくのじゃがいもに混ぜこむ祖母のコロッケは、家族みんなの大好物だった。

『桐子がいつか大人になって、大好きな人のためにご飯を作るようになったら、きっとわかるよ』

私が丸めた不恰好《ぶかっこう》なコロッケだねに小麦粉をはたきながら、祖母は大切な秘密を打ち明けるように囁《ささや》いた。祖母がコロッケを溶き卵にくぐらせると、節くれだった指の隙間から、黄金《こがね》色の液が糸のように垂れた。パン粉をまぶし終える頃には、コロッケは綺麗《きれい》な俵形に生まれ変わる。子供心に、祖母の手は魔法の手だと思っていた――。

そっと瞼《まぶた》を持ち上げると、幸福な風景は、鍋からこぼれる湯気のように消え失《う》せる。目の前には、独りきりの寝室の見慣れた天井が広がるだけだ。かろうじて留《とど》まっていた雫《しずく》が目尻へと滑り、こめかみを伝って耳を濡《ぬ》らした。

揚げたてのコロッケを頬張る私を、いつも嬉《うれ》しそうに眺めていた祖母はもういない。亡き祖母が今の私を見たら、何を思うだろう。ふっくらとした顔が悲しげに陰る様子を想像すると、胸が詰まる。

だって私にはもう、愛する人のために料理を作る機会など、一生訪れないのだから。

第一話　鮭と酒粕のミルクスープ

仕上げにひと振りしたスパイスで、スープの味を台無しにしてしまうことがある。

今更水を足して薄める気にはなれないし、苦し紛れに他の調味料に手を伸ばしたところで、そんなときは何を足してもうまくいかない。結局は、香りが鼻につくスープを溜息《ためいき》まじりにスプーンで口に運ぶ羽目になる。

新しいアルバイトとして墨田《すみだ》君が職場に来てから、私はずっと、そんな思いで日々を過ごしている。

「日向《ひゅうが》さんて、顔に傷でもあるんですか？」

一緒に働き始めて一ヶ月。墨田君の不躾《ぶしつけ》な質問は今日に始まったことではないけれど、今回ばかりはさすがにうろたえた。

それは私だけではなかったようで、昼の配膳時間を目前にした調理場の空気が、しんと静まった。スタッフ達が動きを止め、私と墨田君に注目しているのがわかる。

「……どうして？」

聞き返す声が震えた。平静を装いたかったのに、ラテックスの手袋をつけた指が強《こわ》張《ば》り、菜箸でつまんでいたうずらの玉子を取り落としてしまった。

「どうして、ってこともないですけど、日向さん、いつも顔を隠してるじゃないですか。なんか気になっちゃって」

私の動揺などお構いなしに、墨田君は作業台に落ちた玉子をつまみ上げる。そのまま無造作に八宝菜を盛った皿に戻そうとしたので、とっさに自分の手のひらで受け止めた。流しの隅にあるダストボックスに玉子を入れ、消毒石鹼《せっけん》で手を洗う。落ち着いて、大丈夫だから、と胸の内で自分に言い聞かせる。

顔を隠しているのは私だけではない。調理中のスタッフはマスクで口許《くちもと》を覆い、つば付きの帽子を被《かぶ》る決まりだ。現に今、作業台の向こうで南瓜《かぼちゃ》サラダを盛り付けている墨田君も、目許以外のほぼ全てを白い布で覆っている。斜めに被った帽子の隙間からは、黄緑色のもみあげがはみ出しているけれど。

頭の中で必死に言い訳のシミュレーションをする私を、墨田君は容赦なく追いつめる。

「日向さんて休憩中もマスクを取らないし、いつもグラサンみたいな眼鏡を外さないから、よっぽど顔を見られたくないのかなって、みんなとも話してたんですよ」

みんな。私の視線から逃げるように、スタッフ達はわざとらしいほどの機敏さで各自の作業に戻る。それでも、依然として私と墨田君のやりとりに耳を澄ませているのは明らかだった。

マスクで隠した鼻の頭に、冷たい汗が滲む。

『通年性のアレルギー鼻炎なの』『目が紫外線に弱くて、最近は蛍光灯でも眩《まぶ》しくて』

そうやって、今までも何度となく口にしてきた嘘《うそ》でごまかせばいい。わかっているのに、喉に何かが引っ掛かったように言葉が出ない。

そんな私の背後で、パン、と手を打つ小気味の良い音が響く。

「はい、墨田君も日向さんも口じゃなく手を動かして！」

冷水に晒《さら》した水菜のようにシャキッとした口調で指示を出すのは、栄養士の麦《むぎ》ちゃん。三つ年下の私の従妹《いとこ》だ。帽子とマスクの隙間から覗く瞳が、咎《とが》めるように私達を見つめている。

「墨田君、人の詮索《せんさく》をしている暇があるなら、もっと自分の仕事を丁寧にね。昨日の豚肉の味噌漬け、二〇三号室の井上《いのうえ》さんの分が一切れ多かったよ」

すいませーん、と間延びした声で謝ると、墨田君はさして反省した様子もなく作業に戻る。すでに私に興味を失った様子で、サラダをすくったスプーンをお皿の縁に擦《なす》りつけている。惣菜《そうざい》の盛り付け方も、衛生管理も身だしなみも、相変わらず大雑把だ。

そっと息を吐く私の後ろで、窮地を救ってくれた麦ちゃんが、「みなさん、配膳時間は厳守でお願いしますねー」と声を張り上げている。

❖❖❖

食器の洗浄を終え、夕食の献立と各自の作業分担の確認を済ませると、一時間半の昼休憩が始まる。白衣と帽子を脱ぎ、私服のモッズコートとランチトートを持ってロッカールームを出る。

食堂には、まだ数人の入居者が残っていた。お揃《そろ》いの湯飲み茶碗《ぢゃわん》を手に、食後の談笑を楽しんでいるようだ。中庭に面した窓から射《さ》す光が、窓辺に座る女性の白髪を銀色に透かしていた。

単身者向けの１ＬＤＫのみで統一された、総戸数二十八戸の高齢者向けマンション、みぎわ荘。

日中は数名の介護士が常駐しており、希望届を出せば病院への付き添いや買い物の代行等、様々なサービスを受けることができる。なかでも施設側が最も力を入れているのが、管理栄養士が献立を組んだ健康食を提供するサービスだ。

固い野菜には柔らかくなるまで火を通し、肉類や蛸《たこ》、蒟蒻《こんにゃく》のように弾力のある食材には切り込みを入れ、ときには麺棒で叩《たた》いて繊維を砕く。余分な脂質は取り除き、出汁《だし》の風味を効かせる代わりに、塩分は控えめに。歯応えよりも噛《か》みやすさと飲み込みやすさ、味覚の満足よりも体への優しさを重視した、高齢者向けの健康食。

従妹の麦ちゃんの紹介でパート職員として調理に携わるようになり、半年が過ぎようとしていた。

「お疲れ様」

食堂の前でたたずむ私に、調理師の皆川《みながわ》さんが声をかける。右手には保温ポット、左手にはお盆を持っている。休憩室で昼食をとるスタッフのために、お茶の用意をしているのだろう。

「日向さんは今日も外で食べるの？」

はい、と小声で呟《つぶや》き、手にしたキャスケット帽を被る。行ってらっしゃい、という朗らかな声に会釈を返し、エントランスの自動ドアを抜ける。スニーカーで一歩踏み出した瞬間、眼鏡とマスクの隙間からわずかに露出した肌に、真冬の冷気が突き刺さる。

目の前の高架橋を、ネイビーブルーの電車が通り過ぎてゆく。ガード下をくぐり、北東に向かって真《ま》っ直《す》ぐに進むと、町を横断するように流れる帷子川《かたびらがわ》。その向こうには、川の流れに沿うように造られた親水公園がある。

五段程の小さな石段を上って橋を渡り、川と公園を隔てるように伸びる幅広の遊歩道を歩く。夏場はフェンスの向こうの野外プールから絶えず賑《にぎ》やかな声が聞こえていたけれど、年の瀬の今は人の気配がなく、静けさだけが漂っている。日陰にぽつんと置かれた石造りのベンチが、私の定位置だ。公衆トイレのすぐ近く、というのが難点ではあるけれど、日中でも日が射さないこの場所は、人前でマスクを外せない私にとってはうってつけの休憩場所となっている。

ステンレスの水筒の蓋をひねると、コーヒーの香りと共に白い湯気がこぼれる。マスクをずらし、トートバッグから出したサンドイッチを齧《かじ》る。口の中でパサつくパンをコーヒーで流し込んでから、私は帽子のつばをぐっと引きおろした。肩越しに後ろを盗み見る。そろそろ、彼が現れる時間だ。

橋を渡って近付いて来る、背の高い人物。薄手のシャツにダウンジャケットを羽織り、下は麻のような素材のスラックス、足許は裸足《はだし》に下駄《げた》。白髪を短く刈り込んでいるせいで、剝《む》き出しになった額や首許が、川面を渡る風に晒され赤くなっている。それでも彼は寒さに肩を丸めることもなく、私が歩いてきた道筋をなぞるようにして、なだらかな下り坂になった遊歩道を降りて来る。

足音が背中を通り過ぎるのを待ってから顔を上げ、小さくなってゆく後姿を見つめる。相変わらず、高齢者とは思えない姿勢の良さだ。

彼がどこに行くのかを、私は知らない。言葉を交わしたことも一度もない。でも私は、彼の名前も年齢も、住んでいる場所さえもを知っている。みぎわ荘の最上階、六〇二号室の住人。匙田《さじた》譲治《じょうじ》、七十二歳。

　パートを始めて半年もすれば、入居者の名前と部屋番号は、自然と覚えてしまう。例えば血圧の高い五〇一号室の矢井田《やいだ》さんは塩分控えめ、歯が弱い二〇四号室の笹野《ささの》さんは盛り付け時に惣菜を小さめにカット、といったように、調理前の打ち合わせで何度も名前が出る人達については尚更《なおさら》だ。ただし六〇二号室の匙田さんについては、他の入居者とは逆の理由で印象に残っている。

　匙田さんは、私達が作る料理を食べに来ない。麦ちゃんの話では、入居前説明会で出された料理にほんの少しだけ箸をつけて『まずい』と言い放ち、以来一度も食堂に寄りつかないらしい。

　施設内で定期的に開かれる親睦会や四季折々のイベントにはいつも不参加で、かといって部屋に閉じこもるわけでもなく、大抵は昼過ぎに出掛け、日付が変わった真夜中に戻って来るらしい。そんな彼は、私達スタッフから見ても、また他の入居者からしても異質な存在だ。調和を乱すはぐれ者、不良老人。評判としては、そんなところだ。

　だけど私は、彼が嫌いじゃない。人からどう思われようと好きに振る舞い、好きなものを食べ、誰にも良い顔をせずにしゃっきりと背筋を伸ばした姿は、私とは正反対だから。

もう何度めかわからない溜息をつき、川の向こうに建つ職場を見上げる。真新しいダークブラウンの外壁と杏子《あんず》色のベランダは、オーストリアの伝統的なチョコレート菓子、ザッハトルテの断面を連想させる。

屋上のフェンスの向こうでは、物干し竿《ざお》に掛けられたシーツが揺れていた。真っ白なシーツが風に煽《あお》られ、ヨットの帆のように揺れる光景は爽やかな清潔感に溢《あふ》れている。公衆トイレの傍《そば》でサンドイッチを齧っている自分との落差に、気持ちが萎《しお》れてしまう。

食堂の前で皆川さんが手にしていたお盆には、急須《きゅうす》と茶筒、色も形も様々な湯飲み茶碗やマグカップが載せられていた。出勤初日に私が持っていった陶器のマグは、一度も使う機会がないまま給湯室の食器棚に押し込まれている。きっと、そう遠くないうちにロッカールームの中の私物と共に持ち帰ることになるだろう。

「潮時、かな……」

マスクの下で呟いたひとりごとは、口から放した瞬間に重量感を増し、余計に気を滅入《めい》らせる。

十九歳の春、故郷の田舎町を追われるように上京し、今年で九年目。これまで、多くの職場を転々とした。眼鏡とマスクで素顔を隠し、誰にも心を開かない私は、どの職場にも溶け込むことができなかった。ビルの清掃や工場での製造作業など、勤務中に顔を隠しても差し障りのない仕事を選んではいたものの、休憩時間までマスクを外さない私は、同僚からは奇異の目で見られた。しつこく素顔を見せろと迫られ、強引にマスクを引っ張られたこともある。

そんななか、従妹の麦ちゃんの紹介で働き始めたみぎわ荘は、予想外に居心地の良い場所だった。オープンして間が無いこともあり、それぞれがお互いの出方を探っていたためだろうか。調理場ではもちろん休憩時間でさえも、必要以上の言葉を交わすことはなかった。もちろん、私が素顔を隠す理由を詮索する人もいなかった。お昼休みも各自が好きなように過ごし、私のように、外に出掛けて食事をする人が多かった。休憩室は、昼食後に椅子を並べて横になる角木《つのき》リーダーの仮眠室になっていた。

全てが変わったのは一ヶ月前。新しい調理補助のアルバイトとして、墨田君が現れたことがきっかけだ。

ソフトモヒカンの髪を黄緑色に染めた墨田君は、右の鼻の穴に銀のリングを付け、左耳にはボールペンが通りそうなほどの大きな穴が空いていて、年配の入居者だけではなく、私や麦ちゃんですらたじろぐような風貌だった。

　それでも見た目に反して人懐っこく、すぐにスタッフと打ち解けた。声が大きく、よく笑い、誰にでも気負うことなく話しかける。そんな墨田君のおかげで、職場の雰囲気は和気あいあいとしたものに変わっていった。だけど私は、どうしようもなく彼が苦手だ。

『日向さんて地元はどこですか？　なんか微妙に訛《なま》ってますよね』

『二十八歳なら九個上か。全然見えないっすね。まぁ、顔自体ほぼ見えてないけど』

　冗談を交えた質問で無遠慮に距離を詰めようとする墨田君が、煩わしくて仕方なかった。

　私が昼食を終え施設に戻ると、墨田君の大きな声と、みんなの笑い声がエントランスまで聞こえてくる。いつのまにか休憩室は、スタッフの憩いの場所に変わっていた。それが本来の在り方だということは、私にだってわかっている。でも私には、どうしてもその場所に足を踏み入れることができない。

　従妹の麦ちゃんには、「マスクなんか外して、もっとみんなと打ち解けたら？」と呆《あき》れたように言われる。

　でも顔を晒すくらいなら、独りぼっちの方がましだ。この顔のせいで私が、子供の頃からどれだけ嫌な思いをしてきたか、麦ちゃんだって知っているはずだ。現に彼女も、職場のスタッフの前では私と親戚であることを隠し、私を苗字《みようじ》で呼ぶ。結局、そういうことなのだ。

指先がかじかむような寒さに耐え兼ね、いつもより早く施設に戻った。休憩室の前を通ると、ドア越しに皆川さんの声が聞こえた。

「墨田君、ちょっとストレート過ぎたんじゃない？　あんな聞き方……日向さん、すごく困ってたじゃない」

「聞けって言ったのは皆川さんじゃないですか。昨日のこと、覚えてないんですか？」

盗み聞きなんてよくないとわかっていても、その場を動けなかった。楽しげな会話はその後も続き、「あの店は安いけど飲み放題の種類が」「掘りごたつはよかったけど個室が狭かった」という部分から察するに、どうやら昨日、仕事終わりにみんなで飲みに行ったようだ。

「でも気になるのよね。日向さん、なんであんなに顔を死守するのかな？　一緒に働いて半年になるのに、誰も素顔を見たことがないなんて不自然じゃない？」

「ああいうおとなしそうなタイプに限って、実は男を殺して逃げてる指名手配犯だったりするんだよな」

「角木さん、セクハラ」

皆川さんにたしなめられ、角木リーダーは「そうかぁ？」と腑《ふ》に落ちない声を出す。

それに被せるようにして、墨田君が伸びやかな声で言った。

「俺は、日向さんの正体はアレだと思うんですよ。都市伝説のこういうやつ」

ジェスチャーで何かしたらしい。皆川さんと角木リーダーが同時に噴き出す。

「やだぁ、懐かしい。確か、犬が来た！　て叫ぶと逃げ出すのよね？」

「いや、俺のときはポマードだったぞ」

「俺らの学校ではヨーグルトでしたけど」

その噂《うわさ》なら私も知っている。マスク姿の若い女性が、学校帰りの子供にそっと近づき声をかけるという都市伝説だ。

「地域と世代によって違うんじゃない？　……でも、あのセリフだけは同じでしょう？」

誘うような皆川さんの問いかけに応え、墨田君がおどろおどろしい作り声を出す。

「――私、綺麗……？」

大げさな皆川さんの悲鳴と、弾《はじ》けるような笑い声。震える指先は、暖房の効いた室内にいるはずなのに、ちっとも温まらない。指も足も、何もかもが、凍りついたように強張っている。

どれくらいそうしていただろう。目の前でドアが開いた。麦ちゃんだった。声が聞こえなかったので、いるとは思わなかった。

立ち尽くす私を見て息を呑《の》み、他のスタッフの目から私の姿を隠そうとするかのように、慌てて後ろ手にドアを閉める。

麦ちゃんはきまりが悪そうに目を伏せ、でもすぐに、いつもの強気な表情に戻った。

「昨日、墨田君の歓迎会だったんだよね」

「そうなんだ。……知らなかった」

「桐ちゃんは、誘ったって来ないじゃない。みんなの前ではマスクを外せないから」

何も言い返せない私に背を向け、麦ちゃんはトイレの方へ歩いて行く。ドアの向こうで皆川さんが「お茶のお代わり淹《い》れましょうか?」と言う声と、椅子がきしむ音がした。慌てて廊下の突き当たりにあるロッカールームに駆け込む。大して走ったわけでもないのに、息が上がっていた。

自分用のロッカーを開け、扉の裏についた鏡に顔を映す。震える指でマスクを外すと、大嫌いな素顔があらわになった。

陰口なんて慣れている。学生時代の方がもっと酷《ひど》かったし、内容もえげつなかった。みんなの口ぶりにも、それほどの悪意は感じなかった。悪口というよりは、ただの軽口だ。

今の私は、昔とは違う。いい大人は、セーラー服のスカートを翻して保健室に逃げ込んだり、鞄《かばん》も持たずに上履きのまま家に帰ったりはしない。

なんとか息を整え、いつものように白衣を羽織り、帽子を被った。予定時間よりも早く調理室に入り、海老《えび》の殻剝きに没頭した。

落ち着いて、大丈夫だから。

最近の私は、心の中でいつも同じことばかり自分に言い聞かせている。

❖❖❖

翌日は朝から慌ただしかった。皆川さんのお子さんがインフルエンザになり、少なくとも五日は出勤できない、と連絡が入ったのだ。

残りのスタッフでなんとか昼食の調理と配膳を終え、食器の洗浄後、夕食の準備についての打ち合わせが始まった。

「――え？」

角木リーダーの指示を手帳に書き留めながら、思わず声が洩《も》れてしまった。

皆川さんの代わりに調理を担当することになったのは、私ではなく、墨田君だった。

私の担当は通常通り、食材のカットや下拵《したごしら》え、盛り付け。

ロッカールームで白衣を脱ぐ私に、墨田君が「お先です」と声をかけ、部屋を出て行く。その言葉に特別な意味などないはずなのに、丸めた紙やすりを耳にねじ込まれたような気分になった。

ランチトートと水筒を摑《つか》み、コートを羽織る余裕もないまま外に飛び出した。川にかかる橋を渡り遊歩道を駆け降り、いつものベンチを目指す。下ばかり見ていたせいか、甲高いブレーキ音が聞こえたときにはすでに、自転車が目前に迫っていた。中年女性が握るハンドルにはリードがくくりつけられ、白い大型犬がつながれている。慌てて飛びのいた拍子にバランスを崩し、そのまま無様に尻もちをついた。

「どこ見てるのよ、気をつけなさいよっ」

みるまに小さくなる彼女の背中と、犬のお尻の上でリズミカルに揺れる尻尾を、呆《ぼう》然《ぜん》と見送る。トートバッグは地面に落ち、自転車のタイヤの跡が黒く残っていた。小脇に抱えていたはずの水筒が遊歩道のなだらかな坂道を転がってゆく。

溺れているように息が苦しい。頭の中を、どうして、という言葉だけが駆け巡る。どうして墨田君なのだろう。無神経で仕事は雑だし、がさつだし、遅刻をしてもミスをしても悪びれない墨田君が、どうして。

鼻の奥が疼《うず》くのは、寒さのせいじゃない。次第に、目の縁が熱くなる。

仕事さえ手を抜かなければ、わかってもらえると思っていた。コミュニケーション能力よりも大切なのは、丁寧に誠実に仕事に取り組むこと。そう自分に言い聞かせていたのに、全てが否定された気がした。選ばれたのは私じゃなく、墨田君だった——。

「なにが、気をつけなさいよ、だよ。自転車通行禁止の標識が見えてないのは、そっちじゃねぇか」

はっとして顔を上げると、匙田さんが立っていた。なぁ？　と同意を求められても、咄嗟《とっさ》のことに何の反応も返せない。匙田さんは地面にへたり込む私の横を通り過ぎると、数メートル先の歩道のくぼみにひっかかっている水筒を拾った。

「……ありがとうございます」

思わぬところを見られた恥ずかしさと緊張のせいで、声が震えてしまった。匙田さんは何も言わずに水筒を差し出す。でも、私の手が水筒の下半分を摑んでも、匙田さんは手を放さない。私達は水筒の端と端を持って見つめ合った。

「あんた、今日は何時に上がりだい」

「五時半、ですけど……」

「じゃあ、終わったら郵便局の隣のコンビニに来な」

すでに何度も待ち合わせをしてきたような自然さで言うと、匙田さんは私が握っていた水筒を、意外な力強さで持ち上げた。つられて私が立ち上がると、素っ気なく手を放し、坂道を下って行く。

しばらくそのまま、動くことができなかった。匙田さんの姿が点のように小さくなってから、ようやくベンチに腰を下ろし、ランチトートの中でひしゃげたサンドイッチを取り出す。少しへこみがついてしまった水筒の中のコーヒーは、飲み口から白い湯気がこぼれているのに、ちっともあたたかさを感じなかった。

午後の作業が始まってからも、私の目は、どうしたって墨田君を追ってしまう。以前は居酒屋の厨房《ちゆうぼう》、その前はラーメン屋で働いていたというだけあって、中華鍋を振って青椒肉絲《チンジヤオロースー》を炒める墨田君の手さばきは、文句なしに鮮やかだった。

❖❖❖

コンビニの駐車場で、毘田さんは煙草《たばこ》を吸っていた。私を見つけるとすぐに灰皿で揉《も》み消す。相変わらず、初夏のような薄着にダウンジャケットという出《い》で立《た》ちだ。左手にはスーパーのレジ袋を下げている。

「寒くないんですか?」

「寒《さみ》いに決まってるだろう。伊達《だて》の薄着ってやつよ」

鼻と耳たぶを赤くしながら、毘田さんはかすかに口角を上げた。笑った、のだろうか。顔に刻まれた皺のせいで、寒さに顔をしかめたのか微笑んだのか、よくわからない。

毘田さんはダウンの裾を翻して背を向けると、いつものように風を切って歩いて行く。戸惑う私を肩越しに見て「置いてくぜ」とだけ言う。

背が高いせいか歩幅が大きく、気を抜くと本当に置いていかれそうになる。私が通勤に使っている星川駅とは反対の方向だ。途中、大きなショッピングモールの前を通り過ぎ、交通量の多い道路から脇道に入ると、小さな商店がいくつも並んだ通りに出る。

一体どこに連れて行かれるのだろう、匙田さんがいくら入居者のひとりだとはいえ、よく知りもしない人について行くのは軽率だったのではないだろうか、と不安になりかけたとき、急に匙田さんの足が止まった。目の前には、二階建の木造家屋。軒先に貼られた緑色の店舗テントは、劣化してところどころに穴が空いている。白抜きでプリントされた文字も掠《かす》れていて、ひどく読みづらい。

「居酒屋、やぶ、へび……？」

「安心しな、蛇《へび》も鬼も出やしねぇよ」

入り口には、準備中と書かれた木札が下がっている。匙田さんはお構いなしにテントをくぐり、曇りガラスの引き戸を開ける。

中央にL字型のカウンター、入り口から左手の小上がりに座卓がひとつあるだけの、こぢんまりとした店だ。カウンターの奥には古い型の石油ストーブが置かれ、傍らには背中を丸めた老人と、小学生くらいの男の子が座っている。

マスク越しでもわかるほど、香ばしい匂いが漂っていた。

「何だよ藪《やぶ》さん。いいもの食ってるじゃねぇか」

匙田さんはくだけた調子で言いながら、店の奥に入ってゆく。私もおそるおそるあとに続いた。

「いいだろ、絞り立ての新粕《しんかす》さ」

藪さんと呼ばれた老人が、にいっと笑う。鮮やかなブルーの野球帽をかぶり、小柄な体に格子模様のちゃんちゃんこを羽織ったちぐはぐな装いが、やけに可愛《かわい》らしい。

ストーブの上には網が載せられ、白いカッテージチーズのようなものが焼かれていた。藪さんが菜箸で慎重に裏返すと、まだらについた狐色の焦げ目が見えた。マスクをほんの少しずらし、香りを吸い込む。見た目はお煎餅のようでもあるけれど、フルーティな甘い香りと発酵食品特有のくせ、強いアルコールの香りは——

「……酒粕、ですか?」

「ご名答」

私の問いかけに、藪さんは人懐こそうな顔で笑う。裏面を軽く炙《あぶ》った酒粕をひと齧りし、熱さをやわらげるように口のなかでほくほくと転がしながら、手にしたおちょこに口を寄せる。

「おいおい、飲み過ぎなんじゃねぇか。客に出す分がなくなっちまうぞ」

「いいじゃないの。どのみち、心配するほど客なんか来ないさ」

カウンターに置かれたブルーの一升瓶は六分目ほどに減っていた。表面に貼られたラベルには、しぼりたて、と書かれている。

「やっぱり新酒はたまらないねぇ。口の中で、ぽこぽこ蕾《つぼみ》が開くみたいだよ」

顔を皺くちゃにして唸《うな》る藪さんの手から、匙田さんはひょいとおちょこを取り上げると、立ったまま口をつけた。

「そうか？　俺はもっと熟れた方が好みだね。最近はボジョレーがどうしたこうしたって馬鹿騒ぎしてるけどよ、あんなのを有難がって飲むのは日本だけだって話じゃねぇか」

「初鰹《はつがつお》に初茄子《はつなす》、初物好きは昔っからさ。女房と畳は新しい方がいい、なんて諺《ことわざ》もあるじゃないさ」

「くだらねぇ。そんなだから、日本はロリコン大国なんて言われちまうんだよ」

ぽんぽんと切れ味のよい台詞《せりふ》の応酬に、口を挟む隙もない。藪さんは、ぼんやり立ち尽くしている私に、意味ありげな視線を投げる。

「匙ちゃんが言っても説得力がないや。こんな若い娘さんを連れて来といてさ」

「馬鹿言うなよ。俺にとっちゃぁ、ロリコンを通り越して子守りだぜ。祥坊《しょうぼう》と大して変わりゃしねぇ」

そう言って毘田さんは、藪さんの隣に座っている男の子の頭を摑んだ。迷惑そうに顔をしかめる黒縁眼鏡の彼は、十歳前後だろうか。

「新しい彼女じゃないのかい？」

「そんなわけあるかい。道端で泣きべそかいて震えてたから、ちょいとあったかいもんでも食わせてやろうと思ってよ。厨房借りるぜ」

毘田さんは慣れた様子でカウンターの内側に入った。使い込まれた三口コンロの横には、綺麗に磨き上げられたステンレスの作業台。後ろの壁に取り付けられたフックには、フライパンや調理器具が吊り下げられている。

毘田さんは薄手のシャツの袖をまくると、レジ袋から次々に食材を取り出した。

「三平汁でも作ろうと思ったが、生憎《あいにく》、新巻鮭《あらまきざけ》が品切れでよ。でも新粕があるなら、ちょうどよかったぜ」

まるまるとした瑞々《みずみず》しい白菜、不格好ではあるけれどたっぷりと水気を含んでいそうな大根、艶々とした切り身のサーモン。藪さんが頰をほころばせる。

「粕汁かい？　いいね、あったまるねぇ」

「俺はいらない」

男の子が、読んでいた本から顔を上げ、素っ気なく言う。毘田さんは色褪せた帆前掛けを締めながら顔をしかめた。

「おいおい、食わず嫌いは、人生半分溝《ドブ》に捨てるようなもんだぜ」

「前に給食で食べたことはあるよ。残したけどね」

そう言って眼鏡の鼻当てを指で押し上げると、彼は再びページに視線を落とした。あどけない顔には似合わない大人びた口調だ。

でも確かに、根菜や豚肉、ネギなどを煮て、酒粕と溶かし味噌で仕上げる粕汁には、独特の酸味とえぐみがある。寒い季節には体が内側からあたたまる料理ではあるけれど、私もちょっぴり苦手だ。

「仕方ねぇなぁ。それなら祥坊も食いやすいように、ちっと洋風に変えてやるか」

匙田さんは苦笑いで、冷蔵庫から蓋付きの水差しを取り出した。中に入っているのは昆布だろうか。水分を含んで柔らかく戻った昆布を包丁で千切りにし、液体の方は鍋に注ぎこむ。大根は分厚く皮を剝いて半月切り、白菜は軸と葉に分けて一口大に。

一連の動作には、ほんのわずかな無駄もなく、見惚《みほ》れるほどだ。

「格好いいでしょ、匙ちゃん」

藪さんの声に、はっとする。気が付けば私は、身を乗り出すようにしてカウンターの向こうを覗き込んでいた。赤面する私に、藪さんは隣の椅子を勧めてくれる。

「匙田さんは、板前さんだったんですか？」

匙田さんは「ただの素人芸さ」と笑い、先程の昆布と、同じように千切りにした大根の皮をフライパンで煽るようにして炒める。胡麻油《ごまあぶら》の良い香りは、きんぴらだろうか。

昆布だしを入れた鍋からは、大根と白菜の軸がくつくつと煮える音がする。

「匙ちゃんはね、この店の常連さん。店主のアタシなんかより、よっぽど腕が立つのよ。裏番長ならぬ、裏店主ってところかねぇ」

「飲んだくれの店主がすぐに潰れちまうからよ。つまみが欲しけりゃ自分《てめえ》で包丁を握るしかないもんでな」

小柄な藪さんに合わせてか、調理台はかなり低めに作られているようだ。匙田さんは背中をかがめてサーモンに胡椒《こしょう》をふり、そのまま鍋に入れた。湯通しをして霜降りにするなり、表面を焼くなりして臭《くさ》みを取らなくていいのだろうか。

「ねえ」いつのまにか隣に座っていた男の子が、じっと私の顔を覗き込んでいた。

「なんで泣いてたの？」

真っ直ぐな質問にうろたえる私に、匙田さんがすかさず助け船を出す。

「職場の人間関係のいざこざ、ってやつだな。よくあるこった」

「大人なのに、いじめられてるの？」

呆れ顔の彼に、匙田さんは苦笑いで「おめぇは人のこと言えんのか？」と言う。補足するように藪さんが「この子、保健室登校なのよ」と教えてくれる。藪さんのお孫さんで、祥太郎《しょうたろう》君というらしい。

「誤解しないで欲しいな。別に、クラスの奴《やつ》らとうまくやれないわけじゃないよ。ただ、そんなことに労力を割くのが馬鹿らしいだけだよ」

強がりとも本気ともつかぬことを言う祥太郎君の隣で、私も改めて自分の状況を顧みる。今の状態をいじめと呼ぶのは、あまりにも被害者意識が勝ち過ぎる。

「私も違うんです。いじめとか、誰が悪いとかじゃなくて。ただ私が、新しく入ってきたスタッフと打ち解けられないだけで――」

「あの奇天烈《きてれつ》な髪の色の兄ちゃんだろう？　悪い奴じゃぁなさそうだけどな」

鍋に収まり切らない白菜の葉を蓋で押さえつけるようにしながら、毘田さんが言う。

悪い奴じゃないし、仕事も速い。でも野菜の洗い方も、食材のカットも盛り付けも、全てが大雑把だ。事前の打ち合わせではメモを取らないし、そのせいでミスをしても悪びれない。なのに、それなのに――選ばれたのは私ではなく、墨田君だった。

「私の、何がいけなかったんでしょうか」

ぽつりと洩れた呟きに、毘田さんが怪訝《けげん》そうな顔をする。

「すみません、忘れて下さい」

毘田さんがそんなことを知るはずがないのに、馬鹿げたことを訊《き》いてしまった。

石油ストーブだけでは肌寒かった店の中が、鍋からこぼれる白い湯気に、ほっこりとあたためられる。少しずつ肩の力が抜けてゆく。ことことと鍋の蓋が揺れる音に、眠気すら誘われる。

　湯気の向こうで動く匙田さんの節くれだった手。無駄のない動作で丁寧に灰汁《あく》をすくう仕草。その様子を見て気が付いた。人見知りの私が初対面の人たちに囲まれてこんなにも心が落ち着くのは、匙田さんが調理場に立つ姿が、死んだ祖母を思い出させるからなのだと。

　幼いころから特異な容貌のせいで仲間外れにされていた私は、学校が終わるといつも逃げるように家に帰った。友達と公園で遊んだり、ファストフードで時間を忘れてお喋《しゃべ》りをするような青春は、私にはなかった。

　母は仕事で家を空けることが多く、町役場の職員だった父は、私が小学三年生のときに交通事故で亡くなった。幼い私の傍にいてくれたのは、いつも祖母だった。

　泣きながら帰った日、祖母は決まっておやつを作ってくれた。薩摩芋《さつまいも》がゴロゴロ入った鬼まんじゅう、半生の果肉のサクサクとした歯応えが楽しい林檎《りんご》のホットケーキ、鰺《あじ》の中骨をからりと揚げて、甘辛いたれをからめた骨煎餅。

　祖母が作るおやつは、軟膏《なんこう》に似ていた。切り傷のときも火傷《やけど》のときも、これをつければ治る、と家族が信じ込んでいた黄色いチューブの万能薬。お皿が空になる頃には、私は泣き腫らした顔に満面の笑みを浮かべていた。

……そうだ。昔の私は、今よりもずっと泣き虫で、食いしん坊だった。

「ほら、上がったぜ。熱いうちに食いな」

湯気の向こうから匙田さんの手が現れる。目の前に置かれたのは、ぽってりと地の厚い、有田焼風の丼だった。白いスープからは、鮭と白菜、大根が顔を覗かせている。

祥太郎君に合わせてアレンジするとは聞いていたものの、まさかここまでシチューに寄せたものが出るとは思わなかった。

木製のミルを持った藪さんが、私のスープに黒胡椒を挽《ひ》いてくれる。

「たっぷりかけた方がおいしいからね」

もともと強いスパイスは苦手なはずなのに、黒胡椒のスパイシーな香りが、ミルクの香りのまろやかさを際立たせ、ごくり、と喉が鳴ってしまう。

ためらいながらもマスクを外す。顔を見られることは怖い。それでも、鼻いっぱいでおいしそうな香りを吸い込みたいという欲求には抗《あらが》えない。

ほっこりとした湯気と共に立ちのぼる甘い香り。まずはサーモンをスプーンですくい、おそるおそる口に運ぶ。心配していたような生臭さはない。サーモンの旨味と冬野菜の甘みが溶け出したミルクスープは、じんわりと私の舌をあたため、とろりと喉をすべり落ちてゆく。スープが通っていった道筋がいつまでも温かいのは、酒粕の効果だろうか。

「……おいしい」

呟きと一緒に、涙がこぼれた。匙田さんがどんな魔法を使ったのかは知らない。それでも、酒粕の香りがする熱いミルクスープは、頑《かたく》なだった私の心を、たったひと匙でほどいた。

「ゴーレ・ニェ・モーレ。悲しみは海じゃない。ロシアの諺だよ」

祥太郎君はそう言うと、ポケットから出したティッシュをカウンターに置いた。情けない涙声で「ありがとう」と呟き、下を向いて鼻をかむ。

「海じゃないから飲み干せるってか。伊達に本ばっか読んでねぇな。憎いね、色男」

匙田さんは祥太郎君を茶化し、藪さんがいたましげに溜息をつく。

「こんなか弱い女の子を泣かすなんて、とんでもない野郎だねぇ。一体どんな悪党なんだか」

「何があったか知らねぇが、ぐっと飲み干しちまいな」

優しい言葉に、あの日、休憩室の前で耳にした、みんなの笑い声が重なる。

……嫌いだ。大っ嫌いだ。

眼鏡を外し、ハンカチで目を覆う。

私は墨田君が嫌いだ。がさつで乱暴で大雑把で、いい加減なのに自信満々で――でも嫌いなのは、そのせいじゃない。

私が墨田君を嫌いなのは、私にはできないことをやすやすとやってのけるから。思ったことを何でも口にして、人懐っこくて、みんなに好かれているから。認められているから。

だから私は墨田君が嫌いで、墨田君を嫌いな自分が、大嫌いなんだ。

ハンカチで顔を拭い、スープに向き直る。スプーンで掬《すく》い切れない分がもどかしく、最後には丼を持ち上げ、ラーメンのスープを飲み干すように一滴残らずたいらげた。

空の丼を下ろすと、三人の視線が私に釘付《くぎづ》けになっていた。髭田さんも藪さんも、祥太郎君さえ、ぽかんと口を開けている。

静まり返った店内に、髭田さんの手から落ちたおたまが床に当たる音が、やけに大きく響いた。

「ごちそうさまでした。おいくらですか?」

「お、おう。こんなまかないみたいな料理に、金なんか取らねぇよ。どのみち今は準備中だ」

髭田さんは顔をひきつらせたまま、早口で呟いた。藪さんのおちょこからは日本酒がこぼれ、カウンターに小さな地図を作っている。祥太郎君は、珍しい昆虫でも見つけたような顔をしていた。

深く頭を下げ、マスクと眼鏡をつける。引き戸に手を掛けた瞬間、髭田さんが言った。

「明日も待ってるぜ」

勢いよく振り返ると、匙田さんは拾い上げたおたまを洗いながら、素っ気なく言った。

「昼は準備中の札を下げてるが、こっちの飲んだくれジジイが仕込みなんざそっちのけで暇してるからよ。ひとり酒も味気ねぇし、話し相手になってやりな。あんただって、便所の横で震えながら弁当を広げるよりも、ここで食った方がいいだろう」

拭ったばかりの涙が再びこぼれ落ちないように目をつむり、急いで頭を下げる。

モッズコートのファスナーを閉め、匙田さんの歩き方を真似《まね》て、いつもより歩幅を広げて駅に向かった。肌を刺す冷たさは夕方以上だったけれど、酒粕のスープのおかげで、体の芯はあたたかかった。墨田君への嫉妬と劣等感で真っ黒になっていた胸の奥に、乳白色のスープが流れ落ち、混ざり合い、灰色のマーブル模様に変わっていた。溺れているような息苦しさは、いつのまにか消えていた。

遠目に見る、みぎわ荘。一階の調理場と食堂の窓には、まだ灯《あか》りが点《つ》いている。

私が仕事ぶりで、墨田君に負けていることがあるとすれば、協調性だ。他のスタッフとの信頼関係だ。確かに、顔を隠して表情が見えない都市伝説の怪人のような女なんて、誰も信用できないだろう。いっそのこと、明日からは素顔で出勤してみようか。

だけどつい今しがたの、私が顔を晒した瞬間の藪さんと匙田さんの表情と、店を出たあとに引き戸越しに聞こえた会話――「驚いたねぇ。匙ちゃん、知ってたの?」「知るわけねぇだろ、目ん玉が転げ落ちそうだったぜ」――を思い返すと、やはりまだ勇気が湧かない。

結局、私自身が一番みんなを信用していないのだ。

星川駅から相鉄線に乗り、横浜駅で降りたときには、ホームの電光掲示板の時刻は午後六時四十五分を指していた。いつもより一時間遅く到着したせいで、通勤ラッシュが終わりかけている。

JRの南改札を抜けて貸しロッカーの鍵を開け、キャリーケースを取り出す。キャスターを転がしながらトイレに駆け込み、一番奥の個室に鍵をかける。

ジーンズにセーター、モッズコートという服装から、ツインニットにフレアスカート、タイツに着替え、スニーカーをショートブーツに履き替える。

狭い個室での着替えは初めのうちこそ手間取ったけれど、パートを始めて半年が経《た》った今では、かなりスムーズに動けるようになった。これが私の、出勤前と帰宅前の密《ひそ》かな習慣だ。

キャリーケースのファスナーを閉め、カシミアのコートを羽織って個室から出る。鏡の前に立ち、後ろで一つにまとめていた髪をほどくと、艶のある毛束が肩に当たって弾んだ。眼鏡を外してケースに入れ、マスクも外す。

「──私……綺麗？」

小声で呟いたはずなのに、端の方でハンカチをくわえて手洗いをしていた女性が、ちらりと私を見る。足早に出て行く横顔には、『いやな女』という言葉がくっきりと浮かび上がっていた。

化粧ポーチを開け、洗顔と保湿が一度にできるシートで顔を拭う。ルースパウダーをはたき、薔薇《ばら》色の口紅を塗りつけ、貸しロッカーに再びキャリーケースを押し込む。今日は丁寧にアイメイクまでする時間がない。ブーツのヒールを鳴らしてエスカレーターに向かう私に、多くの視線が向けられる。

ちょうどホームに到着したばかりの根岸線に乗り込み、入り口の手摺《てすり》に体を預けるようにして立つ。ドアガラスに映る、スパンコールをちりばめたような横浜の夜景。そこに、私の大嫌いな顔が重なる。

ほっそりとした顎のラインとは対照的に、肉感的な唇。毛穴ひとつない白い頬。真っ直ぐに通った鼻筋の両側に配置された、アーモンド型の瞳。長く濃い睫毛《まつげ》に縁取られたその場所は、濡れたような潤みをまとって煌《きら》めいている。

美しい。謙遜《けんそん》が嫌味にしか聞こえないほど、私の顔は美しい。

だがこの美しさは私にとって、今のところ邪魔にしかならない。

❖❖❖

待ち合わせ場所は、桜木町駅の北改札を出てすぐのダイニング・カフェだ。可愛らしいトナカイのオブジェが飾られた窓際の席で、夫の圭一《けいいち》が微笑みながら右手を上げる。

「珍しいね、桐子が残業なんて」

「ごめんなさい。遅番の子がインフルエンザになっちゃって」

駅の階段をヒールで駆け下りたので、息が上がってしまった。夫が笑いながらメニューを差し出す。

「そんなに急がなくてもよかったのに。何か飲む？」

「大丈夫。遅くなっちゃったし、それに……」

言葉が続かない私に、夫はすかさず、半分ほど水の残ったグラスを手渡してくれる。

夫は優しい。待ち合わせに遅れても、機嫌を損ねたり声を荒らげたりはしない。

都内の私立高校で司書をしている夫とは、毎朝一緒に出勤し、仕事終わりに自宅の最寄り駅のカフェで待ち合わせをするのが定番だ。

表面に水滴のついたグラスに口を寄せる。隣のテーブルの女性が、伏し目がちに私と夫の様子を窺《うかが》っているのがわかる。

夫は特別に美男子というわけではない。それでも、くせ毛をいかしてカットしたヘアスタイルとスタイリッシュなデザインの眼鏡、清潔感を意識したファッションの効果もあって、十分魅力的な男性に見える。夫の隣の椅子にかけられているカシミヤのコートは、私が今羽織っているものと同じブランドだ。私達はきっと、この上ないほどお似合いの夫婦に見えることだろう。

ふと気付くと、夫が、目を細めて私を見つめていた。体が震えた。ニットの襟元から冷たい手を差し入れられたかのようだった。

「桐子、髪が乱れてる」

テーブルの向こうから夫の手が伸びてくる。汗ばんだ私の額に貼りついた髪を丁寧に整え、そのまま、時計や鞄の表面に付いたわずかな傷を見つけようとするかのように、私の顔に視線を這《は》わせる。

「桐子、今日は口紅だけだった?」

咎めるような口調に、慌てて言い訳を考える。

「今日は本当に忙しくて、ヨガレッスンのアシスタントもしたから、帰る前にシャワーを浴びたの。メイクする時間もなくて——でもおかげで少し体が締まったみたい。最近、運動不足だったから」

「そうか。でも時間がなくても、身だしなみにだけは気を付けて欲しいな」

あたたまった体の芯が少しずつ冷えてゆくのを感じながら、私は、はい、と小さく呟く。

店を出て、煌びやかなイルミネーションで彩られた町を歩く。恋人同士のように指をからめて歩きながら、金色の光に照らされた夫の横顔を見つめる。

職場でも夫の前でも、私は嘘と言い訳ばかりを考えている。夫は私の仕事を、ヨガ教室での受付兼アシスタントだと思っている。でもきっと、私が自ら打ち明けない限りは、夫が真実を知ることはない。

夫は優しい。世界中の誰よりも妻を愛している。ただ、私についてはまるで関心がない。

「夕食は何にしようか。今朝フレンチトーストを作るときに使ったココナッツミルクが余っているから、トムヤム・ペーストとパクチーでリゾットにでもしてみる？」

私は香りが強い葉野菜が苦手だ。辛い物も、エスニックも得意ではない。

だけど我が家でキッチンに立つのは夫と決まっていて、メニューの決定権も彼にある。そもそも夫の料理は私のために作られているわけではないので、私の好みなど知ったことではないのだろう。

「クリスマスのディナーはどうしようか。去年は鴨肉《かもにく》のコンフィだったから、今年はラム肉を使ってシェパード・パイにチャレンジしてみようかな」

料理の話をしているときの夫は機嫌が良い。意見や不満は言わず、ただ微笑んで、そうね、と頷《うなず》く。いつもの私なら。

「ひとつだけリクエストしてもいい?」

「もちろん」

「――出汁がら昆布と、大根の皮の、きんぴら」

怪訝そうな夫の顔には、そんな田舎臭いもの、と書かれていた。

それきり何も言わない私を見て、ただの冗談だと思ったのだろう。夫は何事もなかったかのように、最近購入したイギリス料理のレシピ本について話し始めた。微笑んで相槌《あいづち》を打ちながら私は、あの店で匙田さんが炒めていた、胡麻油の香りの茶色いきんぴらのことを考えていた。

第二話　自家製七色唐辛子

美しさは罪だ。我ながら馬鹿げた台詞だと思うけれど、私はそれを、身をもって知っている。夫に出会うまでの私は、随分と罪深い人生を送ってきた。

今から二十八年前、本州の北端にある雪深い町の助産院で、小さな産声が上がった。過去に五百人の赤ん坊を取り上げたと豪語するベテランの助産師が、驚きのあまりうっかり取り落としそうになったほどの、類稀《たぐいまれ》な美しい赤ん坊。それが私だ。

両親が町で評判の美形だったわけではない。二人とも楚々《そそ》とした、起伏が少なく余白の多い慎ましい顔立ちをしていた。要するに、私は誰にも似ていなかった。

総人口一万人足らずの娯楽の少ない田舎町で、私という存在は恰好《かっこう》のエンターテインメントだった。根も葉もない噂がまことしやかに囁かれた。

真っ先に疑われたのは母の不貞だ。結婚前は東京の出版社で旅行雑誌の編集をしていた母は、取材のために訪れた町で、役場の観光推進課で働く父と出会った。結婚を機に退職し、父と祖母が暮らす家に移り住んだ母は、出産後すぐに再就職した。町から車で一時間ほどの中心市街にある、タウン情報誌を作る会社だった。

もともと愛想の良くない性格の母に『家庭をほったらかしで好き勝手にしている東京者の嫁』というレッテルを貼る人は少なくなく、父に似ていない私の容貌は攻撃の的《まと》となった。当の母は、心無い噂を耳にしても「馬鹿馬鹿しい」と冷笑するような性格だったけれど、幼い私は、大人達の舐《な》めるような目つきが恐ろしくてたまらなかった。同年代の子供からは村八分にされ、男子からは魔女だドラキュラだと囃《はや》したてられ、女子からは生意気、綺麗だからっていい気になって、と散々こき下ろされた。

小学三年生のときに、仕事帰りの父が雪道のスリップ事故に巻き込まれて亡くなり、その数年後に母は町を出て、実家のある東京に戻った。私は祖母と町に残り、高校を卒業した後は、高齢者向けの宅配弁当を作る工場で働いた。そして、祖母の病死をきっかけに、故郷から逃げるように上京した。

今でも昨日のことのように思い出す。大きなバックパックを背負って夜行バスに乗り込んだ私がたどり着いたのは、早朝の新宿駅だった。想像していた以上に広い駅の構内は、人足もまばらで閑散としていて、まるでゴーストタウンのようだった。案内板に描かれた迷路のような構内図を眺めていると、後ろから肩を叩かれた。故郷の町では見かけたことがない、ドレッドヘアーの男性だった。朝まで飲み明かした帰りなのか、肌にはくすみが目立ち、きつい香水とアルコールの臭いがした。どこから来たの、荷物を持ってあげようか、と絡まれ逃げ去ろうとする私に、彼は忌々しげに叫んだ。

「調子に乗ってんじゃねぇぞ、ブス！」

思わず足が止まった。振り返る私に、彼はもう一度「ブース！」と吐き捨てると、改札からどっと出て来た人の波にのまれて消えてしまった。

初めての通勤ラッシュに圧倒される私に、スーツ姿の男性の肩がぶつかる。険しい顔で舌打ちされ、慌てて壁際まで移動した。

ブス、と呼ばれたのも、あんな目で男性から睨《にら》まれたのも、初めてだった。顔に手をやると、指先が不織布のひだに触れた。バスの中は空気が乾いていて喉がひりついたので、大判のマスクをつけていたのだ。起き抜けの乱れた髪を隠すために、ウインドブレーカーのフードも被っていた。

だけどマスクをつけるのは、その日が初めてじゃない。ただ、町中全てが顔見知りという環境で、鼻から下だけを隠すマスクなど、何の役にも立たなかった。どんなに地味な装いで目立たないようにしていても、ねっとりとした視線が全身にからみつき、悪意のこもった囁きがまとわりついた。

『ねぇ、あの子でしょう、新聞に載った事件の』

『あんな目で見つめられちゃあ、おかしな気持ちになるのもわかるな』

『どっちから誘ったかなんてわかりゃしない』

だけどその日の朝は、何もかもが違っていた。目の前の人波は進行方向ごとに綺麗に分かれ、グレーや紺色の落ち着いた色味のスーツが多いせいか、地元の水族館で見た鰯《いわし》の群れを思い出させた。

ちょうど四月の上旬で、花粉の多い時期だったからだろうか。せわしなく行き交う人々の多くは私と同じようにマスクをつけ、なかには目許をすっぽりと覆うゴーグルのような眼鏡をつけている人もいた。

壁際にたたずむ私に目を留める人など、誰もいなかった。

おそるおそる人の波に体を滑り込ませ、私は鰯の群れの一部になった。誰の視線にもとらわれず、ただ流れに身を任せながら、私の手足は驚くほど軽やかだった。故郷の田舎町では、汚いものの象徴のように言われていた都会の空気が、私には澄んだ川の流れのように清々《すがすが》しく感じられた。眼鏡や帽子、マスクで顔を隠せば隠すほど、私はありのままの自由な私でいられた。そんなふうにして、私の東京生活が始まった。

とはいえ、いくら都会といえども色つき眼鏡にマスクで働けるような職場は少なく、しかも長く働くにつれ、顔を隠し続けることは難しくなる。顔を晒せば「美人は得だ、お高く止まっている、依怙贔屓《えこひいき》だ、課長の愛人だ係長の愛人だ専務の社長の服役中のヤクザの情婦だ」等、面白半分の噂はエスカレートする一方で、誤解を訂正すると今度は上司や同僚から執拗《しつよう》に言い寄られ、住所を教えた覚えもないのに夜更けに自宅を訪ねられることもあり、職場と住まいを転々とした。

華やかで美しいといわれる見た目に反し、実際の私の生活は極めて地味だった。仕事を終えたあとはスーパーマーケットで買い物をしてアパートに戻り、休日の外出といえば量販店で最小限の衣類を買うくらい。自分のためだけに働き、ひとりぶんの料理を作り、誰とも挨拶以上の言葉を交わすことなく一日が過ぎる。そんな日常に変化が訪れたのは、上京してから一年が過ぎた頃のことだ。

生まれて初めて気になる男性ができた。初めのうち、彼は常時複数いる私のストーカーのひとりだった。そのときのメンバーは確か、ハローワークで私を担当したことがある男性と、親不知《おやしらず》の痛みに耐えかねて駆け込んだときの歯科医師、前の職場で私の面接を担当した元上司、そして彼——通勤ラッシュに揉まれて眼鏡が外れたときに、親切に拾ってくれた男性だった。いずれも必要に迫られ、あるいは不慮の事故で素顔を晒した相手だ。

私が彼を意識するようになったのは、留守中の空き巣事件がきっかけだった。

私のアパートのベランダから室内に忍び込もうとしていた歯科医師が、通りすがりの男性に取り押さえられたのだ。警察に犯人を引き渡し、名も名乗らずに立ち去ったという男性――プロレスラーのように屈強な体型に丸刈り、という外見的特徴は、明らかに彼のものだった。

それから私に付きまとう男がひとり消え、ふたり消え――やがて、彼だけが残った。不気味な非通知の着信はなくなり、盗撮写真が送り付けられたり、郵便物が盗まれたり、おかしな手紙が届けられたりすることもなくなった。

ただ疎ましいだけだった彼の視線が、自分の中で次第に変わってゆくのを感じた。電信柱の陰で大きな体を必死に縮めて私の様子を窺う姿を見つけると、自然と頬がほころんだ。

勇気を出して話しかけたのは、二十歳の誕生日。いつものように仕事を終えて帰宅し、当時働いていたパン工場でもらったクロワッサンをトースターであたため、特売の日に買って冷凍しておいた牛脛肉《ぎゅうすねにく》でシチューを作った。スーパーで買ったショートケーキ二切れ入りのパックを開け、それぞれに挿した蠟燭《ろうそく》に火を点け、唇を開いて――でも吸い込んだ息は、そのまま喉の奥で固まった。

父も祖母も亡くなり、同じ東京に住む母は相変わらず多忙で、すでに新しい家庭を持っていた。二十歳になったばかりの私に、バースデーソングを歌ってくれる人は、ひとりもいなかった。

それなら自分で歌うしかない。わかっているはずなのに、唇は、かじかんだように震えるばかりだった。上京した時に感じた身軽さと自由さは、いつのまにか、地に足がつかないような不安と孤独に変わっていた。

衝動的に立ち上がり、いつもの習慣でマスクを手に取り——でも、顔には当てずにそのまま握り締めた。

部屋を飛び出し、錆《さ》びた鉄骨階段を駆け降りると、剝き出しの頰を夜の風が撫《な》でた。

この世界に、たったひとりでいいから、本当の私を見つめてくれる人が欲しい。当たり前のように素顔を晒し、他愛《たわい》ない話をしながら食卓を囲みたい。色つきのサングラスに遮られない透明な視界で、真っ直ぐに視線を合わせたい。

アパートの裏手に回ると、彼はいつものように電信柱の陰に身を潜め、私の部屋の灯りを見上げていた。

あの、と思い切って声を掛けると、屈強な肩が怯《おび》えたようにはね上がった。

「待って！　逃げないで！」

近くで見る彼は思っていたよりもずっと大きかった。みっしりと筋肉がついた腕は、私の腰回りほどもありそうだった。逃げようとする彼の前に立ちはだかり、必死に思いのたけをぶつけた。

「今日は私の誕生日なんです。シチューがおいしくできて、バースデーケーキも二切れあって、でも私、甘いものはそんなにたくさん食べられなくて。だから……だから、よかったら私の部屋で、一緒に食べてくれませんか？」

古びた電灯の灯りが、スポットライトのように私達を照らしていた。しばらくののち、彼は震え声で呟いた。

「……違う」

「え？」

「違う、俺が求めてるのは、そういうことじゃないんだ！」

引き攣《つ》った絶叫を残し、彼は一目散に逃げていった。部屋に戻ると蠟燭は燃え尽き、ショートケーキは台無しになっていた。

後日ポストに『ごめんなさい、無理です』と書かれたカードが入っていた。彼から手紙を貰《もら》うのは、それが最初で最後だった。

そして私は、ますます自分の顔を嫌いになった。

❖❖❖

久しぶりに昔の夢を見た。

カーテンの隙間から朝日が射し込む時間が、日に日に早くなっている。二月に入り、暦の上ではもうすぐ春。それでもベッドから抜け出すと、裸足の裏に感じるフローリングの冷たさに、ぞくりとする。

クローゼットを開け、先週買ったばかりのワンピースを選び、厚手のロングカーディガンを羽織る。

洗顔を済ませて髪を整え、三面鏡に内蔵されたライトを点け、丁寧に化粧をする。

全ての身支度を終えてリビングのドアを開けると、中央に置かれた無垢《むく》材のダイニングテーブルには完璧な朝食が並んでいた。今日のメニューはスモーク・サーモンとアスパラガスのキッシュ、新玉葱《しんたまねぎ》と人参《にんじん》のマリネ、そら豆のポタージュ。

不意打ちのシャッター音に顔を上げると、愛用の一眼レフを構えた夫が、朝の光の中で微笑んでいた。

「おはよう、桐子。やっぱり、その柄にして正解だったね」

「そう？　通勤着には少し派手じゃない？」

「桐子は、放っておくとすぐに地味な方を選ぶから」

幾何学模様のワンピースは、行きつけのセレクトショップで夫が見つけたものだ。

「似合ってるよ。でも口紅は、もう少し明るい方がいいかな」

ほら、と言いながらカメラを操作し、撮ったばかりの画像を表示する。伏し目がちに微笑む私の姿が、春を先取りする華やかな朝食と共に、小さな液晶パネルに収められている。

ルームスリッパを履いているはずなのに、起き抜けに素足でフローリングに降りたとき以上に寒々しさを感じた。ハイブランドをアピールするような特徴的なプリントのワンピースは、私の好みではない。食欲もなく、ゆうべのトリッパのトマト煮込みでまだ胃がもたれている。それでも画像の中の私は、幸福そうに微笑んでいる。まるで知らない女のようだ。

向かい合わせにテーブルに着き、夫が豆から挽いたコーヒーを飲みながら、今日の予定や、週末にどのレストランを予約するかについて話し合う。スープ皿にスプーンを沈めると、牛乳のたんぱく質が固まり膜になっていた。冷え切ったポタージュはバターの風味がしつこく、狐色の焦げ目がついたキッシュも、チーズが固まって舌触りがぼそぼそする。夫の手料理の一番おいしい瞬間は、いつも彼のカメラに切り取られている。

朗らかに会話を続けながらも、夫は私の顔を見ることはせず、スープ皿の横に置いたスマートフォンを操作している。きっといつものように、一眼レフから受け取ったデータを編集しているのだろう。

結婚して三年。桜木町駅から徒歩十五分の高層マンションの最上階。ベランダに出ると、みなとみらいの大観覧車が見える。荻窪《おぎくぼ》の古びたワンルームアパートで、蠟燭まみれのショートケーキを泣きながら食べたあの頃の私には、想像もできなかった景色だ。二十歳の惨めな失恋から私を救い出してくれた夫は、料理上手で優しく穏やかで、喧嘩《けんか》らしい喧嘩をしたことは一度もない。それをきっと、多くの人は幸せと呼ぶのだろう。

出掛ける準備を終えて玄関に立っていると、洗面所から出てきた夫が首をひねった。

「桐子、そのバッグで行くの？　今日の服には似合わないんじゃない？」

確かに、私が肩に掛けているのはキャンバス地の大ぶりのトートで、フェミニンなワンピースにはそぐわないかもしれない。咎めるような口調には気づかないふりで、私は笑顔を作る。

「今日はヨガの夜レッスンがあるから、トレーニング・ウェアが必要なの。大きなバッグじゃないと入らないから」

「そうか、そうだったね」

夫の表情に柔らかさが戻る。ヨガにエステ、ネイルサロンにヘッドスパ。私が外見を磨くために投資することを、夫はことのほか喜ぶ。

「遅くなるから、今日は駅のカフェで待たずに先に帰ってね」

そう言って、靴箱から夫の革靴を取り出したときだった。

「桐子、口紅」

何を言われたのかわからず、靴を持ったまま夫を見つめる。

「変えた方がいいって言ったよね？　塗り直して」

有無を言わさぬ口調だった。貼りつけたような笑顔の無機質さに、ぞっとする。

はい、と呟いて寝室のドレッサーに戻り、深いボルドーの口紅を拭き取る。新しく塗った、明るいピンク色の口紅とは裏腹に、気持ちが沈んでいく。

どのみち口紅は駅のトイレで落としてしまうし、高価なワンピースだって、キャリーケースに押し込まれるのだ。つくづく馬鹿なことをしていると思う。

玄関で待つ夫のもとに戻ると、私がさっきまで履いていたパンプスの代わりにピンクベージュのエナメルパンプスが置かれていた。こんな何気ないことで少しずつ、私の心は引っ掻《か》かれてゆく。

ドアの鍵を閉め、手を繋《つな》ぐ。それが私達のルール。エレベーターホールで住人とすれ違うたびに、私の指にからまる夫の指に力がこもる。感じの良い笑顔で住人と挨拶をかわす夫の隣で、私も微笑んで会釈を返す。

「いつも仲が良くて羨ましい」「綺麗な奥様で」「本当にお似合いのご夫婦ですね」

そんな言葉を掛けられるたびに、夫の表情や歩き方が、少しずつ自信に満ちてゆく。ベランダで育てているハーブが、朝の光を受けて少しずつ葉を伸ばしてゆくのと同じように。

チン、という軽快な音がして、エレベーターが地上に到着する。光射すエントランスを夫に手を引かれて歩きながら、私は、人に見られない場所で最後に夫の手に触れたのはいつだったろう、と考えている。

❖❖❖

「何だい、どうってことない普通の眼鏡じゃねぇか」

日当たりの良い縁側で、私の眼鏡を掛けた匙田さんが拍子抜けしたように言う。細面の匙田さんには、ティアドロップ型のカラーグラスがよく似合っている。

「どういう意味ですか?」

「これを掛けると、いろんなことがこんがらがって見えちまうのかと思ってよ」

商店街の路地裏にある小さな居酒屋やぶへび。厨房の奥にある藪さんの自宅の中庭では、梅の蕾がほころび始めている。初めて足を踏み入れた去年の暮れから、一ヶ月余り。今では昼休みのたびに入り浸り、くつろがせてもらっている。

「いっぺん全部取っ払って、顔も心もさらぴんでぶつかってみたらいいじゃねぇか」

職場では未《いま》だに顔を晒せず、周りとも上手《うま》くコミュニケーションを取れずにいる私に、匙田さんはあっさりと言う。

「そうそう、もしうまくいかなかったら、うちで働いたらいいじゃないの。桐ちゃんみたいな別嬪《べっぴん》さんなら大歓迎よ」

ほうじ茶をすすりながら頷く藪さんに、毘田さんは「従業員を雇うほど儲《もう》けが出てるのかい」と茶々を入れる。手許に置かれた竹ざるの上では、蜜柑《みかん》の皮や唐辛子、薄く切った生姜《しょうが》などが、私達と同じように日向《ひなた》ぼっこの最中だ。

「でも桐ちゃん、故郷《くに》では、顔を隠さず暮らしていたんでしょう」

「そうなんですけど、一度隠すことに慣れてしまうと、なかなか手放せなくて。それに素顔で暮らしていたときは何度も事件に巻きこまれて、新聞沙汰にまでなったので……」

「そいつは穏やかじゃねぇな」

毘田さんは、白い眉の間と額に複雑な皺を寄せ、顔をしかめた。

「初めは小学五年生のときです。相手は新任の男の先生でした。クラスで孤立していた私を気にかけ、どうしたら周囲に溶け込めるようになるかを真剣に考えてくれていたのですが、その甲斐《かい》あって友達ができると今度は先生の方が情緒不安定になり、私の行動を束縛するようになりました。ついには男子生徒や男性教諭と言葉を交わしただけで激昂《げきこう》するようになり、最終的には『君がまだ僕だけの君でいてくれる間に、ここで一緒に死のう』と、学校の屋上で」

幸い用務員のおじさんに助けてもらい事なきを得たけれど、先生は懲戒免職になり、追われるように町を出て行った。

「次は高校三年生のときです。相手は一度も話したことがない後輩の女の子でした。中高一貫の女子校でしたが、卒業式の前日に思いつめた顔で声をかけられ、言われるままに学校のチャペルに付いて行くと、『先輩がいつか外の世界で男に穢《けが》されることを思うと耐えられないから、ここで一緒に死んでください』と、果物ナイフを」

幸いシスターに発見され大事には至らなかったものの、彼女は退学になってしまった。

「最後は卒業後、地元のお弁当工場で働き始めて半年後のことです。相手は路線バスの運転手さんでした。バスを降りる際に会釈をするだけの間柄でしたが、ある日突然『妻も子供も捨てるからこのまま僕と逃げよう、もし聞き入れてくれないならこのままバスごと崖から飛び降りる』と、一緒に乗っていた五人の乗客の皆さまもろともに、あやうく集団無理心中という事態に――」

さらには上京してから何度も転職と転居を繰り返したこと、二十歳の誕生日の夜の最低の失恋について語り終えると、匙田さんと藪さんは、いたましげに溜息をついた。

「あんたの人生、冗談みたいに物騒の連続だな」

「確かに桐ちゃんは、物騒なほど綺麗だもんねぇ」

「挙句の果てに、ようやく肚《はら》をくくって顔を晒した相手がストーカーだって？　普段はおとなしそうにしてるわりに、随分無鉄砲だな」

呆れたように言われ、うなだれるしかない。

「でも勿体《もったい》ない話だねぇ。アタシだったら桐ちゃんに誘われたら、スキップしながらついて行っちゃうのにさ」

「私の何がいけなかったんでしょうか……」

ストーカーに振られた女、という笑えない十字架が背にのしかかり、溜息が重くなる。あれから八年経った今でも、彼が叫んだ『そういうことじゃない』が、どういうことだったのか、皆目見当もつかない。

「あのなぁ、相手は女の尻をこそこそ追いかけまわすような野郎だぜ？　急に目の前に弁天様みたいな別嬪が現れて、『おまえさん、ちょいと部屋まで上がっておくんなさい』なんて誘われてみろ。嬉しいを通り越して、おっかねぇだろうが」

そんなものだろうか。でも確かにあの夜の彼は、予防接種に連行される大型犬のように震え上がっていた。

匙田さんはシャツの胸ポケットから煙草の箱を取り出すと、いつものように歯で挟んで一本引き抜いた。

「腰抜け野郎の気持ちなんざぁわかりたくもねぇが、アニメ映画だのアイドル歌手だのに入れ揚げる連中と同じなんじゃねぇか？」

「なるほどねえ。手が届かない場所から眺めてるぶんには、傷つくことはないからねえ。だけど桐ちゃんは、苦労したぶん今は素敵な旦那様に愛されてるじゃない」

重たくなった空気を変えるように、藪さんが明るい声を出す。

「愛されている……」

「有難いことじゃねぇか。それも旦那の手作りなんだろ？」

二人に励まされ、手の中のサンドイッチを見下ろす。天然酵母の黒パンに挟まれた紫玉葱とルッコラ、海老とアボカド、ブラックオリーブ。職場にサンドイッチを持参するのは独身時代からの夫の習慣で、今は私の分まで用意してくれる。

毎朝私より二時間も早く起き、手の込んだ完璧な朝食を作り、ときには夕食の下ごしらえまで済ませ、後片付けだって完璧だ。おかげで私は、もう長いこと自宅のキッチンに足を踏み入れていない。一般的に言えば、私はきっと幸せな妻だ。

黙り込む私の様子から何かを察したのか、匙田さんは煙草に火を点けながら、横目でこちらを見た。

「あんた、結婚何年目だい？」

指の間に煙草を挟んだ手は随分と大きく、細面の匙田さんの顔をすっぽり覆ってしまいそうだった。そのアンバランスさに目を惹《ひ》きつけられる。

「あと少しで三年です」

「夫婦なんてのは糠床《ぬかどこ》と同じで、こまめに手入れしねえとすぐに駄目になっちまうぞ。時々は腹の底を晒して意見を擦り合わせないと、あっというまに黴《かび》がわいておじゃんだぜ」

「手入れどころか、持つのも面倒臭がって、ずっと独り身で通してる匙ちゃんに言われてもねぇ。若い時から色んな糠漬けを食べ散らかして、結局どれにするか決められなかったくせに」

「馬鹿野郎、そんなにモテやしねぇよ」

畳の上に置かれたアルミの平灰皿を引き寄せると、匙田さんは顔をしかめて笑った。冗談、なのだろうか。しかし一概にそう片付けられない艶っぽさがあるのも事実だ。

かなり痩せているのに皮膚のたるみが少なく、薄いシミが浮いた肌は、洗いざらしの手拭いのようにさらりとしている。昔の人にしては手脚も長く、若いときはさぞかし女性にちやほやされたのではないだろうか――いや、でも今だって……と不埒《ふらち》なことを考えていると、匙田さんは煙草を灰皿に捨てて立ち上がった。

「食い終わったら、ちょいと手伝ってくれや」

そのまま竹ざるを持ち、厨房に行ってしまう。慌ててサンドイッチを飲み込み後を追うと、匙田さんはフライパンを火にかけ、蜜柑の皮の乾煎《からい》りを始めていた。

藪さんの知り合いから無農薬の温州《うんしゅう》蜜柑を貰ったので、唐辛子や生姜の皮と合わせて自家製七色唐辛子にするのだという。からからに干した蜜柑の皮は陳皮《ちんぴ》といって、中国では血流を良くする生薬として使われているらしい。

同じように私も、フライパンを弱火にかけて唐辛子の乾煎りを手伝う。

「あと何分だい？」

「……十五分です」

昼休憩が終わるぎりぎりの時間を呟くと、匙田さんは呆れ顔で笑った。

「学校に行く前の祥坊みたいな顔になってるぞ。今日の夕飯はなんだったかな」

「鶏《とり》のみぞれ煮と長芋の梅和え、里芋の白煮と、キャベツと厚揚げのお味噌汁です。……たまには、食べに来てください」

「嫌なこった。体によくて味気ないもんを食うくらいなら、うまいもん食って早死にしたほうがマシだね。それより、例の物《もん》は持ってきてくれたかい」

「はい、あそこに」

うまくはぐらかされた気がしながら、私はカウンターの隅を指さした。家を出た時に夫のチェックが入った武骨なトートバッグには、ダミーのトレーニング・ウェアとヨガマットに隠すようにして、かつて夫が愛用していたフードプロセッサーが押し込まれている。数年前に三ツ星シェフプロデュースの新しいものに買い替えたので、今は戸棚の奥に押し込まれ、お払い箱にされていたのだ。

「それと、小さくて申し訳ないんですけど、サーキュレーターも持ってきました。多分夫が、結婚式の引き出物で貰ったものだと思うんですけど……」

小型のファンではあるけれど、石油ストーブからの暖気を循環させることで、店内の冷え込みが多少は和らぐかもしれない。

「ごめんね桐ちゃん。何だかんだと持ってきてもらうばっかりで」

「いいえ、いつもおいしいものをご馳走《ちそう》になっているので」

「仕事が終わったら、また寄りな。出来立ての七色で蕎麦《そば》でもどうだい」

夫が夕食を作って待っているのに、とは思うけれど、そう言われることを期待して、しっかり『遅くなる』と告げている自分を、確信犯だと思う。

「そういや、傷んだ糠床には唐辛子がいいって聞いたな。多めに持って帰って、旦那に振りかけてみたらどうだ？」

「やめてください……」

後ろめたい気持ちを抱えながらフライパンを振る私の横で、匙田さんは可笑《おか》しそうに笑った。

フードプロセッサーとサーキュレーターを置いて店を後にし、職場に戻る。仕事は相変わらずだ。墨田君が苦手なのも、居心地の悪さも、私が素顔を晒すことができないのも。それでも辞めずに通い続けているのは、この仕事が今の私に必要だからだ。

自動ドアから入ってすぐの右手の掲示板には、入居者の方々からのメッセージカードがピン留めされている。減塩メニューのおかげで血圧が下がった、というコメントや、テレビのグルメ番組で観《み》た料理が食べてみたい、というリクエスト。豚肉の生姜焼きが硬すぎて飲みこむのに苦労した、という苦情もある。

もう何度も読み返しているけれど、こうして一枚ずつ目を通すことが、午後からの仕事を始める前のルーティンになっている。

「日向さん」

急に声をかけられ、飛び上がるほど驚いた。いつのまにか角木リーダーが、すぐ後ろに立っていた。

帽子とマスクを外しているので、角刈りと鋭い眼光の相乗効果で、いつもの二割増し強面《こわもて》に見えてしまう。休憩室から出てきたところなのか、長袖のポロシャツにチノパンという軽装だ。

「そんなに怖がらないでくれる？　ちょっと話があるんだけど、いいかな」

そう言ってリーダーが指さすのは、調理室でも休憩室でもなく、コミュニケーション・ルームと書かれた、使用目的がよくわからない空き部屋――密室だった。

正直に言うと、嫌な予感しかしなかった。

❖❖❖

夕食の配膳を終え、調理器具の洗浄だけを先に済ませ、他のスタッフよりも一足早く退出する。白衣をロッカーに戻し、いつにも増して重たい体を引きずって外に出る。

昼休憩の終わりにリーダーから言われたのは、仕事が雑な墨田君への指導を徹底するように、ということだった。

「後輩の教育も仕事のうちだからね」と肩を叩かれ、はじめのうちは、胸の中でくすぶる気持ちの正体がわからなかった。

調理場での墨田君はいつもの通り、明るく屈託なく仕事が速く、大雑把だった。私がみぞれ煮用の大根を摩《す》り下ろしていると、「俺がやります」と率先して力仕事を引き受けてくれたけど、頼んでおいた里芋の六方むきは、六方どころではない不揃いさだった。味噌汁用の油揚げも、下処理をせずにカットされていた。

「墨田君、これ、油抜きした？」

「してませんけど。必要あります？」

必要のないことが調理手順に入れられているはずがない。だけど私に代わって大根を摩る墨田君を前にすると、言い出せなかった。

カット済みの油揚げに自分で熱湯をかけまわし、キッチンペーパーで水気を拭いながら、肩のあたりにリーダーの視線が突き刺さっている気がした。

モッズコートの衿に顎を埋め、スニーカーの爪先を見つめながら、やぶへびに向かう。

もやもやとした煙のようなわだかまりは、今は黒いタール状に粘度を増し、胸の内側にへばりついている。何も言えずに墨田君のミスをカバーするだけだった自分の不甲斐なさに腹が立つ反面、どうして私が？という反発心が芽生えていた。

そもそも私は、墨田君の先輩なのだろうか。調理スタッフに欠員が出来た時に穴を埋めるのは、いつも墨田君だ。つまり私よりも実力を認められているわけで、そんな墨田君を私が指導するのはおかしいと思う。都合のいいときだけ先輩の肩書を押し付けられ、やりたい仕事は任せてもらえず、墨田君のミスの責任を取らされる。こんな理不尽があっていいものだろうか。

「なんで私が」

マスクの下で呟くと、鬱憤がふつふつと沸騰する。私は真面目にやっているのに、そもそも墨田君が私の言うことなんか聞くはずがないのに、角木リーダーの方がずっと墨田君と仲が良いはずなのに。そんなふうにして、三十個ばかりのにを心の中で呟き終えた頃には、いつのまにか店の前にたどり着いていた。

引き戸の向こうからは、いつになく騒々しい声がする。七色唐辛子は日本酒に振ってもおいしいと藪さんが言っていたので、もう酒盛りが始まっているのだろうか。

そう思って取っ手に触れた瞬間、内側から勢いよく戸が開く。飛び出してきたのは祥太郎君だ。珍しく血相を変え、口許を両手で覆っている。

「えぇっ、どうしたの⁉ か、火事⁉」

祥太郎君は首を振ると、入るな、というように私の腕を摑む。しかしそういうわけにもいかない。思い切って中に駆けこむと、予想に反して、炎の熱さも煙たさも感じない。いつも通りの店内に、目頭を押さえてうめく匙田さんと、「痛い痛い」と身をよじる藪さんがいた。

「匙ちゃん、窓を開けてよ、窓を‼」

「そんなこと言ったって、目が開かなくて何も見えやしねぇよ‼」

店の奥からは藪さんの悲鳴と、匙田さんの怒鳴り声が聞こえる。

床には私が持ってきたフードプロセッサーが転がっており、朱色の粉が、広範囲に飛び散っている。

祥太郎君の説明によると、唐辛子を挽く匙田さんの横を藪さんが通りがかり、盛大にくしゃみをしたらしい。挽きたての唐辛子が目に入った匙田さんが容器を取り落とし、こぼれ落ちた粉末がサーキュレーターの風により店内に拡散された――というのが、事の顚末《てんまつ》らしい。

背の高い匙田さんと小柄な藪さんが、競い合うように調理場の蛇口で目を洗っている。ハンカチで口を押さえた祥太郎君が、クールに呟く。

「まさに悲劇の連鎖だね。いや、喜劇かな」

カウンターにぽつんと置かれた本のタイトルは、シェイクスピア作『から騒ぎ』。なぜだかそれが、ぐっとつぼに入ってしまった。笑い崩れる私を見て、濡れタオルで目許を押さえた匙田さんが「いい気なもんだな」と唸る。

胸の奥の黒いしこりは消えていた。辛い物を食べて汗から毒素を排出する、という方法はよく聞くけれど、思い切り声をあげて笑うことも、デトックスには有効なのかもしれない。

❖　❖　❖

出来立ての七色唐辛子の試食会は中止になった。

藪さんいわく、「穴という穴がひりひりして焼けそうなのに、熱い蕎麦なんて冗談じゃない」らしい。赤い目をしばたたかせながら小分けのボトルに唐辛子を入れてくれた匙田さんにお礼を言い、予定よりも早く店を出た。数歩進んだ先の曲がり角から坊主頭の男性が現れ、うっかり悲鳴をあげそうになった。

「なんだ、まだ準備中かぁ」

残念そうに呟く彼に、いつのまにか私の後ろにいた祥太郎君が「康《やす》さん、仕込みを手伝ってよ」と言う。どうやら顔なじみらしい。

「店が終わってまで包丁に触るのはやだよ。どうせ今日も譲治さんが来てるんだろ？俺の出る幕なんかないって」

そんなふうに言いながらも、着ているシャツの袖をめくって店の中に入って行く。体が大きいわりに話し方や表情は穏やかで、優しそうな人だ。

「お客さん？」

「そう。商店街の魚屋の二代目」

そうか、もうすぐ営業が始まるのだ。いつもなら夫と駅で待ち合わせをしている時間なので、実際にお客さんを見るのは初めてだった。

塾に行く祥太郎君と一緒に、入り組んだ裏道を通り天王町駅に向かう。なんでも祥太郎君は、東大合格率二十パーセントを超える名門私立校の中等部を受験するため、特別コースを受講しているらしい。

「祥太郎君、まだ三年生だよね。受験勉強を始めるには早過ぎるんじゃない？」

「別に。好きでやってるだけだから」

そうは言っても、九歳というと、まだ勉強よりもゲームや漫画に夢中な年頃ではないだろうか。私の気持ちを見透かしたように、祥太郎君は黒縁眼鏡の鼻あてを指で押し上げる。

「可哀想《かわいそう》、って顔はしなくていいよ。俺からしたら、その辺の大人の方がよっぽど可哀想だから」

「どういうこと？」

「日本の平均寿命は今や八十歳を超えてるんだ。九歳の俺が東大を目指して、九年間——いや、大学を卒業するまでの十三年間勉強漬けだったとしても、その後順調に大企業に就職するなり官僚になるなり弁護士になるなりすれば、残りのおよそ六十年の人生を、人よりも楽に豊かに暮らせる。子供時代のたった十三年の努力で、死ぬまでチート・モードの人生をプレイできるんだよ」

あどけない顔で淡々と説明する祥太郎君に、圧倒されてしまう。反論の余地はないし、将来のために真面目に勉強する、と言う子供を止めることなどできないけれど、極端過ぎやしないだろうか。

「お母さんがそう言ってるの？」

「違うよ。うちの母さんは、子供は勉強するより外で遊ぶべきだっていう考えの人だから」

確かに、何度か顔を合わせたことがある春江《はるえ》さんは、明るく大らかな人だ。この前は祥太郎君から読みかけの本を取り上げ「公園にでも行ってきな！」とお尻を叩いていた。祥太郎君のお父さんとは数年前に離婚し、今は不動産会社の営業をしながら、藪さんと三人で暮らしているらしい。

「だけど、祥太郎君。東大を卒業したからって必ずしも成功者になれるわけじゃないし、成功者がみんな幸せかっていうと――」

「それくらいわかってるよ。でも目の前に高確率で当選する宝くじがあって、ほんの少しの努力で手が届くなら、俺はチャレンジする。それだけだよ」

ぐうの音も出ない私を見上げ、祥太郎君は顔色ひとつ変えずに、とんでもないことを言う。

「前から思ってたけど、桐子って馬鹿だよね」

あんまりだ。しかもいつのまにか、当然のように呼び捨てにされている。

「持って生まれた整った容姿だって、学歴と同じだよ。武器だし、才能だよ。それを隠して暮らすなんて、せっかく石から引き抜いたエクスカリバーをボロ布にくるんで錆びつかせているようなものだよ。どういうつもりか知らないけど、馬鹿げてるよ」

「でも、エクスカリバーじゃ肉じゃがは作れないよ」

「だから、どうしてそこで肉じゃがを作ろうとするかが謎なんだよね……」

　私は兵を率いて戦いに赴くような器ではないし、富も名誉もいらない。ただ愛する人と穏やかに暮らしたいだけなのだ。できることなら、そのエクスカリバーとやらを、今からでもキッチン包丁と交換してほしいくらいだ。

　祥太郎君は毛糸の手袋を嵌《は》めた手で、駅の壁面に貼られた大きな広告を指さした。日本人にしては不自然なほど彫りの深い美女が、真っ白な歯を見せ微笑んでいる。『新しい私に会いに行こう』というキャッチフレーズでお馴染《なじ》みの、美容整形クリニックの広告だ。

「桐子は、あんなところに行こうなんて考えたこともないでしょ。それだけで十分、恵まれてるんだよ。贅沢だよ」

「……そんなことないよ」

　思ったよりも硬い声が出てしまった。不思議そうな顔をする祥太郎君に、何でもない、と微笑んで横断歩道を渡る。

　今朝見た昔の夢の続きを、嫌でも思い出してしまう。

初めての失恋の翌日にポストで見つけた、ごめんなさいの手紙。一緒に入っていたいくつかのダイレクト・メールの中に、美容整形クリニックのチラシが紛れていた。

その日から私は、大嫌いな自分の顔と決別することだけを考え、必死に資金を貯《た》めた。

結論から言うと、私は顔を変えなかった。瞼に脂肪を注入することも、鼻の先を丸く削ることもせず、名前を変えた。藁《わら》にもすがる思いで訪ねたクリニックで私が出会ったのは、顔を変えた新しい自分ではなく、のちに夫となる運命の人だった。

旧姓を捨て、日向桐子に生まれ変わり、ありのままの私を愛してくれる夫との穏やかな生活が始まるはずだった。少なくともあの頃は、始まると信じていた。

人生の当たりくじとは、一体なんなのだろう——そんなことを考えていたせいか、前を歩く祥太郎君が突然足を止めたことに気付けなかった、小さな背中に、思い切りぶつかりそうになる。

「桐子、変な奴がこっちを見てる」

祥太郎君の視線は、大通りの向こうに注がれている。黄緑色に染めた髪と、無数のスタッズがついた黒いレザージャケット、背中に担いだギターケース。自動販売機の前で、今一番会いたくない人物が手を振っていた。今日は厄日だ。

「すごいね。ちょっとぶつかっただけで、流血させられそうな服だね」

「パート仲間なの……」

「そんなにいやなら、さっきの唐辛子を目つぶしに使って、その隙に逃げたら？」

さらりと物騒なことを言うけれど、そんなことをしたら立派な傷害事件だ。

重い足取りで近付く私を、墨田君は人懐っこい笑顔で迎える。

「お疲れっす。日向さん、俺より早く上がったのに、なんでこんなところにいるんですか。駅で会うのも初めてですよね」

「いつもは星川駅から帰るんだけど、今日は、ちょっと用事があって——」

「お子さんですか？」

祥太郎君の顔を覗き込むようにして、墨田君は言う。

「お世話になっている方のお孫さんなの」

「へぇ。さっきおまけで一本当たったんだけど、いる？」

相変わらずのコミュニケーション能力を発揮し、墨田君は祥太郎君に、ペットボトルのココアを差し出す。祥太郎君は素っ気なく首を振った。

「結構です。知らない人から飲み物や食べ物は貰わないことにしているので」

「俺、日向さんの友達なんだけどなあ」

一刀両断された墨田君は気を悪くした様子もなく、まだ温かいココアを私にくれる。

「お兄さんのジャケット、すごいですね」

「でしょ？　古着屋で見つけたんだけど、気に入ってるんだよね」

「防御力は高そうですけど、無駄に弱そうに見えるので、やめたほうがいいですよ。ハリネズミやヤマアラシがトゲをまとうのは、捕食者から身を守るためなので」

そう言って祥太郎君は、ダッフルコートのフードを揺らして塾へと走って行った。

こんな空気にしておいて放ったらかしなんて、あんまりだ。

「あの子も日向さんと同じで、俺のことが嫌いみたいですね」

墨田君は笑いながら缶コーヒーを開けた。

あやうく、手の中のココアを落としそうになる。うろたえる私にはお構いなしに、墨田君は呑気《のんき》に話し続ける。

「日向さんが休憩室に来ないのって、俺のせいですよね」

確かにその通りだけど、なんと答えたらいいかわからない。

「全然いいですよ、俺、そういうの気にしないんで。でも職場では、なるべく仲良くやっていきたいんですよ。チームワーク、っていうのかな。バンドでも一緒で、メンバー内で揉めてるときは、やっぱり音に出るんですよね。だから料理も、作る側がギスギスしてたら、食べる方に伝わっちゃうと思うんですよ。味に出る、っていうのかな」

肩に掛けたギターケースを背負い直すと、墨田君はいつものように、あっけらかんと言う。

「お互い子供じゃないんだし、明日からは割り切って仲良くやっていきましょう？　じゃ、お疲れっした。日向さんは電車ですよね。俺はバスなんで」

立ち尽くす私に背を向け、墨田君は人の波に紛れてゆく。雑踏の喧騒《けんそう》が遠く聞こえた。消えたはずの黒いタールが、再びじわじわと熱を持ち始める。

言いたい放題、言われてしまった。「全然いいですよ」って何だろう。どうして私が許されないといけないの？　嫌われている原因とか、何が気に障ったのだろうとか、考えないのだろうか。ああそうか、そもそもそこまで私に興味がないのか。仕事中の質問攻めは、チームワーク強化のためのコミュニケーション、会話の糸口さがし、というやつか。私には、到底真似できないスキルだ。

震える指に力を込め、ペットボトルの蓋をひねる。今更になって、言いたいことがあふれてくる。大丈夫だから、落ち着いて。ココアと一緒に、全部飲み込んでしまえばいい。

明日になれば、この憤りは消えてしまう。何食わぬ顔で挨拶をし、いつも通りに接することができる。言えなかった言葉と負の感情は小さく萎んでしこりになって――

そして、今よりもっと、墨田君と自分を嫌いになる。

モッズコートのポケットを探る。小さなプラスチックボトルに入れてもらった七色唐辛子を、勢いよくココアに振る。

喉を反らして一気に飲むと、甘いココアの味と共に、舌と喉がカッと熱くなる。あのときのミルクスープの優しい温かさとは違う、暴力的な辛さ。でもそれが、不思議と私を奮い立たせた。くすぶっていたものに一気に火が点いた。

「墨田君、待って!!」

思い切り声を張り上げると、墨田君が立ち止まって振り向いた。怯《ひる》まないようにココアを握り締め、駆け寄った。言いたいことを全てぶちまけてしまえば、あとできっと後悔する。

でも私――こんなときに、今まで誰かに言い返したことなんて、あっただろうか？

「あなたが言ったことは正論だと思う。確かにチームワークは大事だし、私がその輪に入れていないことも本当。あなたを避けるために子供じみた態度をとってた。でも黒田君は、一番大切なことができてないと思う」

呆気《あっけ》にとられたように私を見下ろしていた墨田君の眉が、むっとしたように寄せられる。

「何ですか、俺はちゃんと――」

「墨田君、エントランスの掲示板を見たことがある？　私達の料理へのリクエストや感想が書かれた、入居者さんの直筆のメッセージカード。どうしてみんな、他の高齢者向け施設より費用が高いみぎわ荘に入居を決めたと思う？　それは、私達の料理が特別だからだよ。おいしいだけの料理なら、レストランを探せばいい。スーパーやデパ地下でお惣菜を買ったっていい。でもみんなが欲しいのは、そういうものじゃないの。薄味でも、多少物足りなくても、毎日安心して食べられて、十年後も二十年後も元気にやりたいことをできるような、健康な体を作るための料理なの。だからせめて、目で見たときにおいしそうって思ってもらえるように、綺麗に盛り付けて。それだけで食欲のわき方も、口に入れたときの感じ方も違うの」

墨田君の表情がどんどん険しくなる。怖くないと言ったら嘘になる。だけど私はもう、これ以上自分を嫌いになりたくない。

「二〇四号室の小西《こにし》さんは中性脂肪の数値が高いから脂質の摂《と》りすぎは要注意だけど、今日のお味噌汁の油揚げだって、湯通しして水気を拭き取るだけで脂肪分のカットになるの。そうすれば夕食のデザートに、小西さんが大好きな大学芋が付けられるの。面倒な下ごしらえにも、事前の細かい打ち合わせにも、ちゃんと意味があるんだよ。墨田君が盛り付ける一皿一皿が、誰かにとっての特別なものだって、ちゃんと自覚してほしい。調理補助の私達にできることは、まだそれくらいしかないんだから。任せてもらった仕事は、責任を持って精一杯丁寧に終わらせて」

墨田君の三白眼が別人のように鋭く尖《とが》る。浅黒い顔が紅潮していた。のそり、と体が動くと同時に、シルバーの指輪をいくつもつけた右手が上がる。

とっさに目をつぶり、体を縮めた。……でも、何も起こらなかった。

恐る恐る目を開けると、墨田君は天を仰ぎ、右手で顔を覆っていた。大きな穴が空いた耳たぶが、真っ赤になっていた。

「――日向さん」

「は、はい」

「俺、めちゃくちゃ恥ずかしいです。小学四年のときの水泳大会で、ぶっちぎりの一位で得意満面で水から上がったら、海パンが脱げてて真裸《マッパ》だったときと同じくらい、恥ずかしいです」

戸惑う私の前で、墨田君は、体を二つ折りにして深々と頭を下げた。

「すみません、俺、調子こいてました。今の今まで、自分はちゃんと仕事をこなせてると思ってました。日向さんより手も速いし、たまに調理の仕事を任せてもらうこともあるから、みんなに認められてるって」

そこを突かれると痛い。反論できずに下を向く私に、墨田君は構わず続ける。

「俺、前に角木さんに言われたんです。『お前にはまだ独りで仕事を任せられない』って。そのときは深く考えなかったけど……そっか、日向さんが調理に行ったら、盛り付け担当が俺だけになるからって、そういうことなんですね」

「角木さんが……？」

リーダーがそんなふうに考えているなんて思いもしなかった。でも、普段の私の仕事ぶりが認められていないわけではないとわかって、ほっとした。

「ひってえなあ。人が落ち込んでるのに、ニヤニヤしないでくださいよ」

「そうだね、ごめんなさい」

「でも今日は、はっきり言ってくれて嬉しかったです。日向さん、いつも態度に出すだけだったから」

「態度に……？」

目をしばたかせる私に、墨田君は、にっと歯を見せて笑う。

「俺が適当な仕事をすると、いつもマスクの下で、すっごく小さい溜息をつくじゃないですか。俺、ミュージシャン志望なんで、耳はいいんです」

完全に無意識だった。一気に頬が熱くなる。

「ごめんなさい。……やだ、私も、すごく恥ずかしい」

うなだれる私の前に、墨田君の手が差し出される。

「日向先輩、明日から改めて、よろしくお願いします」

ためらいながら握手を交わす。墨田君の手は思ったよりも大きく、指先の皮膚がびっくりするほど硬かった。私の反応を見て、「ずっとギターを弾いてると、こうなっちゃうんです」と照れくさそうに笑った。

それから墨田君は「やばいライブに遅れる！」と走り出した。人ごみをすり抜け駆けてゆく背中を見ながら、大きく息を吸う。もうひとつ、大事なことを言い忘れていたことに気付いたから。

「墨田君、ココア！　ありがとう」

精一杯声を張り上げる。肩越しに振り向いた墨田君は「マスク、無い方がいいですよ！」と、からっと笑った。

はっとして頰に触れる。ココアを飲むために、マスクをずり下げたままだった。むき出しの頰を、冬の冷気がちくちくと刺す。だけどそれは、思っていたよりずっと心地のよい感触だった。

❖❖❖

玄関のドアを開けると、ちょうど夫が浴室から出てきたところだった。夫のパジャマ姿を見るのは、随分と久しぶりな気がする。

「お帰り桐子。レッスンはどうだった？」

そうだ、私はヨガのレッスンに行っていることになっていたのだ。

適当に話を合わせながらパンプスを脱ぐ私を、夫が珍しくじっと見つめていた。

「桐子、それ、どうしたの？」

七色唐辛子のボトルを、お守りのように握り締めたままだった。駅のトイレでワンピースに着替えた後でも、なぜだか手放せなかったのだ。

「最近ね、教室に友達ができて、その子にもらったんだけど――これ、手作りなの」

蜜柑の皮と唐辛子を乾燥させて……、と説明する私に、夫は興味深そうに耳を傾けている。

「お蕎麦とか日本酒以外に、スイーツにも合うと思うの。前に見た映画で、ホットチョコレートにチリパウダーを入れるシーンがあったじゃない？　もうすぐバレンタインだから、私も圭ちゃんに何か作ってみようかと思って……」

夫の顔から表情が消える。柔らかなオレンジ色の照明に照らされた廊下の温度が、急に下がった気がした。

「バレンタインは、俺がチョコレート・モンブランを作る約束だったよね？」

「そうだけど、たまには私も」

「その唐辛子の容器、使いまわしじゃない？」

手の中の容器はプラスチック製で、小さな日盛とウサギのイラストがついている。平仮名で『やぶうちしょうたろうくん』と書かれた文字が、掠れて消えかかっていた。

祥太郎君が小児科でもらっていた、風邪薬シロップの空き容器だ。

「そんなものを人に渡すのって、非常識じゃないかな。ちゃんと洗ってあるの？」

微笑みながら穏やかに言う夫に、指先が冷えてゆく。立ち尽くす私に「先に寝るね」と言うと、夫は寝室に入って行った。

リビングのドアを開けると、テーブルに敷かれたランチョンマットの上に、グリーンカレーが盛られた白い器が置かれていた。

席に着き、ひと匙口に入れる。ココナッツミルクの濃厚な甘さと、青唐辛子の辛み。スパイシーさはこちらの方が強いくらいなのに、駅で唐辛子入りのココアを飲んだときのように心が奮い立つことはない。むしろ弾んでいた気持ちが萎れてゆく。

スマートフォンを開き、写真共有アプリのアイコンをタップする。私がフォローしているアカウントは一件だけ。美しい料理の写真と共に、学校司書の夫と妻の日常が綴《つづ》られている、フォロワー数十五万人を超える人気のアカウントだ。

今日の最初の投稿は、真新しいワンピースを着た私が伏し目がちに微笑んでいる写真。最後の投稿は今から一時間半前、落ち着いた間接照明の下で寄り添い合う、ふたつのグリーンカレーの写真。

画面に写り込んでいるものと同じランチョンマットに、ぽつんと落ちた涙が染みになった。

夫は優しい。世界中の誰よりも妻を愛している。ただ、私についてはまるで関心がない。

夫が創り上げる美しい世界は、この部屋でひとりきりでカレーを食べる私とは、あまりにも遠いところにある。ひと匙ずつスプーンを口に運ぶあいだにも、夫の記事についてのコメントと応援カウンターは増え続け、それがますます、夫と妻の幸福な食卓を、私の手の届かないところに運び去ってゆく。

誰もが振り返る美貌の妻と、誰にも目をとめられることがない平凡な容姿の夫。どこから見ても不釣り合いな二人が結ばれたきっかけは、彼のつくるおいしい料理だった。

――どうして僕と結婚したの？

――あなたの作った料理を一生食べ続けたいと思ったから

夫がたずねるたびに、妻は悪戯《いたずら》っぽい笑顔でそう答える。

内気で繊細な性格なのに、夫の前でだけは強気で高飛車で、可愛い我が儘《まま》ばかりを言う妻。料理が苦手で家事能力がなく、活字が嫌いなのに小説が好きで、夜は夫の朗読を聞きながら眠りに落ちる。透き通るような美声の持ち主なのに歌は苦手で、毎朝バスルームから聞こえる調子の外れた鼻歌を聞きながら、夫は彼女の大好物のサンドイッチを作る。

それが夫と、名も知らぬ十五万人のフォロワーが愛するラブストーリー。夫は彼女を愛している。本体の私とは比べ物にならないほど、生き生きとした魅力にあふれた彼の妻を。

始まりは、夫が独身時代から続けていたSNSだ。料理が趣味の夫は、職場に持って行く自家製サンドイッチを写真に撮り、毎日欠かさず投稿していた。四年間で少しずつ増えたフォロワー数は三百人余り。それを一気にはね上げたのが、『今日、妻ができました』というコメントと共に投稿された私の写真だ。

市役所に婚姻届を出した帰り道、銀杏《いちょう》並木の下を歩く私の振り向きざまをとらえたショットだ。逆光のため、おぼろげに顔立ちがわかる程度の写真だったけれど、一晩で夫のフォロワーは二千人を超し、それからはうなぎ上りに増え続けた。

はじめは確かに、妻は私だった。それが少しずつ誇張されデフォルメされ、フォロワーのコメントや憶測に応える形で肉付けされ、私とはかけ離れた別人へと変貌した。

冷え切ったカレーを胃袋におさめ、自分の寝室に向かいながら、ふと、反対隣にあるドアに目を向ける。

オーク材の一枚板を挟んだ向こう側で、夫が物語を読み聞かせる声に耳を傾けながら目を閉じる女の姿を想像する。馬鹿げたことだとわかっていても。

最後に入ったのが、いつのことだったかも思い出せない夫の寝室。手を伸ばせば簡単に開けられるはずのドアが、今の私には、世界の果てと同じくらいに遠く感じる。

第㊂話　菜の花そぼろと桜でんぶの二色ご飯

キッチンは女の聖域だ。いつかどこかで聞いたことのある言葉は、共働き世帯が増えた今の時代には、もう馴染まないかもしれない。男女ともに台所に立つことが当たり前で、料理はもう、どちらかの性別に課せられた義務ではない。だから我が家の場合は、キッチンは夫のお城で、聖域だ。私にとっては難攻不落の。

スリッパの音に気をつけながら薄暗いリビングを進み、冷蔵庫を開ける。淡い玉子色の灯りに照らされた庫内には、ガラスの器やホーローの容器が整列している。バターは三センチ四方の角切りに、ソーセージはパッケージから出された状態で、蓋付きの容器に詰められている。ドアポケットの上段には調味料やスパイス、下段には味醂《みりん》や酢などの液体が、お揃いの瓶に移し変えられて並んでいる。

一分の隙もなく整頓され、まるで実験用具の収納庫のようだ。ただしどこに何があるのか、私にはさっぱりわからない。自宅のキッチンだというのに、初めて足を踏み入れたスーパーマーケットのようだ。

紅茶色の液体が入った瓶の蓋を開けると、ツンとした臭いが鼻を刺す。ナンプラーだ。隣の黒い液体は醤油だろうか、と手を伸ばしかけたとき、リビングに灯りが点いた。

「桐子、何してるの？　まだ朝の四時だよ」

あやうくナンプラーの瓶を取り落とすところだった。

「喉が渇いて目が覚めちゃって……」

言い訳をする私に、夫は冷蔵庫から緑色のガラス瓶を取り出す。気の抜けたビールのような味がする、夫のお気に入りのミネラルウォーターだ。グラスに水を注ぐ夫の横顔は、微笑んでいるのに、手の中のナンプラーの瓶よりもずっと冷ややかだ。それでも私は、思い切って口を開く。

「圭ちゃん、これからは食事の支度は当番制にしない？　今までは圭ちゃんに頼りっきりだったけど、せめて朝ごはんくらいは私が担当しようと思うの」

何気なさを装いながら、実際は、ありったけの勇気を振り絞った。薄暗いキッチンに、私の声は不自然に明るく響いた。夫の顔から表情が消える。

「そんな必要はないよ。結婚する前に話し合ったよね、これからはお互いが得意なことを分担していこうって」

「でも私も、料理をするのは嫌いじゃないし――」

夫は私の手からナンプラーの瓶を取り上げると、再び冷蔵庫を開けた。扉に隠れて顔は見えない。それでも、陶器やガラス瓶がせわしなくぶつかる音から、夫の苛立《いらだ》ちが伝わってくる。私が触れた調味料入れの瓶や、容器の位置を元に戻しているのだろう。

いつになく乱暴に冷蔵庫を閉めると、夫は私を振り返った。

「もう少し寝ておいで」

何もできない子供を諭すような口調と笑顔に、立ち向かう気力が萎《な》えてしまう。はい、と蚊の鳴くような声で呟いて、水を飲み干す。

欲しくない水で満たされた胃袋だけではなく、グラスに触れる指の先からスリッパの中の爪先まで、何もかもが冷たかった。

❖❖❖

花柄のフレアスカートが、風を含んで素足にまとわりつく。私と手を繋ぐ夫も、今日はコットンのシャツにチノパンという軽装だ。行き交う人々の服装も、先週までと比べると随分春めいてきた。

いつもと同じように私達は桜木町から一緒に電車に乗り、横浜駅で別れる。夫はそのまま大井町にある職場に向かう。別れ際に笑顔で手を振る私達は、きっと仲睦《なかむつ》まじい夫婦に見えることだろう。でも電車が走り出し、窓ガラス越しに見えていた夫の姿が視界から消えた瞬間、ぞっとするほどほっとしている自分がいた。

エスカレーターを降り、南改札のトイレで着替えを済ませ、仕上げに眼鏡とマスクで顔を覆う。相鉄線に乗り込み、グリーンのレンズ越しに、車窓に映る自分を見つめた。

上京し顔を隠して個性を消し、膨大な人の渦に呑まれることに心地よさを感じる一方で、たったひとりの特別な相手にだけは、ありのままの自分を見つめて欲しいと思うようになった。夫と出会い、ようやく心を許して素顔をさらけ出せるパートナーが見つかったと思ったのに——結婚して三年、私は再び顔を隠し、夫に秘密のアルバイトを続けている。

故郷の田舎町から逃げ出し、ひとりきりの生活の寂しさから逃げるために結婚相手を見つけ出したのに、今度はあのタワーマンションのてっぺんから逃げ、職場に安らぎを求めている。逃げることがなんの解決にもならないことくらいわかっている。夫婦なんて糠床と同じ、という毘田さんの言葉が、日を追うごとに重みを増す。

星川駅のホームに降りたタイミングで、ポケットの中のスマートフォンが震えた。

夫のSNSの更新通知だ。

今朝の投稿は二件。朝食のガレットと、ベランダでコーヒーを飲む私を後ろからとらえたショットだ。写真が更新されて間もないはずなのに、応援カウンターとコメント数は絶え間なく増え続ける。

『おいしそう』『レシピを教えてください』『奥さんが羨ましい』称賛の言葉を目にするたびに、置いてきぼりにされた子供のような心細さを感じる。

もうずっと前から私は、夫の作る料理においしさを感じない。見た目は完璧に美しいし、味付けがおかしいわけでもない。でもいつの頃からか感じるようになった、夫の料理を前にしたときの「これじゃない」という感覚を、拭い去ることができずにいる。

柔らかな朝の光に照らされた朝食も、ワックスペーパーで丁寧に包まれたサンドイッチも、リビングの間接照明に浮かび上がる手の込んだディナーも、少しも食欲を刺激しない。

私は何が不満なのだろう。夫の心づくしの手料理以外に、一体何を食べたいというのだろう。

スマートフォンをポケットに押し込み、下りのエスカレーターに向かう。前を歩くスーツ姿の男性の肩に、桜の花びらが一枚貼りついていた。まだ蕾だとばかり思っていたのに、どこから飛んできたのだろう。

アナウンスと共にベルが鳴り、反対側のホームに到着した電車が起こした風で、花びらがひらりと浮かび上がる。そのまま頼りなく宙を舞い、壁に貼られた桜の名所のポスターに、吸い込まれるように貼りついた。

満開の桜と、沿道に広がる菜の花畑。その中を走る小豆色の電車。甘やかな記憶が、じんわりと舌に蘇《よみがえ》る。

「あ」

我知らず漏れた声が、電車のベルの音に掻き消される。それでも私は、自分の求めていた味の正体に、ようやくたどり着くことができた。

❖❖❖

「お祖母《ばあ》ちゃんの玉子のそぼろ？」

ロッカールームで白衣を脱ぎながら、麦ちゃんが怪訝そうに眉を寄せる。

「そう。普通の炒《い》り卵じゃなくて、もっときめ細かくて、菜の花みたいに綺麗な黄色で……」

おぼろげな記憶をたぐりながら、頬の内側がきゅっと疼く。

遠足のたびに祖母が作ってくれたお弁当。甘辛く煮たおからに椎茸《しいたけ》、切り干し大根、鱈《たら》の生姜焼き。素朴な醬油色のおかずの横には、カラフルな桜でんぶと、菜の花のように鮮やかな黄色のそぼろで覆われた二色ご飯。

同級生の女の子達のお弁当に比べて見劣りしないようにという、祖母の優しさだったのだろう。だけど甘いものをたくさん食べると胸やけしてしまう私としては、自家製の梅干しや昆布の佃煮《つくだに》のように、普段の食卓に並ぶおかずの方が有難かった。当時はお弁当の蓋を開け、「またこれか」と溜息をついたこともある。

だけど今は、無性にあの味が恋しい。きっと、春という季節の思い出が凝縮されたような味だったからだろう。

「小学校のとき、一緒に遠足に行ったでしょう。麦ちゃんが一年生で、私が四年生だったよね。あのときお弁当を交換して食べたこと、覚えてない？」

上級生が新入生の手を引き、町で一番大きな運動公園まで歩く〝手つなぎ遠足〟は、小学校の恒例行事だった。小さかった麦ちゃんが「桐ちゃんばっかりお祖母ちゃんのお弁当でずるい！」と泣き出し、叔母さんお手製のミートボール弁当と交換したのだ。

麦ちゃんは眉間の皺を深め、「覚えてない」と素っ気なく呟いた。

「ほんとに？　麦ちゃんあのとき、滑り台から降りるのを怖がって、てっぺんで泣いちゃって――」

「覚えてないって言ってるでしょう！」

麦ちゃんが勢いよくロッカーを閉める。一体、何が気に障ったのだろう。

気まずい沈黙の中、「お疲れっす！」という明るい声と共に、墨田君が入って来る。

麦ちゃんは墨田君の体を押しのけると、「今日は外で食べるから」と、さっさと出て行ってしまった。

「日向さんて、なんで麦さんに嫌われてるんですか？」

「墨田君は、今日も清々しいほど墨田君だね……」

だけど、下手に慰められるよりも救われた気持ちになるのが不思議だ。

帽子と白衣、マスクをロッカーにしまう。例の唐辛子事件の日に墨田君にマスク無しの顔を見られて以来、調理室以外ではマスクを外すようになった。

最初は緊張したものの、角木リーダーはちらっと私の顔を見ただけで無反応、皆川さんは「日向さんの鼻、綺麗で羨ましい。私なんてこんなだから」と、可愛らしいそばかすを指しておどけてくれた。今までは隠していたから話題にされただけで、みんな、他人の顔にそこまで興味がないのかもしれない。

ロッカールームから出ると、ちょうどエントランスから毘田さんが入って来るのが見えた。いつもと同じ、シャツにスラックス、素足に下駄という出で立ちだ。

「今日もお昼ご飯、来てくれませんでしたね」

「外で病人が待ってるからな」

ここ数日、藪さんが風邪をこじらせて寝込んでおり、お店が休業中なのだ。娘の春江さんは仕事があるので、日中は匙田さんがこまめに様子を見に行っているらしい。うつすと申し訳ないから、という理由で、私は出入禁止だ。

「藪さんの具合、どうですか」

「大したこたねぇよ、今日いっぱい寝てりゃ治るだろ」

「じゃあ、明日からは食堂に食べに来てくれますか?」

「気が向いたらな」

嘘つき。藪さんの体調に関係なく、そんなつもりはないくせに。

じゃあな、と片手を上げてエレベーターに乗り込む匙田さんを見送っていると、給湯室から出て来た皆川さんが駆けてくる。

「日向さん、匙田さんと仲良いの?」

やけに華やいだ様子に、はぁ、と口ごもってしまう。

「素敵よねぇ。私、密かにファンなの。角木リーダーには内緒ね」

そんな皆川さんの後ろから、墨田君が「お婆《ばあ》ちゃん達の間でも一番人気らしいっすよ」と言う。

「ぶっちゃけ、誰が落とすかでピリピリしてるらしいです。うちの施設って独身ばっかりだから、みんな本気なんすよね」

「だって、現役感がすごいもの。色気があるっていうか。匙田さんて、昔はどういう仕事をしてたのかなあ」

調理室のドアが開く音がして、皆川さんは口をつぐんだ。廊下の向こうから角木リーダーが歩いて来る。昔は京都の料亭で板前をしていたというリーダーは、料理に対するこだわりやプライドが人一倍強い。みぎわ荘の入居前説明会で、私達の料理を「まずい」と言い放った匙田さんとは、犬猿の仲という噂なのだ。

皆川さんは休憩室のドアを開け、何ごともなかったようにお茶の用意を始める。墨田君と角木リーダーに続いて部屋に入りながら、今しがたの会話を反芻《はんすう》する。匙田さんが入居者の女性からそんなふうに思われていたなんて。ひそかにうろたえる私をよそに、墨田君はボトルに入った七色唐辛子を、豪快にカップ蕎麦に振りかける。

「墨田君、少しは遠慮してくれないかな」

「日向さんて案外ケチですよね」

「二人とも、いつのまにそんなに仲良くなったの？」

皆川さんが目を丸くする。

「仲良く、どころじゃないっすよ。この前なんか俺、駅で日向さんに説教されちゃって、衆人環視のなかで公開処刑ですよ。普段は無言で溜め込んで、ここぞというときに爆発するタイプなんすね。夫婦喧嘩のときもそんな感じですか?」

ずけずけと立ち入ったことを聞いてくる墨田君に唖然《あぜん》としていると、角木リーダーが「北国の女は、大体そんなイメージだな」などと言う。

「屋根にこんもり載った雪みたいなもんだよ。しんしん降り積もる怒りを限界まで溜め込んで、落ちるときには一気にどさっとな」

「あー、確かに。ほんとにあのときは、雪崩に巻き込まれたような感じでしたね」

もっともらしく頷いてから蕎麦をすり始める墨田君を睨み、唐辛子のかけすぎでむせてしまえばいいのに、と思う。皆川さんは思い出したように「そういえば麦子《むぎこ》ちゃんも北の方だったんじゃない?」と言う。

「確か日向さんと同じ町の出身じゃなかった?」

「そうですね、実家がわりと近くて……」

どぎまぎしながら言葉を濁す。明言されたわけではないけれど、麦ちゃんは私と親戚関係であることを隠したがっているふしがあるのだ。皆川さんはそれ以上追及することはなく「同じ北国でもいろいろよね」と言い、それきり話題が変わったので、ほっとした。

休憩室のテーブルには、角木リーダーの湯飲み茶碗と、皆川さんと墨田君のマグカップが並んでいる。そこに私のマグが仲間入りしている光景に、今更ながら、くすぐったい気持ちになる。

寒空の下で震えながらサンドイッチを齧っていた数ヶ月前が嘘のようだ。

皆川さんは、昨日から喧嘩中だという旦那さんについて話している。蓋に可愛らしいキャラクターが描かれたお弁当箱は、以前お子さんが使っていたものだという。

「とにかく無神経で、思いやりがないの。私がインフルエンザで寝込んでいるときも『俺は会社のそばで適当に食って帰るから、晩飯の用意はいらないよ』って。信じられる？　一事が万事、その調子なんだから」

憤慨する皆川さんに対し墨田君は、いつも通りの呑気な口調で言う。

「帰って来て『飯は？』って言う男よりはマシじゃないですか」

「そんなのは論外。どうして『君は何なら食べられそう？』の言葉が出てこないの？　夫って、妻は霞《かすみ》を食べて生きているとでも思ってるわけ？」

「でも高熱のときって、どうせ何も食えないでしょう」

「墨田、そんなんじゃ、結婚してもいつかカミさんに逃げられるぞ」

「出た、角さんの経験談」

相変わらずの墨田君の頭を、角木リーダーが新聞で叩く。室内に笑いがこぼれた。

テーブルに置いていたスマホが振動し、画面をタップすると、夫のSNSに新しい写真が投稿されていた。断面の美しいサンドイッチは、きっと、今私が手にしているものと同じだ。

写真の下には、具材の内容がハッシュタグを使って連ねられている。ドイツパン専門店で買った白パン、酢漬けのニシン、オリーブと自家製のピクルス、新玉葱。フォロワーからのコメントが続々と投稿される。顔の知らない無数の人々にパンをめくって中身を確かめられ、舐めまわされているようで、寒気がした。

悪意のあるコメントはほとんどない。こんな反応をしてしまう自分が、きっと異常なのだ。

ワックスペーパーを広げ中身を取り出すと、予想通り、白パンの間からニシンが顔を覗かせている。

もし私が今、このサンドイッチは夫の手作りなんです、と打ち明けたら、皆川さんはどんな顔をするだろう。

『毎日作ってくれるのは有難いけど、最近は見るだけで胸やけしちゃって』

『君は何もしなくていいよって言って、私がキッチンに立つと飛んでくるんです』

柔らかい白パンを潰すように持ち、大きく口を開ける。厚くスライスされた新玉葱は瑞々しく甘く、でも飲みこんだ後は、舌にひりつくような辛さがいつまでも残った。

❖❖❖

夕食の配膳を終えて帰り支度を済ませ、スマートフォンを開くと、夫からメッセージが届いていた。

海外留学中だった義兄が予定を早めて帰国したので、今夜は広尾にある実家で夕食をとるのだという。『急だから、桐子は無理しなくていいよ』という部分にほっとした。

横浜駅で電車を降り、デパートに直結している改札口から出る。最上階にある飲食店のフロアは、華やかな服装の若い女性で賑わっていた。春のバーゲンの時期だからかもしれない。なんとなく気後れして、エスカレーターで地下まで降りる。同じように買い物客であふれてはいたけれど、様々な年代が混ざり合っているせいか、キャスケット帽に眼鏡、地味な服装をした私でも、場違いではない。

閉店が近いので、いくつかのお惣菜やお弁当が値引きになっている。二割引きのシールが貼られたそぼろ弁当は、右側が鶏挽肉と炒り卵、茹《ゆ》でたスナップエンドウで飾られた三色ご飯。左側には筍《たけのこ》の煮物、菜の花の胡麻《ごま》和《あ》え、春キャベツと人参のサラダなど、春らしいお惣菜が彩りよく詰められている。だけど結局これだって、私が求めているものとは違うのだ。

祖母の卵のそぼろは、もっと鮮やかな菜の花色だった。ひょっとしたら、母がレシピを知っているかもしれない。そう思ってスマートフォンで電話帳を開き、だが画面に表示された番号をタップすることはできなかった。

私も母も、今ではそう遠くない場所に住んでいるというのに、もう何年も会っていない。最後に会ったのは結婚相手として夫を紹介したときだ。

母が父と離婚したのは、父の三回忌が終わった直後のことだった。奇妙に聞こえるかもしれないが、死後離婚といって、そう珍しいものではないらしい。役所に『姻族関係終了届』を提出し、正式に夫の親族との関係を断つ。つまり、祖母を始めとする父の親族と母が、完全に他人になる、ということだ。

祖母も母も多くは語らなかったけれど、親戚の間では、物静かで穏やかな祖母が、生意気な嫁を町から追い出した痛快なエピソードとして、語り草になっている。

そんな噂話を真に受けるわけではないけれど、父が死んだあとの女三人の食卓には、いつも微妙な緊張感があった。真夜中に目覚めた時に、襖《ふすま》の隙間からこぼれる灯りの向こうで、二人が言い争っている声を聞いたこともある。

東京に引っ越すことを母が決めたとき、当時小学六年生だった私は町に残ることを選んだ。すでに地元の女子校への受験を決めていたからだ。母は「あなたは、おばあちゃん子だものね」と肩をすくめた。そのときの皮肉な笑みが、今でも忘れられない。

当時は理解できなかったけれど、今なら少しだけ母の気持ちがわかる。私にとっては優しい祖母でも、母にとっては夫の母、姑《しゅうとめ》だったのだ。祖母にばかり懐く私を、母はどう思っていたのだろう。

そんなことを考えていると、階段脇の薄暗くなっている場所から、男性の怒鳴り声がした。

「か、返せよ！」という慌て声に、引ったくりだろうか、と緊張が走る。男性が揉み合っている相手は、小柄な女性だ。

「そっちこそ手を放してよっ」

嚙みつくように怒鳴り返す女性の顔を見て、息を吞んだ。

「麦ちゃん……！」

二人がはっとしたように私を見る。男性の手が麦ちゃんの腰にまわされているのを見て、私は反射的に声を上げた。

「痴漢！　痴漢です！　暴漢です！　誰か助けて‼」

男がサッと麦ちゃんから離れる。その隙に私は、ひったくるようにして麦ちゃんの体をかき抱いた。

小太りのスーツ姿の男だ。汗ばんだ額に薄い前髪がへばりついている。気弱に微笑みながら、逃げるどころかにじり寄って来る様子に、鳥肌が立った。

「違うよ、困ったな……。麦子、説明してよ」

馴《な》れ馴れしく呼び捨てにする男を、きつく睨みつける。でも……呼び捨て？　違和感に眉をひそめる私に、麦ちゃんが不機嫌そうに「彼氏」と呟く。

誤解に気付いたときにはすでに遅く、私達の周囲には、ちょっとした人だかりができていた。そのなかに、頭ひとつぶん飛び出た白髪頭を見つける。

「……どうしているんですか」

「いちゃ悪いのかい」

憮然《ぶぜん》とする匙田さんの隣には、塾の鞄を肩掛けした祥太郎君が立っている。

「祥坊が観たがってた映画が今日で終わりだっていうからよ。藪さんは病み上がりだし、春江さんは残業だしで、俺にお鉢が回ってきたのよ」

塾帰りの祥太郎君と待ち合わせをして、これから映画館に行くらしい。

「あんた、あんなでかい声が出るんだな」

「思いっきり声が裏返ってたけどね」

穴があったら入りたい。いや、なくても掘って入りたい。普段の警戒心が完全に裏目に出てしまった。

人ごみを掻きわけてやって来る警備員の男性と、麦ちゃんの恋人に、私は平謝りをするしかなかった。

❖❖❖

駅前のファストフード店で、麦ちゃんは不貞腐《ふてくさ》れたようにテーブルの角《かど》を睨んでいる。

ちなみに通路を挟んだ隣のテーブルには、なぜか祥太郎君と匙田さんが座っている。「別に桐子についてきたわけじゃないよ」と澄まし顔で言うけれど、それならわざわざ隣に座る必要はないんじゃないだろうか。「映画よりも面白そうだし」と呟いた声を、私は聞き逃さなかった。一方の匙田さんは、テーブルの下で窮屈そうに足を組み、コーラに挿したストローを齧っている。

私と麦ちゃんの前にはカフェラテ。麦ちゃんの隣の席には、ブラックコーヒーが入っていた空の紙コップ。さっきまでそこに座っていた男性が頼んだものだ。

都内の栄養大学で講師をしているという彼は、私とは決して目を合わせることなく早口で二人の事情を説明した。そして、まだ熱いコーヒーを一気に飲み干すと「実はまだ仕事が」と言い残し、逃げるように店を飛び出した。

「馬鹿みたい。猫舌のくせに」

素っ気なく言う麦ちゃんの表情には、気心の知れた相手を敢《あ》えて突き放すような親しみが滲んでいる。信じたくないけれど、どうやら本当に彼とお付き合いしているらしい。

三つ年下で、今でこそ微妙な距離感はあるものの、子供の頃は妹のように可愛がってきた麦ちゃんが、まさかあんな人と……心を落ち着かせるために、目の前のあたたかいコップを両手で包む。

駅ビルで私が痴漢に間違えた彼は、終始きまりが悪そうに左手の薬指のリングをいじっていた。妻とは別れるつもりです、などと言っていたけど、全く信用ならない。話し合いの場にこの店を選んだのも彼で、そのチョイスですら馬鹿にされている気がした。本来なら、麦ちゃんの従姉である私に対し、もっと誠意ある対応と釈明が必要なのではないだろうか。一杯百五十円のカフェラテに、苦々しい思いで口をつける。

「麦ちゃん、本気であの人と付き合っていこうと思ってるの？　そんなに好きなの？」

「好きなわけないじゃん。あんな男、ただの時間潰しだよ」

「暇潰しで既婚者と付き合ってるの⁉」

愕然《がくぜん》とする私に、麦ちゃんはうんざりしたように溜息をつく。

「桐ちゃん、大げさ。結婚してるっていっても、ただ離婚してないだけなんだよ。奥さんとはとっくに終わってて、子供のためにパパとママをやってるの。あと五年経って、子供が高校生になったら離婚するって、約束してるし」

「五年も？　好きじゃない男の人のために、五年も待つの？」

麦ちゃんが何を考えているのか、どこまでが本心なのか、私にはさっぱりわからない。子供の頃から知っているはずなのに、全然知らない女の子のようだ。

「じゃ、じゃあ、さっきはどうして揉み合いになったの？　何があったか知らないけど、あんなふうに女の子を乱暴に押さえつける人、私は信用できないよ」

「それは私が、あいつのスマホを取ろうとしたから……」

麦ちゃんは痛いところをつかれたように目を泳がせた。それからぐっと唇を嚙み、上目遣いに私を睨む。

「桐ちゃんみたいな人には、説明したってわからないよ」

「どういうこと？」

「綺麗に生まれて、優しくて金持ちの男と結婚して、なんの責任も負わずにお気楽なパートで社会に貢献してる気になってる主婦には、私の気持ちなんか理解できない、っていう意味」

その蓮っ葉《はすっぱ》な表情は、調理場での凜々《りり》しく清潔な印象とは、まるで違っていた。絶句する私に、麦ちゃんは語気も荒く続ける。

「あんな男と付き合うなんて、って、桐ちゃんは思ってるんだろうけど、仕方ないじゃん！　私達みたいなブスには、あの程度の男しか残ってないの！　桐ちゃんみたいに、綺麗じゃないんだから！」

「そんなことないよ、麦ちゃんならもっと」

「もっと、何？　もっといい人がいるって？　じゃあ、今すぐ私の前に連れて来てよ！　それができないなら、桐ちゃんの旦那と交換して。料理上手でマンション持ちで金持ちで、毎日カフェで六百円のエスプレッソを飲んでる男と、私の彼氏を交換してよっ」

目の前の女の子に、果てしないまでの距離を感じる。一方で、ちっとも変わっていない、とも思う。

小さい頃の麦ちゃんは、うちに遊びに来るたびに、私が使っているペンケースやアクセサリーを欲しがった。ちょうだいちょうだいと駄々をこねては泣きじゃくる麦ちゃんに、いつも私は根負けし、我が儘を聞き入れてきた。だから喧嘩なんて一度もしたことがない。

「そうだね。麦ちゃんが何を考えてるか、私にはちっともわからないよ」

「じゃあ、ほっといてよ！」

「でも麦ちゃんだって、私の気持ちなんかわからないでしょう？」

桐子はお姉さんだね、偉いねぇ。母や祖母からは褒められたけど、私だってそんなに大人じゃなかった。猫の耳としっぽがついたペンポーチも、デニムの生地のリボンのバレッタも、配るあてのないプロフィール帳も、全部大切だった。

私だって、ずっと麦ちゃんが羨ましかった。両親がいて、当たり前のように女の子の友達に囲まれている麦ちゃんが、妬ましくてたまらなかった。

「麦ちゃん、私が小学校で、リコーダーや鍵盤ハーモニカを何度買い替えたか知ってる？　新聞沙汰になるたびに『大変だったね』なんて猫撫で声で擦り寄ってきて、隙あらばゴシップの種を掠め取ろうとする大人の顔、見たことある？」

「そ、そりゃあ、ちょっとくらいは嫌な目に遭ったこともあるかもしれないけど……そんなの、税金と一緒でしょ！　美人税だよ！　綺麗に生まれて、不細工には味わえない良い思いをたくさんしてるんだから！　むしろ羨ましいくらいだよっ」

「良い思い……？」

自分でも驚くほど、低い声が洩れた。

「良い思いって？　バスの座席から立ち上がった瞬間、見知らぬ男の人が粘着シートを片手に駆け寄ってきて私の髪の毛を拾ってほくそ笑んでたり、『落としましたよ』って言われて振り向いたら、記入済みの婚姻届を笑顔で手渡されたりすること？　職場の上司に渡された恋愛小説を開いたら、ヒロインと主人公の名前に全部修正テープが貼られていて、上から私と彼の名前が書き込まれていたことも？　ニヤニヤしながら、『感想を聞かせて欲しいな』って言われたことも？　女の子に『綺麗だね』って言われて『ありがとう』って返せばいい気になってるって陰口を叩かれて、『そんなことないよ』って返せば嫌味、黙っていればお高く止まってるって言われて、結局何をしても嫌われることも？」

早口でまくしたてる私に、麦ちゃんは目をまん丸にしていた。祥太郎君は「良い思い、とは言えないかもね」と呟き、大方の事情を知っている毘田さんは、何も言わずにコーラをすすっている。

「本当にそれが羨ましいなら、交換してよ。麦ちゃんと私の顔を、今すぐ交換してよ！」

睨みあう私達の横を、大きなトートバッグを肩にかけた男性が通り過ぎる。通路が狭いので、バッグの底が麦ちゃんの肩に当たった。

春先だというのに黒いタンクトップ姿の彼は、肩甲骨から二の腕にかけて蔦《つた》が絡まったような刺青《いれずみ》を入れていた。

「見せびらかしちゃって馬鹿じゃない？」

麦ちゃんが舌打ちまじりに言う。今にも男性が振り向くんじゃないかと冷や冷やした。祥太郎君までもが、「寒くないのかな」と同調する。

「二人とも、声が大きいよ……！」

「でも本当のことだよ」

悪びれない祥太郎君に、それまで黙っていた匙田さんが口を開いた。

「確かに見ちゃらんねぇなぁ。親からもらった体に傷つけて、いっぱしの顔でいきがりやがって。でも姉さん、俺からしたら、あんたも一緒だぜ」

麦ちゃんは、心外だとばかりに匙田さんを睨む。

「私は刺青なんか入れてません！」

「傷つけてるのが体の外側か、内側かってだけの違いだろうよ。手塩にかけて育てた娘が、ろくでもねぇ男に傷物にされて、親御さんは遣《や》るせねぇだろうな」

「何も知らない人は黙っててください！　彼はちゃんと私とのこと、真剣に……」

「男に本気で大事にされてる女は、あんたみたいに尖《とん》がった顔はしちゃいねぇよ。若気の至りにかこつけて馬鹿をやるのは勝手だが、相手のカミさんに知られて訴訟でも起こされてみな。外にも内《なか》にも、一生消えねぇ痕が残るぜ」

麦ちゃんの顔が、さっと青ざめた。唇が、小刻みに震えている。

「誰にも迷惑かけてねぇぶん、あんたよりもあの兄ちゃんの方がよっぽどマシだ」

涙をこらえる顔は子供の頃とおんなじで、見つめている私まで、たまらない気持ちになる。

「麦ちゃん、あのね、匙田さんは麦ちゃんのことを心配して——」

「余計なお世話なんだよっ、説教ジジイ!!」

店内に響き渡るようなボリュームで捨て台詞を投げつけ、麦ちゃんは店を飛び出して行った。

「なかなかの跳ねっかえりだな」

「すみません、麦ちゃんが、とんでもないことを……」

「別にあんたが謝るこっちゃねぇ」

うろたえる私に、匙田さんは飄々《ひょうひょう》としている。麦ちゃんが、あんな暴言を吐くなんて……。ショックを受ける一方で、麦ちゃんが中学生の時、叔母さんが「麦がツッパリみたいな子と付き合ってる」としきりに心配していたことを思い出す。「あの子、ああ見えて男の子に影響されやすいの」とも。

「まぁ、男と女のことは、いくら外野が騒いだってどうにもならねえ。気を揉むだけ無駄ってもんだ」

「そうかもしれませんけど……」

だからといって、簡単には割り切れない。もし叔母さんが、麦ちゃんが妻子ある男性と付き合っていると知ったら、どれほど悲しむだろう。つい先週も「麦子、そっちでちゃんとやってる?」と電話がかかってきたばかりだ。

うなだれる私の横を、今度はベビーカーを押した若い女性が通り過ぎる。八センチはありそうなピンヒールで蹴るように通路を歩き、突き当たりの四人掛けの席に腰を下ろす。向かい側には、さきほどの刺青の男性が座っている。私の前のテーブル席の年配の女性二人が「見て、あの靴。しかも、こんな時間に連れまわすなんて」「あんな爪で、どうやっておむつを替えるのかしら」などと囁き合っているのが聞こえた。

毘田さんはトレイにコーラのカップを置くと、顔をしかめて笑った。

「おっかねぇなぁ。精一杯やってりゃあ、百点満点じゃなくてもいいじゃねぇか」

その声は、初めてやぶへびでスープを差し出してくれたとき、「飲み干しちまいな」と言ったときのものによく似ていた。あのときは涙で汚れたレンズのせいでよくわからなかったけれど、もしかしたら毘田さんは、こんな優しい顔をしていたのかもしれない。

目尻に寄った深い笑い皺から、慌てて目を逸《そ》らした。なぜだか、落ち着かない気持ちにさせられる。

そんな毘田さんとは対照的に、祥太郎君は冷ややかだ。

「でも平均点を大幅に下回るのは問題だよ。折れそうなハイヒールでベビーカーを押すのも、刺青を見せびらかして歩くのも、俺には馬鹿にしか見えないよ」

「おめぇの生意気な口につける薬がほしいぜ」

祥太郎君の額を指先で弾き、毘田さんは若い両親を微笑ましげに眺めている。ベビーカーの中の赤ちゃんは、ウサギの耳がついたフードを被っていて、縫いぐるみのように可愛らしい。

「でも、人間てすごいよね。首も据わってない、歩けもしない状態で生まれて来るなんて。サバンナだったら一瞬で肉食獣に捕食されてるね」

恐ろしいことを言う祥太郎君の頭を、匙田さんは大きな手で鷲摑《わしづか》みにした。

「そりゃそうさ。おめぇだって昔は、しょっちゅう熱を出すわ、ひきつけを起こすわ、ちょいと目を離すと車にはねられそうになるわで、今生きてるのが奇跡ってもんよ。春江さんが赤ん坊のお前を抱えておろおろしてたのが、懐かしいぜ」

ピンヒールの女性が赤ちゃんを抱き上げ、哺乳瓶でミルクを飲ませている。刺青の男性はおむつやオモチャなどが入っているであろうトートバッグを抱えながら、可愛くてたまらないといった表情で赤ちゃんの頰をつついている。

その二人の姿に、昔一緒に暮らしていた頃の父と母を重ねてしまった。

生前の父はよく一緒に遊んでくれたけど、母は仕事一筋の人だった。参観日に顔を出すことは滅多《めった》になく、運動会の母子競技ではいつも仏頂面だった。仕事以外ではとことん不器用で、小学校の学習発表会で手作りの半纏《はんてん》を用意しなければいけなかったときも、すぐに学校に電話をかけた。「どうして既製品じゃだめなんですか」と嚙みつきつつも、結局、何度も針で指を突き、ときには徹夜もしながら、当日の朝には半纏を完成させてくれた。手渡されたものはお世辞にも綺麗にできているとは言い難かったけれど、半纏に腕を通してはしゃぐ私を見て、母は珍しく照れ臭そうにしていた。そんな母を見つめる父の目は、どこまでも優しかった。

百点満点じゃなくても、きっと精一杯私を育ててくれた。匙田さんの言うように。母に電話をしてみよう。今日、麦ちゃんと初めて本音でぶつかり合ったように、私にはもっと家族と向き合うことが必要なのかもしれない。母だけではなく、勿論《もちろん》、夫とも。

「おいおい、泣きべそか？　腹でも減ったのかよ」

「桐子、コーヒーだけだもんね。食べる？」

お腹《なか》が空《す》いたからといって涙ぐむほど子供ではない。だけど、祥太郎君が半分に割ってくれたハンバーガーが、無性においしそうに見えて、つい手を伸ばしてしまう。

何の肉かもわからない薄っぺらいパティとしなびたピクルス、これでもかと塗りたくられたケチャップ。夫が手間と時間をかけて作った美しいサンドイッチとは雲泥の差だ。なのに……

「うめぇだろ」

「体にはよくないですけど」

口許にケチャップをつけながら負け惜しみを言う私に、匙田さんはにやりと笑う。

「確かに、あんたらが作る料理に比べたら、毒みたいなもんだな。道ならぬ恋と同じ、背徳の味ってやつか」

「……匙田さんは、彼が本当に奥さんと離婚すると思いますか？」

「さぁな。だがどのみち、ろくなことになりゃしねぇさ。浮気を甲斐性にする野郎はクズだが、妻子を捨てて若い女に走るなんざ、一線を越えちまったクズ中のドクズよ。そんな男と一緒になっても先が知れてるってもんさ」

そう言いながら、やぶへびの調理場で後片付けをするときと同じように、手際よく空容器や紙コップをまとめる。

「まぁ、クズはクズでも、女に手を上げるような奴じゃなくてよかったな」

もしかして、それを心配してついてきてくれたのだろうか。

トレイを片付けに行く匙田さんの背中から目が離せない私の横で、祥太郎君がぽつりと「たらしジジイ」と呟いた。

❖ ❖ ❖

夫から電話が掛かってきたのは、匙田さんと祥太郎君と別れてすぐのことだった。

久しぶりに飲み過ぎたので、今夜は実家に泊まり、始発で帰って来るらしい。随分と珍しいことだ。実行するチャンスは今夜しかない。

閉店間際のスーパーに駆け込み、母に電話を掛けた。久しぶりに聞く母の声は相変わらずで、「何か用事があるんでしょう?」と、すぐに私の心を見抜いた。思い切って祖母の玉子のそぼろのことを尋ねると、母は一瞬沈黙し、それから、とても意外なことを言った。

「ひどいわね。それを作ったのは、お義母《かあ》さんじゃなくて私よ」と。

夫が帰宅する時間に合わせ、朝の四時にアラームをかけた。シャワーを浴びて着替え、エプロンをつける。キッチン棚のどこに何があるかが全くわからなかったので、ただお米を炊くだけで時間がかかってしまった。

探し出した小鍋で卵を茹で、殻を剝き、黄身と白身に分ける。戸棚の奥から濾《こ》し器を探し、黄身をしゃもじで押し潰す。たくさんの砂糖とひとつまみの塩で味付けすると、菜の花色のそぼろの出来上がりだ。料理が苦手な母らしい、シンプルなレシピ。

「あなた昔、卵白アレルギーだったのよ」

一歳になる少し前に玉子粥《がゆ》を食べさせたら、みるまに蕁麻疹《じんましん》が出たのだという。つっかけサンダルで必死に診療所に走ったのに、到着した頃には綺麗に消えていて拍子抜けした、と母は笑った。

普通の炒り玉子が食べられない私のために母が考えた、黄身だけを取り出して作る菜の花そぼろ。アレルギー自体は軽度で、小学校に上がる頃には治っていたらしいけれど、桜と菜の花の二色ご飯は、我が家のお弁当の定番になっていた。

「おかずを作ってくれたのはお義母さんだけど、そぼろ作りだけは譲れなかったのよ。昔の人だから、〝アレルギーだからって甘やかさないで、少しずつ慣れさせた方がいいんじゃないか〟なんて言うのよ？ 台所で喧嘩をしながらお弁当を作ったのが、今となっては懐かしいわ」

いつになく柔らかい声に驚いた。

死後離婚は祖母からの提案ではあったものの、目的は母を家から追い出すことではなかった。父が生きていた頃から、外に働きに出る母を一番応援してくれたのは、他ならぬ祖母だったのだという。全ては母の背中を押し、古いしがらみから自由にするためだった――と言われても、すぐには信じられない私に、母は悪戯っぽく笑って言った。

「私達、喧嘩をすることも多かったけど、あなたが思うよりずっと仲良しだったのよ」

私と母の二十年ぶりの答え合わせは、時間にして三時間足らずだった。私の中の一番のしこり――母が東京に引っ越す際に言った「あなたは、おばあちゃん子だものね」――については、あっけらかんとした口調で「ちょっとしたやきもちよ。あなたがお義母さんにばかり懐くのが面白くなかったのよ」と言われ、噴き出してしまった。距離が近ければ近いほど、ほんの些細《ささい》なことから、私達を繋ぐ糸は複雑にもつれてしまう。でも糸の先を見つけるのは、意外に簡単なのかもしれない。

迫り来る朝の気配に焦りながらも、プラスチックの蓋付き容器に二色ご飯を詰めた。アルミホイルで作ったしきりの向こうには、肉団子に塩もみキャベツ、プチトマトなど、閉店間際のスーパーで買った食材で作ったおかずを精一杯彩りよく詰め込んだ。

大判のハンカチでお弁当を包み終えた頃、玄関の鍵が開く音がした。昨日と同じ服装で帰って来た夫の顔は、心なしかむくんでいた。寝不足とお酒のせいだろうか。

エプロン姿で出迎える私に、「早起きだね」といぶかしげに首を傾げる。

「お帰りなさい」

精一杯微笑んでみる。夫は探るように私を見てから、はっとしたようにリビングに向かった。その背中を追いかけながら、大丈夫、大丈夫、と自分に言い聞かせる。

使い終わったキッチンは完璧に元の状態に戻したはずだ。冷蔵庫の中の写真をあらかじめ撮影して、使ったものは全て定位置に戻し、シンクは丁寧に磨き上げ、布巾で水滴を一粒残らず拭き取った。

「今日は私がお弁当を作ってみたの。昔ね、母とお祖母ちゃんが作ってくれた思い出のお弁当。母と久しぶりに電話したら、懐かしくて、圭ちゃんと一緒に食べたくなっちゃって」

早朝の静かなリビングに、私の声は空々しく響いた。

無謀なことをしているとわかっていた。それでも私は、どうしても夫に食べて欲しかった。母と祖母が込めた思いを、私の舌が無意識に感じていたように、夫にも私の気持ちを感じて欲しかった。

夫は立ち尽くしたまま、キッチンカウンターの上の二つのお弁当を見つめていた。

「料理は僕がする。それが決まりだったよね?」

ようやく私に向き直った夫の顔からは、何の表情も読み取れなかった。仮面を貼りつけたような冷ややかさに怯まないように、自分を奮い立たせる。

「私、そんなにおかしなことをしてる?」

「思い付きでルールを破られるのも、キッチンを荒らされるのも不愉快だな。君だって、僕が君の寝室に忍び込んでクローゼットを覗いているのを見つけたら、不愉快だろう」

夫が私のことを君と呼ぶときは、本気で腹を立てている証拠だ。

「――私は、構わないよ」

ありったけの勇気を振り絞る。

「圭ちゃんが私のクローゼットを覗くのも、寝室に入るのも、全然構わない。それがおかしなことだとも思わない。圭ちゃんが料理を作ってくれるのはありがたいけど、私がキッチンを使ったらいけないなんてルールを了承したつもりもない。私は――、キッチンもベッドも、あなたと一緒がいい」

カーテンの隙間から射し込む朝日が、少しずつ明るさを増す。夫が一歩前に踏み出した。少し皺の寄ったシャツの腕が、そっと私の腰に回される。

「構わない？　本当に？」

夫が微笑みながら囁く。何年かぶりに、抱き締められるかと思った。手のひら以外の場所で夫の体温を感じるのは、本当に久しぶりのことだった。

夫が愛用している、イギリス製のデニム地のエプロン。ウエスト部分で私が結んでいた紐が、ゆっくりとほどかれる。

「僕が君の寝室の引き出しを開けて、君の下着を勝手に身につけていたとしても？」

エプロンが私の体から離れると同時に、夫のぬくもりも、素っ気なく離れる。夫の瞳に浮かぶのは、紛れもない嫌悪だった。

「着替えておいで」

「圭ちゃん、でも――」

「食べさせたい料理を、食べたくない相手に無理矢理押し付けることが愛情なの？」

その言葉だけで、もう充分だった。私のなけなしの勇気を打ち砕くためには。夫の瞳には、嗚咽《おえつ》をこらえる私の顔が映っている。どうしてだろう。どうしてこの人は、妻のこんな表情を見つめながら、微笑んでいられるのだろう。

寝室に逃げ込み、ベッドに顔を埋めた。食べさせたい料理を、食べたくない相手に無理矢理押し付けることは、愛情ではない。確かにそうだ。でもその理屈で言うなら、夫は私を欠片《かけら》も愛していないのだ。

どれくらいそうしていただろう。濡れたシーツが顔に貼りついていた。ドアをノックする音と、「朝食ができたよ」という、いつもと変わらぬ夫の声がする。

「今日はあたたかいみたいだから、薄着でいいね。グリーンと白のストライプの、シフォン素材のシャツワンピースなんかどうかな。桐子によく似合ってたよね」

夫は知っているのだろうか。自分がこの部屋をノックするのが、どれくらい久しぶりかを。私が毎晩どんな気持ちで、二枚のドア越しの夫の気配に耳を澄ませていたかを。

そしてここしばらくは、どんな思いで待つことをやめたのかを。

押し黙る私に呆れたのか、夫はリビングに戻ったようだ。一時間ほどしてまた、ドア越しに声が聞こえる。

「桐子、もう行くよ」

それでも答えずにいる私に、しばらくの沈黙のあと、ぽつりと呟く。

「桐子、最近おかしいよ」

夫が家を出て行ってから、私は重い体を起こして寝室を出た。どのみち今日は木曜日だし、パートは休みなのだ。

祈るような気持ちでリビングのドアを開け、キッチンに向かう。

テーブルの上に二つ並んだお弁当は、底に触れるとまだ、ほのかにあたたかかった。

わかり切っていたことなのに、私はまた、誰もいないキッチンで少しだけ泣いた。

❖❖❖

非番の日に職場に行くのは初めてだった。今日はクローゼットの中で一番地味な黒いワンピースを選んだ。横浜駅のトイレで着替えることはせずに、素顔のまま相鉄線に乗る。すれ違う人も、電車の乗客も、ぎょっとしたように私を見ていた。

みぎわ荘のエントランスを抜け、調理場のドアの外から中の様子を窺う。すぐに墨田君が現れる。ちょうど昼休憩が始まる時間なのだ。

「え、日向さん……？　うわっ、不細工！」

「それはあんまりじゃない？」

「どうしたんですか、麦さんといい……二人で殴り合いの喧嘩でもしたんですか？」

次に出てきたのは麦ちゃんだ。私と同じように、瞼を真っ赤に腫らしている。私を見て、「何、その顔」とぶっきらぼうに言った。

お互い様すぎて、どちらからともなく噴き出してしまった。

「麦ちゃん、お弁当、一緒に食べてくれない？　夫用に作ったもので悪いけど」

「喧嘩？　めずらしいじゃん」

「喧嘩にもならなかったのが、情けないんだけどね。麦ちゃんは？」

「別れた。あいつ、私の後輩にも手を出してたの。スマホに履歴が残ってた」

あのあと彼に会いに行ったのだろうか。早く別れて欲しいと願っていたはずなのに、泣き腫らした顔の麦ちゃんを目の当たりにすると、喜ぶ気持ちにはなれない。

麦ちゃんが私の手からランチトートを取る。

「もしかして、お祖母ちゃんの玉子のそぼろ？」

「そう。菜の花そぼろと、甘い桜でんぶの二色ご飯」

「甘すぎて舌が痺《しび》れるやつね」

笑い合う私達を見て、墨田君が「いつのまに仲良くなったんですか？」と不審そうな顔をする。

「それに、今初めて思ったんですけど――日向さんと麦さんて、なんか似てません？」

「当たり前でしょ、従姉だもん」

ぶっきらぼうに言う麦ちゃんに、墨田君は「ええ！」と驚愕していた。

❖
❖
❖

「あーあ、終わっちゃった。春なのに、おひとりさま」

やぶへびの奥にある藪さんの自宅の縁側に座り、麦ちゃんは散りかけた桜を眺めながら呟いた。二階で休んでいる藪さんに代わって、今日は匙田さんが厨房で仕込みをしている。藪さんが、「匙ちゃん、玉子酒を作ってよ、玉子抜きのやつ」と叫んでいる。この調子だと、回復は早そうだ。

「あんな奴、どこがよかったの？　って思ってるでしょう」

麦ちゃんが泣き腫らした目で悪戯っぽく言う。ためらいながらも頷く私を見て、すすり泣くような声で笑う。

「ＵＦＯキャッチャーでたまたま獲《と》れた不細工なぬいぐるみでも、毎日一緒に寝てたら愛着が湧いちゃうじゃん。そんな感じ。いつでも捨ててやるって思ってたのに、気付いたら私の方が手放せなくなってた」

麦ちゃんの丸いおでこや小ぶりな鼻には、子供の頃、祖母の家で一緒に遊んだ面影が残っている。なのにいつのまにか私達は、随分と遠いところに来てしまった。

「あ。桐ちゃんの旦那、また新しい写真を投稿してる」

麦ちゃんのスマートフォンに表示されているのは、自宅の寝室のドアだ。いつのまに撮影したのだろう。

『朝帰りしたら妻が部屋から出て来てくれません……夕食は妻の大好物のペリメニにしよう。きっと匂いに誘われて出て来てくれるはず』。最後に、ツンと澄ました猫の絵文字が添えられている。

「桐ちゃん、ペリメニって何?」

「知らない。聞いたこともない」

「ひえー」

麦ちゃんは顔を歪《ゆが》めて身震いしつつ、几帳面《きちようめん》にその単語を検索する。ロシアの伝統的な家庭料理で、シベリア風の水餃子《すいギョーザ》らしい。

「麦ちゃん、知ってたんだね」

「見つけたのは偶然だけどね。どこからどう見ても、桐ちゃんの写真だったから」

麦ちゃんが夫のSNSのフォロワーだったなんて知らなかった。確かにゆうべ、私の夫を揶揄《やゆ》する麦ちゃんの言葉が、具体的すぎると思ってはいたのだ。

「だけどラブストーリーの裏側までは知らなかったなあ」

「知りたくなかった？」

「うーん、でも桐ちゃんと初めてちゃんと喧嘩できたし、よしとする。だけどさ」

麦ちゃんは顔を俯《うつむ》け、小刻みに肩を震わせる。

「ヨガ教室のアシスタントって――桐ちゃん、昔から運動音痴だし、体も固いじゃん！　だめだ、似合わなすぎて笑える」

三つ年下の小生意気な従妹にすら簡単に見破られてしまう嘘に、夫は一向に気付く気配がない。

結婚後、働きに出たいと言う私に、夫は反対しなかった。それでも、パン工場やビルの清掃の求人広告を見せると、話にならないと言いたげに肩をすくめた。代わりに勧められたのは、元町《もとまち》にあるヨガスタジオの求人だ。『スタッフ募集。未経験でもＯＫ』と書かれた下に添えられた写真には、溌剌《はつらつ》とした若い女性ばかりが写っており、到底馴染めそうもなかった。

ヨガ教室がよくてパン工場がだめだという価値観は私には理解できないけれど、きっと我が家の冷蔵庫に見られる夫の美意識が関係しているのだろう。英語のロゴが入ったケチャップのチューブはそのままドアポケットに入れられるのに、片仮名で名前が書かれたウスターソースはガラス瓶に移し替えなくてはならない。それと同じで、スタイリッシュなウェアでヨガアシスタントをする妻は許せても、白衣にマスクを付けて工場で働く妻は受け入れられないのだ。

「うちで顔を隠してるのは、それが理由？　旦那に嘘がバレると困るから？」

「それだけじゃないけど——前にね、夫といるときに、フォロワーの人から声をかけられたことがあるの」

ちょうど私がアルバイト先を探し始めていたときのことだ。場所は、夫の行きつけのスペインバル。もしかして、と切り出した彼女は、夫のアカウント名を口にした。彼女は興奮気味に「ファンです！」と夫に訴え、じっと私を見つめた。写真で見るよりずっと綺麗、と溜息をつく彼女に、なんとか微笑み返そうとしたけれど、私の頬は強張っていたと思う。

帰り道の夫は心なしか不機嫌だった。後日夫のSNSを覗くと、彼女のものらしいコメントが投稿されていた。突然声をかけたのに気さくに対応した夫への感謝と、私の容姿への称賛、でも最後は『奥様は思っていたよりもおとなしそうで、少しイメージと違ったかな』という言葉で締めくくられていた。

その出来事のあと、夫には「二人のときは僕がフォローするけど、ひとりのときは気を付けてね」とやんわりと釘を刺された。それ以来私は、結婚前とは違った意味で、人の視線に晒されることが怖くなった。求人情報誌をめくることもやめた。掃除も洗濯も、ほとんどの家事は夫が完璧に済ませてしまうので、日がな一日部屋に籠もり、夫の帰りを待った。

テレビの料理番組でおいしそうなレシピを見つければメモを取り、でも、キッチンに入ることを許されていない自分に気付き、余計に気持ちが塞いだ。

初めて足を踏み入れた時は幸福の象徴のように見えたリビングは、ひとりのときも、夫が帰って来てからも、無機質で冷たい密閉容器のようだった。

麦ちゃんの職場で調理補助のスタッフを募集していると知ったのは、そんなときだった。ためらう気持ちは勿論あった。それでも、もう一度キッチンに立ちたい、夫のためでなくてもいいから、誰かのために料理をしたい、という思いには抗えなかった。

そうして私は、寝室のクローゼットに押し込んでいた古びたボストンバッグから、もう二度と使うまいと思っていたグリーンのカラーグラスを取り出したのだ。

「私、桐ちゃんはこの仕事を馬鹿にしてるんだと思ってた。地味で映えないから、嘘をついてるんだって」

「そんなわけないじゃない。だったら麦ちゃんに頼んで雇ってもらったりしないよ」

夫といるときの私は、ただのマネキンだ。美しく微笑んでさえいればいい。キッチンで料理をすることも、もしかしたら意思を持つことすら、求められていない。そんな私でも、あの職場では必要とされている。私が作った料理を心待ちにしてくれる人達がいる。みぎわ荘の調理場に立つ時間があるから、私はかろうじて、自分を見失わずにいられる。

麦ちゃんは膝に載せたお弁当の包みをほどくと、プラスチックの蓋を開けた。いつもは凜々しく引き締まっている頰が、蕾が開くようにほころぶ。

再び熱くなった瞼に、店の冷凍庫から借りた保冷剤を当てる。

私が明け方のキッチンでお米を研ぎながら、卵の殻を剝きながら思い浮かべていたのは、こういうことだ。私は夫の、こんな表情が見たかったのだ。

「懐かしいな、このお弁当。私にとっては、苦い思い出の味だけど」

麦ちゃんは二色ご飯を食べながら、目を伏せて笑う。

「覚えてないなんて嘘だよ。本当はずっと、桐ちゃんとの〝手つなぎ遠足〟が忘れられなかった。あのとき、初めて思い知ったんだ。私は桐ちゃんみたいに可愛くないんだって。それまでは、自分の両親から『可愛い可愛い』って言われてさ。お祖母ちゃんなんて特に『桐子も麦子も本当に可愛い』って、いつもセットで褒めてくれたでしょ。だからかな、盛大に勘違いしてたんだよね」

私のクラスメイトや他の新入生から『本当に従妹なの？』『全然似てないんだね』『なんかがっかり』などと言われ、それが長いことトラウマになった、と麦ちゃんは言う。そんなこと、全然知らなかった。

「まいっちゃうよね。うちの両親もお祖母ちゃんも、とんだ嘘つきだよ」

「……嘘じゃないと思うよ」

私の言葉に、麦ちゃんはちょっと黙ってから、「そうだね」と笑った。

私もお弁当の蓋を開け、二色のそぼろで彩られたご飯に箸をつける。甘党だった母の味を再現するために、砂糖は惜しみなく使った。冷たいご飯と共に口に入れると、嚙み締めるほどに甘くなる。

「あ、この甘酢餡《あまずあん》の肉団子も久し振り。お祖母ちゃんの味。うちのママが作るのはケチャップ味だからさ」

「味加減、おかしくない？　黒酢の代わりにバルサミコ酢を使ったんだけど、大丈夫だったかな。塩もみキャベツも、しょっぱすぎない？」

「なんでそんなに必死なの？　ちゃんとおいしいってば」

詰め寄る私に、麦ちゃんは怪訝な顔をする。厨房からお盆を掲げてやってきた匙田さんが「だから俺が、いつも言ってるじゃねぇか」と呆れ顔で言う。

「いい加減、あんたは自分の舌を信用しろよ」

「でも……」

煮え切らない私を見て、麦ちゃんは「どういうこと？」と眉を寄せる。

「……夫に、私が作る料理はしょっぱいって言われたの」

入籍し、あのマンションに越して最初の夜のことだった。私が用意したのは、祖母直伝の筑前煮《ちくぜんに》だった。夫は一口食べて首をひねり、コップに注いだ水を飲んだ。そして言ったのだ。

「前から思っていたけど、桐子の作る料理って塩辛いよ。東北の人は味付けが濃いっていうの、本当なんだね」と。

それまでも何度か私のアパートで料理を振る舞ったことはあったし、いつも残さずに食べてくれていたので、何を言われているのかわからなかった。大げさかもしれないけれど、いきなり平手で頬を張られたような衝撃だった。

それ以降、どんな料理を出しても、夫を満足させることはできなかった。塩辛い、出汁の取り方が良くない、灰汁が綺麗に取れていない、野菜の切り方が不揃いなので火の通り方も味の滲《し》み方も均一ではない、と、優しい物腰で、細かな不備を指摘された。

最終的には、結婚して一週間もしないうちに、こう言われた。

「これからは料理は俺の担当。桐子の苦手なことは俺がカバーする。それが夫婦だからね」と。微笑みながら私の頭を撫でる夫に、何も言い返せなかった。

はじめにキッチンから逃げ出したのは私だ。でも、一度逃げたら二度と入れてもらえないなんて、思わなかった。

「そういえば桐ちゃん、計量スプーンで調味料を計るとき、異常に緊張してるもんね。サラダのドレッシングを作るときも、しつこいくらいにリーダーに味見を頼んでて、なんか変だとは思ってた」

麦ちゃんは匙田さんから受け取った煎茶を口に含むと、ようやく合点がいった、というように頷いた。

「確かに、本家のおばさんとか田中のじいちゃんちに行ったときは、テーブルに並んだおかずが全部醬油色だったりしたけどさ。でもお祖母ちゃんとかうちのママの味付けは、どっちかっていうと薄目じゃない？　学校の給食のおかずだって、いつも少ししょっぱいな、て思ってたくらいだもん。桐ちゃんの旦那は、完全にモラハラ。いや、洗脳だね」

「身の丈以上の別嬪な女房をもらっちまったんで、どこかに味噌をつけとかねぇと、不安で仕方がないんだろうよ。天女に惚れた男が羽衣を隠して自分の嫁さんにしちまう、って話と一緒だな。愛情の裏返しってやつか」

「だから、それがモラハラなんだってば」

「そうやって何かっちゃあ新しい言葉をこしらえて、何でもかんでもそこに放り込んじまうのは乱暴なんじゃねぇか」

苦笑いで言いながら、韮田さんは私にも湯飲み茶碗を渡してくれる。

「何だい、何か付いてるかい」

韮田さんが不思議そうな顔で自分の顎をさする。いえ、とだけ返し、熱い煎茶に口をつけた。

私が初めてやぶへびで料理を作ったのは、今から一ケ月ばかり前のことだ。

二日酔いで寝込んでいた藪さんと、電球の付け替えで手の筋を傷めたという韮田さんに代わって厨房に立った。常連の魚屋さんに貰った子持ちカレイが傷みかけている、と韮田さんにせっつかれ、おそるおそる包丁を握った。カレイを五枚におろすところまではやりおおせたものの、計量スプーンもカップもない厨房では、自分の勘と舌だけが頼りだった。おっかなびっくり作った煮つけの鍋に、韮田さんはひょいと手を入れ、生姜と一緒に煮込んでいた長葱をつまんだ。

『あんたも人が悪《わり》ぃな。俺が作るよりもずっと味が良いじゃねぇか』

箸も持てないと言っていたはずの右手についた煮汁を舐めながら笑う韮田さんは、多分きっと、全てお見通しだったのだと思う。あの瞬間、私の心に刺さっていた無数の棘《とげ》のうちのいくつかが、すっと抜けたのだ。

韮田さんが何かを食べるのを見たのは、そのときが初めてだった。

「韮田さんは、嘘つきですよね。手をひねったなんて――あのあと、祥太郎君と平気で将棋を指していたし」

「何のことだかわかりゃしねぇな。このところ、めっきり忘れっぽくてよ」

そんなやり取りをする私達を横目で見て、麦ちゃんは、ふぅんと鼻を鳴らす。

「つまりこの爺《じい》さんが、旦那にかけられた桐ちゃんの呪いを解いてくれたってわけだ」

「そんな大層なことはしちゃいねぇよ」

「王子じゃなくてジジイだし、まとってるのもマントじゃなくて加齢臭だけどね」

ファストフード店で匙田さんとやりあった手前、なかなか素直になれないのか、麦ちゃんは憎まれ口を叩く。

「干からびたジジイで悪かったな、あんたらも、今は茹で玉子みてぇな頰《ほ》っぺたしてるけどよ、あと五十年もすりゃあ立派な干し柿だ」

匙田さんは気にした様子もなく、少し間を空けて私の隣に座った。腰を下ろした拍子に、いつも吸っている煙草の香りに混ざって、ほんのかすかに、スパイスのような独特の香りがする。

「加齢臭って、このことですか？」

白いシャツの衿から覗く首筋に鼻を寄せる。生八つ橋にまぶされている肉桂《にっき》の粉のような、癖のある香りだった。匙田さんがぎょっとしたように私から体を離す。

「私、匙田さんの匂い、好きです。素敵だと思います」

煎茶がおかしなところに入ったようで、匙田さんは前かがみになって激しく咳《せ》き込んだ。

「大丈夫ですか？」

「大丈夫なわけがあるかい、ジジイを殺す気か！」

一喝される私を見て、麦ちゃんが呆れたように「桐ちゃん、それは駄目だよ。今のは完全に、桐ちゃんが悪いよ」と首を振っている。そうだろうか。

「いいからもう、あんたはいつもの眼鏡でも掛けておとなしくしとけ」

背中をさすろうとする私の手を払い、匙田さんは顔を背けてぶっきらぼうに唸る。

仕方なく伊達眼鏡をケースから出して鼻に載せる。

この前までは、外しておけって言ったくせに……と不満に思いながら隣を見る。裸眼では少しだけ赤らんでいた匙田さんのうなじは、グリーンのレンズを通すと、いつもと変わらぬ様子に見えた。

第四話　漬けトマトの冷やし中華

真紅の彼岸花に橙色《だいだい》のキンセンカ、紅花やあざみ、大輪の江戸菊。横浜駅に隣接するショッピングモールの壁面に貼りつけられた夜空には、色とりどりの炎の花が散っている。

毎年恒例の花火大会のポスターだ。思わず足を止める私の隣で、麦ちゃんが迷惑そうに顔をしかめる。

「見てよ、この数字！　去年の観覧者、うちらの町の総人口の三十倍だって！　道理で、駅がラッシュで大変だったわけだわ」

去年の仕事終わり、麦ちゃんはあふれ出す人波に揉まれてホームにたどり着くことができず、混雑が落ち着くまでカフェで時間を潰してから、ようやく地下鉄に乗れたらしい。

「どうせ待つなら、花火を見てから帰ればよかったのに」

「私、花火も夜景もイルミネーションも五秒で充分だもん」

ビルの入り口のドアを押すと、初夏の蒸し暑さに馴染んだ体を冷気が包む。コスメショップの前では、首にスカーフを巻いた美容部員の女性が、夏季限定の香水のパンフレットを配っている。一緒に手渡された細長い紙からは、パイナップルとミントの爽やかな香りがした。

「そういえばさ、同じ日に、あの居酒屋の近くの神社も夏祭りじゃなかった？」

「そうなの。ちょうど火曜でお店は定休日だし、みんなで行こうって誘ってもらったんだけど――」

「桐ちゃんはその日、旦那の実家で法事だもんね」

法事といっても略式のもので、広尾にある夫の実家で食事をするだけ……なのだが。

弱々しく頷く私を、麦ちゃんは「オーラ暗過ぎ」と笑い飛ばす。

「そんなに行きたくないならサボっちゃえば？　どうせまだ、旦那と仲直りしてないんでしょ？」

エスカレーターで地下二階まで降り、先月オープンしたばかりの輸入食材店に入る。おもちゃのようにカラフルなお菓子や見慣れない調味料、缶詰、レトルトパウチされた食品が並ぶ中、麦ちゃんはスパイスの瓶が並ぶ棚に手を伸ばす。

「大体さぁ、モラハラ旦那のために、そこまで尽くす必要ないじゃん。休日を犠牲にしてまで姑のご機嫌取りとか、私には無理だなー」

実際、夫とは冷戦状態が続いている。朝帰りをした夫を、私が手作り弁当で出迎えたのが、まだ桜がほころび始めた三月のことだった。あれ以来夫は、滑稽《こっけい》とも思えるほど私をキッチンに入らせないようにしている。

食卓での会話は、ほぼない。初めのうちは私も、なんとかお互いの意見を擦り合わせようとした。でも夫は、そんな話はしたくない、聞きたくないの一点張りで、とりつくしまもない。

私の投げたボールは全部、夫の体をすり抜けてしまう。夫が受け止めて放り返してくることはない。床に散らばった無数のボールには気づかないふりで日々を過ごし、折を見て私がボールを拾い上げ、夫に向かってもう一度投げる。また転がる。

春から夏にかけて、私達――いや、私は、その繰り返しばかりをしている。認めたくはないけれど、初めの頃に比べると、私がボールを投げてから拾うまでのスパンが長くなっている。このままじゃいけない、とわかっていても、パート終わりにやぶへびで開店の準備を手伝ったり、麦ちゃんと寄り道をすることが増えた。

「麦ちゃん、夫婦って、なんだろうね……」

「独身の私に聞く？　嫌味？」

「じゃあ麦ちゃんは、私の結婚生活、羨ましい？」

「全然。だから最近は、いくらでも桐ちゃんに優しくできるよ」

麦ちゃんは澄ました顔でナツメグの瓶を手に取り、「離婚って選択もありじゃない?」とあっさりと言う。

春先に不倫相手と別れた麦ちゃんは、肩まであったセミロングの髪を短く切った。大胆なショートヘアは、小さな顔とほっそりとした首筋を以前よりもずっと魅力的に見せている。潔く刈り上げられたうなじが、今の私にはただただ眩しい。

「でもね、恋人同士なら好きか嫌いかだけで別れられるけど、結婚になると家と家の結びつきになるから、私と圭ちゃんだけの問題じゃないっていうか——」

我ながら、どこかから借りてきたような言い訳だ。

だけど私達が抱える問題はきっと、結婚した多くの男女が通り過ぎるプロセスなのだ。夫が私に求める妻としての役割と、本来の私。私が夫に求める役割と、本来の夫。そのギャップを擦り合わせてゆくことで、きっと本物の夫婦になれるのだ。

式はあげていなくても、神に誓っていなくても、三年前の市役所からの帰り道、銀杏並木を歩く私は幸福だった。後ろを歩く夫を振り返りながら、確かに思った。病めるときも、健やかなるときも、この人と一緒にいよう、と。だから簡単にはあきらめられない。

そんな私の決意をよそに、麦ちゃんは様々な小瓶を手に取りながら、あっけらかん

とした ものだ。

「変なの。そんなに好きでもないけど結婚しますって言ったら、世間的には、不真面目だ！　って怒られるじゃない？　でも反対に、そんなに好きじゃなくなったから離婚しますって言ったら、無責任だ！　結婚はままごとじゃないんだ！　って罵《ののし》られるよね。結婚には純粋な愛が求められるのに、純粋な愛じゃなくなったことを理由に離婚するのは許されないって、なんだかおかしくない？」

「確かに、そうかもしれないけど……」

混乱する私をよそに、麦ちゃんはクローブとカルダモンの瓶を選び、レジへと向かう。足取りがやけに軽く、店内に流れるボサノバ調の音楽に合わせて鼻歌まで口ずさんでいる。このところ、ずっとこの調子だ。

「麦ちゃん、彼氏ができたでしょう」

最近、服の趣味がカジュアルになったわりに、メイクが華やかになった。オレンジ色のチークをぼかした頬は、瑞々しい艶を放っている。

「何言ってんの？　今はそれどころじゃないよ。もっと料理の研究をして、あのスカしたジジイに絶対、うまいって言わせてみせるんだから」

麦ちゃんは綺麗に磨いた爪で、耳たぶに触れながら、早口で言う。スカしたジジイ、とは匙田さんのことだ。

確かに、そのために二人でレシピ本を集めたり、薄味でも満足感が増すようなスパイスの研究をしているのは本当だけど——私は、麦ちゃんが嘘をつくときに耳を触るくせを知っている。

「ふーん……」

「何よその目は。文句でもあるの？」

「なんか……むかつく？」

「桐ちゃん、最近、言うようになってきたよね」

麦ちゃんは不敵に笑うと、私の脇腹を小突いた。耳に付けた大ぶりのイヤリングも、弾むように揺れる。子供の頃と同じようにじゃれ合いながら店を出た。

ついこの前は泣きながら一緒にお弁当を食べていたはずなのに、いつのまにか麦ちゃんは、私よりもずっと先を歩いていた。

❖❖❖

東京メトロ日比谷線の広尾駅で降り、有栖川宮《ありすがわのみや》記念公園までの道を、夫と並んで歩く。そこから住宅街に入り徒歩五分ほどで、夫の実家が見えてくる。

古い石造りの三階建ての豪邸は、周囲の近代的で無機質な建物には醸し出せない重厚感をまとっている。庭には色とりどりの夏の花が咲き乱れ、とりわけ大きく枝を伸ばした百日紅《さるすべり》からは、レースのようにちぢれた紅色の花が今にもこぼれ落ちそうだ。

古めかしい呼び鈴を鳴らすと、義姉《あね》のみどりさんが笑顔で出迎えてくれる。

「桐子ちゃん、久しぶり。圭ちゃんとは、お義兄《にい》さんの帰国祝い以来だから……四ヶ月ぶりかな？」

みどりさんは夫の次兄・秀一《しゅういち》さんの奥さんで、ショートボブが似合う清楚な女性だ。今日は黒いパンツスーツ姿で、耳にパールのイヤリングを付けている。確か、恵比寿にあるこどもクリニックで皮膚科医として勤務していたはずだ。

一番上の兄・優一《ゆういち》さんの帰国祝いで、秀一さんと夫が招集された話は聞いていたけれど、みどりさんまで一緒だったとは知らなかった。

「この前は参加できなくてすみませんでした」

「いいのよ。桐子ちゃんは来なくて正解だったかもしれない。あの夜のお義兄さん、ちょっと悪乗りが過ぎてたから……」

みどりさんに目配せをされ、夫が苦笑いで肩をすくめる。

「兄貴、かなり酔ってたからね」

「誰が何だって？」

右手の客間から優一さんが現れる。大柄で声が大きく、目鼻立ちがはっきりした優一さんは、小柄で素朴な顔立ちの夫とは正反対だ。優秀な心臓外科医で、留学先のカリフォルニアから帰国した今は、新宿の大学病院に勤務しているらしい。

「ご無沙汰しております」

そう言って頭を下げると、優一さんはたっぷり間をおいて私を見つめたあと、「久しぶり」と囁いた。ゴルフ焼けをした小麦色の手が、一瞬だけ私の肩に触れた。到着して数分足らずなのに、すでに引き返したい気持ちになる。

「遅かったじゃない、圭一」

頭上から、朗らかな声が降り注ぐ。中央の螺旋《らせん》階段の中ほどに義母が立っていた。体に貼りつくような黒い総レースのドレスをまとい、首許にはパールのネックレスを二重に付けている。昨年還暦を迎えたとは思えない若々しさだ。歌劇スターのように堂々と階段から降りてくると、私の全身をくまなく見回し、両腕を広げて溜息をつく。

「圭一！　あなた桐子さんに、いつもこんな服を着させてるの。法事だからって、地味にまとめなくていいって言ったじゃない」

「母さんが派手過ぎるんだよ」

夫が今日のために私に選んだ衣装は、イタリアの人気ブランドのもので、襟ぐりのカットと全体のシルエットが美しいブラックドレスだ。派手さはないものの、私がパートのときに着ているリネンのシャツを二十枚以上買うことができる高級品だ。

どこかおかしかっただろうか。スカートをつまみ、光沢のある上質な生地を見つめていると、義母が両手で私の頰を包んで顔を上げさせた。

「桐子さん、あなたの美貌は天から与えられたギフトなのよ。もっと美しく、ゴージャスに着飾らないと！」

強い口調とは裏腹に、私を見つめる瞳は愛《いと》おしげだ。いつものように左右の頰を寄せ合うフランス式の挨拶をすると、力強く私を抱き締める。義母の体は柔らかく、むせるような薔薇の香りがした。

「桐子さん、私が前に買ったショパールのネックレスがあるんだけど、つけてみたらちょっとデザインが若すぎたの。もしよかったら――」

「お袋、あとにしろよ。料理人が待ってるだろう」

私の手を引き二階に連れて行こうとする義母を、優一さんがたしなめる。

長身の優一さんは、仕立ての良いシャツを着て、おそらくオーダーメイドの上等なスラックスを穿《は》いている。自信に満ちた物腰も、圧倒的なオーラも、義母にそっくりだ。

私は本当は、この人と結婚することを望まれていたのだ。それを思うと不思議な気持ちになる。

だけど同時に、夫との関係がうまくいっていない今ですら、やはり優一さんとの未来をなにひとつ思い描けない自分に、少しだけほっとした。

❖❖❖

二十歳の失恋を機に、私は大嫌いな自分の顔に別れを告げることを決めた。

何度も不本意な引っ越しを繰り返したせいで、慎ましい生活をしていたにもかかわらず、貯金はほとんどなかった。それでも次にアパートを出るときは新しい自分に生まれ変わったとき、と心に決め、アルバイトのシフトを増やし、寸暇を惜しんで内職にいそしんだ。外出時は常にスタンガンを握り締め、いざとなれば躊躇《ちゆうちよ》なく突き付ける覚悟でいた。誰かの気まぐれに翻弄され、懸命に貯めたお金を無駄に使うのは、二度とごめんだった。

それから三年間、私は一度も引っ越しをすることなく、荻窪のワンルームアパートで百八十万円を貯めた。何度かスタンガンを振り回す羽目にはなったものの、幸いなことに実際に相手を傷つけることも、過剰防衛で訴えられることもなかった。

しかし、希望に胸を膨らませて駆け込んだクリニックで私を待ち受けていたのは、医師の無理解という現実だった。

瞼に脂肪を注入して目の印象を和らげ、鼻を削って親しみやすさを出したい、という私の希望は真剣には取り合ってもらえず、精神科への紹介状を書こうとする医師さえいた。

いくつものクリニックを渡り歩き、最後に出会ったのが、業界最大手『日向美容外科』の院長——今は義母となった、日向麻理乃《まりの》医師だった。

『新しい私に会いに行こう』。そんなキャッチコピーを駅の広告やCMで繰り返し目にしていたものの、院長本人が広告塔となってバラエティ番組に出演したり、エッセイを何冊も出版していることを知り、なんとなく軽薄さを感じて敬遠していた。最後に藁にもすがる思いで電話をかけ、予約がとれたのは、それから半年後のことだった。

診察室に入ると、テレビで観るよりもひとまわり小さい印象の麻理乃院長が椅子を回転させて振り向いた。まさか本人が診察してくれるとは思わなかったし、院長の笑顔から放たれる強烈なオーラにも圧倒された。

私が震える指で眼鏡とマスクを外すと、院長は息を呑んだ。

アイラインで丁寧に縁取られた目をみひらき、繊細な美術品にでも触れるように慎重に、私の鼻筋や頬骨、顎、瞼、唇に、順番に触れた。

「どこにもメスが入っていないなんて、信じられない……。素晴らしいわ」

院長は、艶やかな真紅の唇の隙間から、熱っぽい吐息を洩らした。

「それで？　あなたのようなひとが、どうしてここに？」

――どうして……？

その瞬間、幼い頃の思い出がよみがえった。雪が降り始めると肌が乾燥しがちになる私の頬や瞼に、丁寧に保湿クリームを塗り込んでくれた祖母の手。桐子は本当にどこもかしこも綺麗だね、と愛おしげに囁く声も。

気が付けば、頬が涙で濡れていた。私がこれから会いに行こうとしている私は、故郷の町で祖母や母、父が慈しんでくれた私とは、違う顔をした私なのだ。

それが心からの望みかと聞かれれば、多分違う。でも私には、もう他に方法が思いつかないのだ。

声を詰まらせながらたどたどしく身の上話をする私の手を、院長は励ますように握ってくれていた。そして最後に、私の背中に手を回し、強く引き寄せながら囁いた。

「可哀想に、辛《つら》かったわね。もう大丈夫。何も心配いらないから」

院長の体は、驚くほどあたたかかった。体温というよりも、体全体から放たれる光に包まれているような、不思議な感覚だった。

院長は、多くの医師に一蹴された私の悩み――美しい自分が受け入れられない、というジレンマに、真摯《しんし》に耳を傾けてくれた。

自分は醜いという強迫観念にとり憑《つ》かれた整形依存症の患者や、手術に成功したにもかかわらず元の顔に戻したいと懇願する患者の例を挙げ、鏡に映る自分の容姿を受け入れられないことがどれほど人の心のバランスを崩すかについて教えてくれた。私の悩みは根本的には彼女達と同じであり、手術をして顔を変えることは何の解決にもならない。顔を隠すことをやめ、ありのままの自分を受け入れた生活を送ることこそが最善の治療法だ、というのが院長の意見だった。

木を隠すなら森の中、とはよく言ったもので、私は彼女の秘書として働き始めた。院長の周りで働く女性は、看護師や医療事務のスタッフに至るまで、誰もが完璧すぎるほどの美貌を持っていた。多くが院長の作品であり、クリニックを訪れる患者のための生きたサンプルにもなっていた。

美しく華やかな女性達に囲まれた環境の中で、私は臆することなく素顔をさらせた。秘書という仕事の性質上、接する相手は主に院長だったので、職場での複雑な人間関係に悩まされることもなかった。

院長は、常に私を傍に置きたがった。自らのメスで美を作り続けているからこそ、天然の美しさを持つ私を見つめていたい、というのが彼女の口癖だった。きっとコレクションにしているジュエリーと同じ扱いだったのだろう。

若くして夫と離婚した院長には、三人の息子がいた。広尾の豪邸に同居している長男の優一さん、目黒でレディスクリニックを開業している次男の秀一さん、院長が節税対策に購入した横浜のマンションで暮らしている、三男の圭一さん。

なかでも長男の優一さんとは顔を合わせる機会が多く、院長の自宅に招かれ、三人で食事をすることも珍しくなかった。

いくら鈍い私でもわかる。院長は私に、人生を共にする伴侶《はんりょ》を与えようとしているのだと。秘書として雇い入れた後は、息子の嫁として所有しようとしているのだと。

テーブルの向こうで上品にナイフとフォークを使う優一さんを見つめながら、私は何度も、生まれ育った町の工場に勤めていた日々のことを思い出した。私は、ベルトコンベアーに乗って運ばれるお弁当と同じだ。プラスチックの容器におかずを詰め込まれ、蓋を被せられて出荷される宅配弁当。このまま何の抵抗もしなければ、数ヶ月後には私はウエディングドレスをまとい教会に運ばれ、優一さんの妻になる。そんなレールが敷かれていた。

全てが院長の計画通りだった。ただひとつの誤算は、私が他の人と恋に落ちてしまったこと。

その夜は年の瀬の忘年会シーズンだったこともあり、食事の後にタクシー会社に電話を掛けても、全く繋がらなかった。シャンパンを開けて酔いがまわった優一さんは、弟の圭一さんに電話をかけ、車を出すように言いつけた。

圭一さんと顔を合わせるのは二度目だった。一度目は、初めて院長の自宅に招かれたとき。次男の秀一さんと奥さんのみどりさんも交えて一緒に食事をしたものの、圭一さんはただ微笑んで相槌を打つだけだった。挨拶以上の言葉を交わすのは、その夜が初めてだった。

横浜から嫌な顔ひとつせずに車を飛ばして来てくれた彼は、二人きりの車内で、家族といる時よりもリラックスしているように見えた。話題も豊富で、荻窪までのドライブがあっというまだった。図書館司書をしている彼は、本の話が多かった。あとは趣味の料理や、マンションのベランダで育てているハーブのこと。

「圭一さんは、お兄さんに全然似ていませんね」

「手厳しいな。自分でもそう思いますけど」

きっと彼は、私の言葉を反対の意味にとらえたのだろう。伏し目がちに笑う横顔を見て、きっと今まで嫌というほど同じ言葉を浴びせられてきたのだろう、と思った。

その瞬間、考えるよりも先に、唇が動いていた。

「連絡先を伺ってもよろしいですか？」

彼は不思議そうに瞬きをした。

「意外だな。とっくにご存知だと思っていました。でも、兄の番号なら、本人に直接聞いたほうが喜ぶと思いますよ」

「お兄さんではなくて、あなたの」

彼は心底驚いたように目を丸くした。ちょうど信号が赤に変わり、車が停《と》まったところだった。彼は見開いた目をそのままに、首をひねって私を見つめ、おずおずと口を開いた。

「すみません。もう一回、言ってもらってもいいですか？」

「……嫌です」

そのときの私の顔は、きっと真っ赤になっていたと思う。彼はハンドルを握ったまま前に向き直り、「そうか、そうだよな。聞き間違いかと思って……」とひとりごちた。それから私達は、どちらからともなく噴き出した。

それが私達の始まり。翌年の秋に婚姻届を出し、義母となった院長に退職届を提出し、挙式も披露宴もせず、私は彼の桜木町のマンションに引っ越した。

あれから三年。優一さんと顔を合わせるのが気まずいこともあり、よほど特別な日でもない限り、この家を訪ねることはなかった。

中庭からの光が射し込む客間は、床にも壁にも大理石が敷き詰められている。そのせいか、七月も半ばなのに肌寒さを感じた。優秀な脳外科医だったという義母の父が建てた大邸宅は、外側は昔ながらの雰囲気を保ったまま、内側は五年ほど前に改装したのだそうだ。

糊《のり》のきいた白衣姿の男性達が、黒い本漆の折敷《おしき》を手にやって来る。飯碗《めしわん》に汁椀、それに涼しげな硝子の器には、鯒《こち》の薄造りが盛られている。

「今日のために特別に、美和子《みわこ》さんのおうちで専属でお料理している方をまわしてもらったのよ」

義母が私に微笑みかける。古くからの義母のお得意様である女性政治家の名だ。定期的なリフトアップにボトックス注入、脂肪吸引。選挙のシーズンが近づくと彼女は、そのときどきに世間に与えたいイメージに合わせて二重の幅を広くしたり、目尻を吊り上げたり逆に下ろしたりと、微細な修正を繰り返していた。三代続く政治家一家で、当時から、日本初の女性総理が誕生するならば彼女しかいないと噂されていた。

彼女の強い目力と、トレードマークの向日葵《ひまわり》色のスーツを思い出しながら、次々と運び込まれる料理に箸をつける。

鱧《はも》やいさきの天ぷら、夏野菜の和風テリーヌ、ふぐの粕漬け。周りの食事の速度に遅れをとらないように気を付けながら、義母が最近出版したエッセイや、優一さんの留学中の話に相槌を打つ。遅れてやって来た二番目の兄・秀一さんのクリニックも、なかなか盛況らしい。

ぬるい水の中に沈んでいるようだった。息苦しさに耐えかねて視線を上に向けると、吹き抜けの天井で回転するシーリングファンの動きに、目が回りそうになる。客間だけでも私達のマンションのリビング以上の広さなのに、ここにいると私は、子供の頃お気に入りだった『佐奈《さな》ちゃんハウス』を思い出す。

小さな赤い屋根を取り外して遊ぶことができる、二階建てのおうち。そこで暮らすのは、くりくりした瞳が可愛らしい佐奈ちゃん人形、ピアニストのママ、国際線のパイロットをしているパパだ。双子の妹、エマちゃんとリマちゃんまでは買ってもらえなかったので、幼い私は、カエルとネズミの指人形を家族に加えていた。町の薬局で祖母がおまけに貰った、薄汚れてところどころ黒ずんだマスコット。それは、今この場で語るべきこともなく微笑んでいる私達夫婦のようだ。私と夫は、豪邸に迷い込んだカエルとネズミだったのだ。だから私は夫に惹かれたし、夫も私の気持ちに応えてくれた。私達が手を取り合って佐奈ちゃんハウスを後にしたのは、とても自然な流れだった。

隣の席に座る夫の横顔に、あの夜の〝圭一さん〟が重なる。

助手席でシートベルトの金具が嵌まらずに戸惑う私を見て、彼は運転席から身を乗り出して手を貸してくれた。一瞬顔が近付き、圭一さんの睫毛の先が彼の眼鏡のレンズに当たっている様子が、はっきりと見えた。彼の瞳には、何の熱さも押しつけがましさもなかった。電車でお年寄りに席を譲ったり、小さな女の子に風船を取ってあげたりするときと、きっと何ら変わらない、何の見返りも期待していない自然な優しさだけが滲んでいた。

子供の頃から母親の作品に囲まれていたからこそ、彼は、顔の皮一枚の美しさになど何の価値も見出《みいだ》さない。そんなふうに見えた。

圭一さんはあらゆる面で、義母とも優一さんとも正反対だった。

「……桐子、どうかした？」

私の視線に気づいた夫が、小声で囁く。

「ううん。なんでもない」

今日この場所に招かれたことは、私達夫婦にとっては幸運だったのかもしれない。もつれて絡み合った毛糸玉の糸の先が、わずかに顔を覗かせたような気がした。

貝殻のなかに美しく盛られた鮑《あわび》に箸をつける。日本酒の代わりに白ワインで蒸しているらしい鮑は、外側はわずかに歯応えを残したまま、中はしっとりと柔らかかった。

❖❖❖

食事が終わり、二階のキッチンでみどりさんとお茶の用意をする。一階の巨大なシステムキッチンとは違い、家族だけが立ち入ることを許されたプライベートな空間だ。

戸棚からティーセットを出し、手土産の紅茶を淹れる。ふと顔を上げると、ケーキサーバーを探していたはずのみどりさんが、半分開けた引き出しにしがみつくようにしてうずくまっていた。

「ごめんね、今朝も排卵誘発剤の注射を打ったから、眩暈《めまい》がひどくて――」

震える唇は鮮やかなオレンジ色に塗られていて、余計に痛々しかった。小柄な体を支えて椅子に座らせる。玄関で久しぶりに見た笑顔は以前よりもふっくらとした印象だったのに、スーツの生地越しに伝わる体の輪郭は、ぎょっとするほど頼りない。みどりさんは頰に手を添え、「副作用でむくんじゃって、パンパンなの」と弱々しく微笑む。

「何度も失敗して、もう潮時かなって思ってるんだけど――秀一さんも職業柄、なかなか諦められないみたいで」

みどりさんと秀一さんが不妊治療を始めてから、もうかなりになる。どんな言葉をかけたらいいものかわからずに、結局「無理しないで休んでください」というありきたりなことしか言えなかった。

ケーキサーバーを探し当て、冷蔵庫から出したフルーツタルトを切り分ける。そんな私を、みどりさんは探るような目で見つめていた。

「桐子ちゃんは迷わなかった？」

首を傾げる私に、みどりさんは手の中のハンカチを握りながら言う。

「秀一さんがね、もし今度だめだったら、うちも桐子ちゃん達みたいに、お義兄さんに頼んでみようか、って」

話が摑めない私を見て、みどりさんは「圭ちゃんから聞いてないの？」と驚いていた。

ことの発端は四ヶ月前、優一さんの帰国祝いの夜のことだった。あまりお酒が強くない義母はすぐに三階の寝室に引き上げ、三兄弟とみどりさんで、二本目のワインを開けたところだった。話題は海外の医療技術についてで、そのひとつとして、優一さんが留学していたカリフォルニアにある有名な精子バンクの話が上がったらしい。

海外の精子バンクには、優秀な遺伝子を求める女性からの問い合わせが殺到しており、夫の精子に問題が無い場合でも登録を希望する夫婦が珍しくないのだという。勿論そんな話は産科医の秀一さんの方が詳しいわけで、優一さんの付け焼刃の知識を茶化し、気心の知れた兄弟らしく軽口を叩き合いながら、話は弾んだらしい。しかし、優一さんがみどりさんに「よかったら一度、俺の精子で試してみたら？」と言ったことで、場の空気は一変した。秀一さんの精子の運動量に問題があり、不妊治療がスムーズに進まないことは、家族間の公然の秘密だった。

「秀一さん、カッとなってお義兄さんに摑みかかっちゃって……そのときは、圭ちゃんが間に入ってくれて納まったの。お義兄さんも酔ってはいたけど、ちゃんと謝罪してくれたしね。だけど——」

みどりさんは、私から目を逸らした。レースのハンカチはみどりさんの手の汗を吸い、くしゃくしゃによじれていた。

「圭ちゃん、あの夜、言ってたの。『兄貴の優秀な遺伝子がもらえるなら、うちもお願いしてみようかな』って。そのときは場を和ますための冗談だと思ったけど――圭ちゃん、最近よく秀一さんに電話をしてるでしょう。体外受精の費用とか、体への負担とか、夫以外の精子で出産した場合の戸籍のこととか、いろいろ相談してるみたい。お義母さんとお義兄さんには、既に了解してもらってるから、って、言って……」

みどりさんの声が、分厚いカーテンを通したように遠く聞こえた。

あの夜以降、夫の寝室から、誰かと電話をしている声が漏れ聞こえてくることは何度もあったし、食事の最中に着信音が鳴り、夫が席を立つこともあった――それでも、私の知らないところでそんな話が進んでいるなんて、思いもしなかった。

「そうなんですね。圭一さん、私には何も話してくれないから――」

笑っていられることが自分でも不思議だった。膝が震えるほど動揺しているのに、体は機械的に動き、タルトをケーキサーバーですくい上げる。カスタードクリームの上に乗ったピンクグレープフルーツとライチが、酷くグロテスクに見えた。瑞々しい果肉の一粒一粒が膨れ上がり、視界に迫って来るような気さえした。

『今朝注射を打ったあとに秀一さんに言われたの。『今回着床しなかったら、圭一達の方法にトライしてみないか』って。でも、お義兄さんの子供を産むなんて――お義兄さんと私に似た子供を産むなんて、私にはすぐ決断できない。誤解しないでね、お義兄さんが嫌いだとか、そういうことじゃなくて――」

みどりさんは、自分でも言葉を探しあぐねているように、視線をせわしなく彷徨《さまよ》わせた。ハンカチを握り締める手の甲は青白く、はっきりと骨が浮いていた。

「でも――秀一さん、お前はおかしいって。桐子ちゃんも圭ちゃんも受け入れてるのに、医者で産科医の嫁のお前が古い考えに縛られているのはおかしいって――」

突然込み上げてきたものを抑えられず、口を覆った。ケーキサーバーから落ちたタルトが、テーブルの上でぐちゃりと潰れる。

私はあの夜、優一さんではなく圭一さんを選んだ。勇気を振り絞って、自ら圭一さんの手を取り、ベルトコンベアーから飛び降りたのだ。なのに夫は、今になって私をそこに乗せようとする。行きつく先が結婚ではなく、受胎という、多少の違いはあったとしても。

みどりさんが私を呼ぶ声に答える余裕もなく、トイレに走った。スリッパが爪先に引っ掛かり、つまずいて転びかけながら、両手で便器にしがみついた。

「桐子ちゃん、大丈夫？　ごめんね、私が急に……！」

追いかけてきたみどりさんの声は震えていた。背中をさすってもらいながら、胃の中が空っぽになるまで吐いた。食べたばかりの豪華な懐石料理が、消化されていない状態で、真っ白な便器を汚していた。

義母と三人の息子は、二階のリビングで談笑していた。ティーカップに紅茶を注ぎ、タルトと共にサーブし終え、ソファに座っている夫の隣に腰を下ろす。

同じように秀一さんの隣に座ったみどりさんが、不安そうに私を見つめている。

「圭ちゃんのこと、怒らないであげて。お願い」と、ドアを開ける直前までしきりに懇願されたけれど、いざこうして夫の横顔を見つめると、怒りは湧いてこなかった。もっと違う、得体の知れない何かが、私の心を波立たせていた。

話題は優一さんが勤務する大学病院の派閥争いについてから、次第に夫の職場の話に変わっていった。優一さんがスプーンに山盛りの砂糖をすくいながら言う。

「司書っていっても非常勤だろう？　アルバイトと変わらないじゃないか。給料も安いし、母さんの名義のマンションがなかったら、実際やっていけないんだろう」

「学校で働くなら、せめて司書教諭の資格くらいは取っておけよ。もう今更医師免許を取れなんて言わないけど、今のままだと桐子ちゃんも心配だろ？」

秀一さんもタルトにフォークを入れ、同意を求めるように私を見る。

隣に座る夫は、困ったな、というように頭を掻いている。初めて出会った時と同じだ。

『医者一族の変わり種』『末っ子だから甘やかしすぎたのかしら』『結果はどうあれ、五回もトライしたことは称賛に値するよ』『学歴じゃ人間の価値は測れませんものね』『実際俺は、お前が羨ましいよ』

母と二人の兄、みどりさんまでもが何気なく投げかける言葉に、彼はただ微笑んでいた。シュガーポットみたいな人だ、と思った。

きっと誰にも悪意なんてない。ただ、優越感という甘さをひっそりと味わうためだけに、彼に向かってスプーンを伸ばす。

すくいとられた彼の自尊心は少しずつ擦り減っていき、無数のスプーンの跡は、どんなにポットを揺すって平らにならそうとしても、元には戻らない。

初めて会ったときからそうだった。人当たりの良い微笑みを浮かべながら、彼は傷だらけだった。そして私は、そんな彼から目が離せなかった。

でもその傷が、そんなに深いだなんて――優秀ではない自分の遺伝子を持つ子供など生まれてくる価値が無い、と思うほどに夫を追い詰めているなんて、知らなかった。

「――全然、心配じゃありません」

滅多に発言することのない私が口を開いたことで、義母と義兄の視線が私に向けられる。みどりさんだけが、怯えたように目を伏せた。

隣に座る夫が、怪訝そうに私を見る。

「圭一さん、職場ですごく頼りにされてるんですよ。低学年の子供達への読み聞かせの時間を作ることを提案したり、研究授業のお手伝いで資料を集めるときは、休日返上でいくつも図書館を巡らなきゃいけないし、月に二度出す図書便りだって、全部圭一さんが作ってるんです。おすすめの本の紹介文も、子供達に少しでも興味を持ってもらえるように何度も書き直して——でも、だから、子供達の読書の量が他の学校に比べて増えているって、先生からも喜ばれて——」

激しくテーブルを叩く音に、私の言葉は遮られた。

しんとした空気の中、ぎごちなく顔を横に向ける。テーブルに両手をついていたのは、他ならぬ夫だった。

「桐子、やめろ。黙ってろ」

聞いたことが無いほど冷ややかな声だった。テーブルから手を離し、ティーカップを取ろうとするときに見えた夫の手のひらは、真っ赤になっていた。

つかのまの沈黙のあと、再び会話が始まる。優一さんが新しく買った車の話、最近テレビに出ているタレント女医の批判、化粧品のCMに出ている女優の鼻の形が明らかにおかしい、執刀医は誰だろうという話。でも全てが上滑りしていた。

夫の望み通り私は、口を動かすことができない人形のようにその場に座っていた。

夫以外の全員の意識が、私に向けられているのを感じた。私は今、いたわられているのだ。夫がずっとそうされてきたように。

だけどいたわりと、憐《あわれ》みと、同情と、侮蔑は、一体何が違うのだろう。少なくともこの家では、全てが混ざり合っている気がする。

冷え切った指先でティースプーンを繰り、紅茶の表面に生まれる渦巻き模様を見下ろしながら、そんなことを考えていた。

❖❖❖

秀一さんとみどりさんとは恵比寿駅で別れた。去り際、みどりさんは心配そうに私の手を握ってくれたけれど、うまく微笑み返せた自信は無い。

二人きりになった瞬間、夫の顔から表情が消えた。お互いに無言のままＪＲの改札を抜け、ホームで電車を待った。口を開いたら、何かが終わってしまう気がした。

花火大会が始まるまで、あと三時間。到着した湘南新宿ラインは、まだそれほど混んでいない。

先に言葉を発したのは夫の方だった。

「あんな恥ずかしいことは、二度とやめてくれ」

並んで座ったまま、前だけを見て、夫は吐き捨てた。向かい側の窓に、私達の強張った顔が映っていた。視線を下に降ろすと、夫の腿《もも》の上に、拳が置かれているのが見えた。外で手を繋がずにいるのは随分久しぶりだった。

「恥ずかしいことって、何?」

夫は答えない。加速する電車の音がやけに耳に障る。冷静にならなくてはいけないのに、頭の芯がじわじわと熱くなる。

前にも一度、同じような言葉を投げかけられた。一年目の結婚記念日のことだ。夫と元町のレストランに行き、その帰りに中華街に立ち寄った。ハーフボトルのワインを二人で空け、私は少し酔っ払っていた。たまたま見つけた手相占いの店に夫を誘った。

二人の相性、金運、健康運、通り一辺を見てもらったあと、私は何気なく「子供はいつごろできますか?」とたずねた。夫の顔色が変わった。隣にいる私を、異星人にでも遭遇したような顔で見つめていた。

店を出てから、楽しかった空気は一変した。私が何を話しかけても夫は硬い表情でかすかに頷くだけだった。そしてマンションに帰るなり、吐き捨てるように言われたのだ。「あんな下品なことを余所《よそ》で口にするのはやめてくれ」と。

占い師への質問に性的なニュアンスを含めたつもりなど、微塵《みじん》もなかった。夫が何を不快に思っているのか、まるでわからなかった。

でも、その日から、夫が私の寝室のドアをノックすることはなくなった。

初めは、どうしたらいいのかわからなかった。そういったことに関する本を書店で見かけても手に取る勇気はなかったし、相談できる友人もいなかった。スマートフォンで原因や解決策を調べても、役に立ちそうな情報を見つけることはできなかった。

結局、自分が悪いのだから仕方ないのだ、と思うしかなかった。

例えば「ちゃんと子作りしているのか」といった言葉がセクシャル・ハラスメントになるのと同じように、私の無神経な言動が夫にプレッシャーを与え、夫婦にとってのセンシティブな問題をあけすけに口にしたことで、女性として夫を幻滅させてしまったのだと、無理矢理自分を納得させた。

「悪いのは、私じゃなかったの……？」

かつて私を下品だと吐き捨てたときの夫の口許は、引きつったように歪んでいた。

私はそれを、私への軽蔑だと受け取った。でももしかしたら、夫は怯えていたのかもしれない。私が子供を欲しがっているという事実に。

「あなたは、自分の子供を持つことが怖いの？　だからずっと、私達――」

夫の顔が強張る。眼鏡の奥の瞳が、人目を気にするようにせわしなく泳いだ。

「こんなところでする話じゃないだろう」

「じゃあ、どんなところでならいいの？　今まで、いくらでも話す時間があったのに、どうして何も話してくれないの？」

夫の顔からは、すでに怒りが消えていた。ただ困惑しているようだった。私がなぜ取り乱しているのか、まるで分からない様子だった。

「体外受精のことだって、どうして私だけが知らないの？　どうしてあなたじゃなくて、みどりさんの口から——！」

「桐子、落ち着いて。時期が来たら、ちゃんと話そうと思っていたんだ」

「お義母さんとお義兄さん達に話した後で？」

夫のことが分からなかった。それまで、かろうじて分かっていると思っていた部分が、全て裏返った気分だった。

「僕達の間に子供なんて必要ないと思ってた。でも最近、桐子の様子がおかしいのは、そのせいなんじゃないかって」

血の気が引いた。こんなときなのに、いつかの匙田さんの「愛情の裏返し」という言葉が頭をよぎった。

夫が私から料理をする権利を取り上げキッチンから閉め出すのも、寝室から閉め出すのも、全て愛情の裏返しなのだろうか。変わり始めた私に、子供という存在をあてがうことで、あのマンションに縛り付けようとするのも？

「桐子、どうしたの？　気分が悪いの？」

　夫の手が私の肩に触れる。鳥肌が立った。心配そうに私の顔を覗き込む夫が、私には、夫の顔をした別人に見えた。

「だからって、どうして、あなたじゃなくてお義兄さんから……」

　声が震えた。夫はかすかに眉をひそめた。まるで、何度も繰り返しされた質問に、辛抱強く答えるような顔をしていた。

「桐子と僕の子供には、僕がしてきたような苦労は味わわせたくない。そのためには優秀な遺伝子の方がいいと思ったからだよ」

　優一さんと夫は、外見的にも内面的にも全く似ていない。きっと、夫に欠片《かけら》も似ていない子供が生まれることだろう。でも夫にとって、そんなことは取るに足りないのだ。利発で優秀で、周囲からの称賛さえ得られるのなら。その考え方の軸は、あの家で悪気なく夫を見下す義母達と同じだった。

　もし私達が、真摯に子供を望み、あらゆる手を尽くしても授かることができない夫婦だとしたら。そしてもし、私と優一さんの間に過去のいきさつがなければ、ここまでの拒否反応は起きなかったのだろうか。わからない。だって私達は、手を尽くすどころかもうずっと、人の目に触れる場所以外では、指一本触れ合っていないのだから――。

喉の奥が引きつり、しゃくり上げるような声が洩れた。自分が泣いているのか、笑っているのかさえ、私にはもうわからない。

優先席に座って文庫本を読んでいた女性が顔を上げ、私と夫を不安げに見つめる。淡いブルーのワンピースの生地の下から、膨らんだ腹部がせり出していた。幸福の象徴のような光景が、余計に私の感情を波立たせる。

「兄貴のものに気が進まないなら、他からもらったっていいんだ。僕は別に、日向の血にこだわっているわけじゃない。今はインターネットで簡単にドナーを探せるし、海外のサイトにだってアジア人もたくさん――」

「やめて！」

叫んだ拍子に、空っぽの胃袋の底から、何かがせり出すような感覚がした。動揺する私を落ち着かせようとしてか、夫の手が、私の背中にまわろうとする。ぞっとした。反射的に、飛び退《の》くように立ち上がっていた。

夫の顔から表情が消える。

「じゃあ、聞くけど。君は、本当に僕の子供が欲しいの？　本当に、こんな僕の子供を産みたいと思っているの？」

私を見据える夫の後ろにある景色が、見えない手で握り潰されたかのように、いびつに歪んだ。

あの『佐奈ちゃんハウス』が頭に浮かぶ。夫の広尾の実家にあるものよりもずっと窮屈なミニチュアハウス。家の壁には小さな窓がいくつも開いていて、数えきれないほどの目が、私達を覗き込んでいる。

その中で、私と夫が微笑んでいる。夫の膝には、目鼻の作りがぼんやりと曖昧な赤ん坊。そこに重なる顔が優一さんだったとしても、夫だったとしても、私によく似たものだったとしても、あるいは見知らぬ誰かだったとしても——結局きっと、何も変わらないのだ。

あの大きな家から逃げ出したつもりで、私達はもっと、ずっと狭くて息苦しい場所に迷い込んでしまった。一体、どこで道を間違えてしまったのだろう。

武蔵小杉《むさしこすぎ》駅で電車が止まる。ベルの音を聞きながら、衝動的にホームに飛び降りる。同時に、背中でドアが閉まる音が聞こえた。夫はただ、窓越しに私を見つめていた。

そのまま電車は走り出し、私はよろめきながら、近くのベンチに座った。長いこと、膝に顔を伏せるようにして休んだ。

低くなった私の視界を通り過ぎて行く、いくつもの革靴やスニーカー、パンプス。そんななかに、カラコロとぎごちない音をたてる、黒塗りの下駄を見つける。

顔を上げると、白地に牡丹《ぼたん》柄の華やかな浴衣を着た女性が、恋人らしき男性と手を繋いで歩いている姿が見えた。

裾を気にして歩きづらそうにする彼女と、普段とは雰囲気が違う彼女に戸惑っているのか、照れ臭そうな表情の彼。二人の初々しい様子が、胸のひび割れた箇所に滲みて、息が詰まった。近付いて来る恋人達から逃げるようにして席を立った。

花火大会の開始時刻が迫っていた。いつまでもこの場にとどまっていては、押し寄せる観覧者の波に呑まれ、身動きが取れなくなってしまう。

横浜へ向かう電車に乗り込み、窓の外を眺める。暗い夜空に私が思い描いたのは、いつかポスターで見た花火でも、夫の顔でもなく、いつも私よりも少し前を歩く、背の高い白髪頭の後姿だった。

❖❖❖

横浜に着くころには、駅の構内は人いきれでむせるようだった。相鉄線に乗り替えることをあきらめ、夕暮れの町をゆっくりと歩く。大会の会場とは逆方向ではあったものの、いつもより人通りは多い。

目的の神社が見えてくる頃には、長距離を歩くことには適さない華奢《きゃしゃ》なパンプスの中で、締め上げられた爪先と靴擦れのできた踵《かかと》がじわじわと痛んでいた。

かすかな破裂音と歓声に振り返ると、暗くなった夜空の向こう、高いビルのシルエットに遮られながらも、いくつかの花火が打ち上がるのが見えた。

足を止めて花火に見入る人々に背を向け、古い鳥居をくぐる。境内には橙色の提灯《ちょうちん》が連なり、かき氷や林檎飴《あめ》の出店の前には子供達が列をなしている。ソースの焦げる香りや、日に焼けた肌を露出した若者達の汗の臭い、古いスピーカーから流れる祭囃《まつりばや》子《し》――そんな中で私の目は、たった一人の姿だけを探していた。そして、見つけた。

人ごみの中に、ひときわ背の高い白髪頭。うなじに狐のお面を掛けた、紺色の浴衣の後姿。もつれる脚で駆け寄り、浴衣のたもとにすがりついていた。

振り向いた彼は、私を見て、目をみはった。

「――驚いた。誰かと思ったぜ」

毘田さんの声を聞いた瞬間、体の力が抜けて、膝から崩れ落ちそうになる。

隣には、まるでお揃いのような浴衣姿の藪さんと、半袖Tシャツにハーフパンツを合わせた祥太郎君がいた。

「桐子、今日は来れないって言ってなかった？」

「どうしたの桐ちゃん、おめかししちゃって。そんなふうに髪を下ろしてお化粧してると、女優さんみたいじゃないの」

「すみません、着替えている時間がなくて……」

着せ替え人形のように夫に飾りたてられた姿で来てしまったことが、無性に恥ずかしくなる。そんな私の気持ちを見透かすように、匙田さんはじっと私を見つめていた。

どん、とかすかな音がして、周囲から歓声があがる。振り返ると、薄紅色の大輪の花が夜空に咲いていた。

「やっぱり夏の風物詩だねぇ。祭りの夜に、別嬪さんと打ち上げ花火。匙ちゃん、あれ、覚えてないかい。お酒のCMで、若い女の子と中年の上司が一緒に帰って、最後に男がピョンと飛び跳ねるやつ」

「『恋は、遠い日の花火ではない』ってのか？」

「そうそう。女優さんが出てる方もよかったよねぇ。なんて言ったっけ、地味だけど妙に色っぽくて、お芝居が上手で、アイドル歌手と結婚した――」

「爺ちゃんて、家にいるときはテレビばっかり観てるくせに、全然人の名前を覚えないよね。ちょっと昔の映画をつけると『この人はもう死んだ、この人ももう死んだ』ってそればっかりだし」

祥太郎君の指摘に、藪さんは不満そうに唇を尖らせた。

匙田さんは、消えてしまった炎の花びらを探すように煙の向こうを見つめていた。

眩しげに片目を細めた表情から、目が離せなかった。

「遠い日の花火だよ。俺にとっちゃあな」

ひとりごとのような呟きは、きっと、一番近くにいる私の耳にしか届かなかったと思う。掠れた声に、胸の奥が引っ掻かれた気がした。靴擦れができた踵と同じように、熱を持ちながらじわじわと疼く。

「どんな女《ひと》なんですか、匙田さんの花火は」

「さあな。随分昔のことだから忘れちまった」

嘘つき。いつもながら飄々とした調子でかわす匙田さんが無性にもどかしかった。そんな私を見て、匙田さんは頬に皺を作って苦笑いする。

「おいおい、そんな目で男を見るもんじゃねぇぞ。俺があんたの旦那だったら、心配でおちおちひとり歩きもさせられねえ」

「夫は私のことなんて――」

茶化すように誤魔化され、むきになって言いかけた瞬間、腰のあたりに何かがぶつかった。振り返ると、浴衣を着た小さな女の子が、母親に手をひかれて立っていた。すみません、と頭を下げる優しそうな女性に首を振り、半歩横によけて通路を空ける。

女の子の腰元で揺れる朱色の兵児帯《へこおび》は、金魚の背びれのようだ。ふたりの姿が人混みに呑まれて見えなくなってからも、しばらくは目が離せなかった。

――はじめから、どうしても欲しかったわけじゃない。自分ひとりで歩くことにすら不器用な私が、誰かの手を引いて歩けるだなんて、思っていない。

だけどそれでも、小さな女の子が王子様の求婚を夢見るように、木漏れ日の中を歩く親子の姿を思い浮かべたことはある。可愛らしい赤ん坊を抱き上げる父親は圭一さんで、その横で幸福そうに微笑む母親は、私だった。

そんなおぼろげなイメージに頬をほころばせていたかつての私は、今この場に立ち尽くしている私から、あまりにも遠いところにいる。

『君は、本当に僕の子供が欲しいの？』

その問いに、なんのためらいもなく頷ける自分でいたかった。いつのまにか頷けなくなっていた自分に、気付きたくなんてなかった。

こらえていた涙がこぼれ落ちそうになる。ぐっと唇を嚙んだ瞬間、視界が遮られた。

毘田さんが持っていた狐のお面で顔を塞がれたのだと、すぐには気付かなかった。

「おい藪さん、店の鍵を貸してくれや。先に帰って、このひとに飯食わせてるからよ」

そう言う毘田さんに、祥太郎君が不審そうな声を出す。

「わざわざ帰ってまで作る必要ある？」

「そんなこと言ったたって、焼きそばもお好み焼きも、ほとんど売り切れてるじゃねぇか」

確かに、多くの屋台には完売の札が下がっている。

「だったら俺も一緒に——」

そう言いかける祥太郎君のおでこを、匙田さんが指先で軽く弾いた。

「このあと恒例のビンゴ大会だろうが。食洗機を当ててこいって、春江さんに頼まれてるんだろ？」

不満そうな祥太郎君と、こころよく鍵を貸してくれた藪さんに別れを告げ、匙田さんと一緒にやぶへびに向かう。提灯や電飾の明るさに目が慣れていたので、外灯だけに照らされた夜道をひどく暗く感じた。匙田さんの痩せた背中は、広くて真っ直ぐで、見惚れるほど藍色の浴衣が似合っていた。

「私、匙田さんがちゃんと体に合った服を着てるの、初めて見ました」

「失敬な姉さんだな。昔っから既製品は体に合わねぇのさ。丈に合わすと身幅が余るし、身幅に合わすと丈がたりないからな。これはずっと昔に、人にあつらえてもらったもんでよ。随分長いこと簞笥《たんす》の肥やしにしてたもんで、ショウノウ臭《くせ》ぇだろう」

「人って、女の人ですか」

「何だい、今日はやけに絡むな」

二人きりで歩くのは、あのスープの日以来だった。まだ親しくなる前にわけもわからずダウンジャケットの背中を追いかけたあの日より、気心の知れた今夜の方が、なぜだか心がざわついた。

店の引き戸を開ける匙田さんについて中に入る。外灯の光が届かない暗闇の中、目隠しでもされたかのように、耳の感覚だけが研ぎ澄まされる。匙田さんの浴衣の生地が擦れる音、離れて行く下駄の足音が、やけにはっきりと聞こえた。

電気がついたときには、すでに匙田さんはカウンターの向こうにいた。浴衣の袖を紐でたすき掛けにし、鍋に水をはっている。眩しさに瞬きをしながら、私は初めてやぶへびに来た時と同じ場所に座った。

流されるままに匙田さんについてきたはいいものの、とても何かを食べる気にはなれない。胃の中は空っぽのはずなのに、まったく食欲が湧かなかった。そのことをどう伝えたものかと思案する私に、匙田さんはきゅうりを刻みながら笑う。

「そんなに大層なものは作らないから、安心しな。今のあんた、ひどい顔色だぜ。ちょっとばかり腹に入れたほうがいい」

狐のお面を外した私を見てそう言うと、匙田さんは冷蔵庫を開けた。取り出したガラスの器には、見慣れた夏野菜が一口大にカットされ、濃い褐色のつゆに漬けられている。

「トマト、ですか?」

「藪さんが、トマトの皮が入れ歯に挟まるってうるせぇからよ。直火剝《じかび む》きにして、ポン酢に漬けてみたのさ」

「湯剝きじゃなくて、直火で剝くんですか？」

「水に晒すと旨味が流れちまう気がしてな」

ひとつひとつをフォークに突き差し、皮が焦げて弾けるまで炙るのは、相当な手間だ。

毘田さんは、大鍋に沸いたお湯で中華麺を茹でると、手早く氷水に晒した。上に並べる具材は、千切りにしたきゅうり、茹でて裂いたささみ。そこにポン酢漬けのトマトマトを汁ごとたっぷりとかけ、胡麻油を垂らす。糸のような白髪葱を散らすと、ポン酢漬けの十分で、いろどり鮮やかな冷やし中華が完成した。

何も食べられそうもない、と思っていたはずなのに、口の中に唾液が滲む。箸を取り、冷たい麺を口に運ぶ。トマトの甘さがポン酢に溶け込んで、市販の冷やし中華のたれよりもずっと爽やかな味がした。漬け汁を吸って柔らかくなった果肉に歯を立てると、夏の日差しに凝縮された酸味が、口の中で弾ける。

「おいしい……」

呟く声が涙で詰まる。

毘田さんの冷やし中華は、氷水で十分に冷やされているはずなのに、初めて振る舞われた酒粕のスープと同じように、あたたかかった。

本当は、ずっと前から気付いていた。私はきっとこれからも、夫の料理にぬくもりを感じることはない。たとえ舌が焼けるほどに熱いスープでも、こんなふうに私の体をあたためることはない。

悪いのは夫だけじゃない。さっき電車の中で夫に投げつけた言葉――「今まで、いくらでも話す時間があったのに」は、私自身にも言えることだった。

あの家で、義母と義兄の前で夫の仕事について話しながら、否応無《いやおうな》しに思い知らされた。夫が小学校の司書をしていたのは、もう何年も前の話だ。今は都内の私立高校に職場を移している。図書館便りも、読み聞かせも、高校生には必要ない。

私が夫に仕事の話を聞いたのは、もうずっと前――もしかしたら結婚する前のことだったかもしれない。最近の夫がどんな仕事をしているのか、何に悩んで何にやりがいを見出しているのか、あのサンドイッチを、どんな人と何を話しながら食べているのか、私は知らない。

あのマンションで、朝も夜も数え切れないほどに食事をともにしながら、私は夫に何も聞けなかった。スマートフォンの向こう側にいる人々にあたたかい料理を差し出し、味わえもしない人々の称賛を待ちわびる夫の横顔を、ただ見つめるだけだった。言いたいことも、聞きたいことも、フォークで口に運ぶ冷め切った料理と一緒に飲み込んでいた。

私達は、もう随分前から終わっていたのだ。いつか匙田さんが言っていたように、手入れを怠った糠床は、とうの昔に腐っていた。それを今更必死にかき回したところでどうにもならない。

「すみません、私、毘田さんの前ではいつも、泣きながら食べてますね……」

そんな自分が滑稽で、涙を拭いながら笑ってしまった。毘田さんは私に背を向けると、換気扇のスイッチを押して煙草に火を点けた。

「『七度洗えば鯛《たい》の味』って言葉、知ってるかい？」

そう言って毘田さんは、手許の引き出しからパッキングされた煮干しを出した。背の色が青く腹は銀色で、傷の無い上等なカタクチイワシだ。

「鰯はな、あしが早い魚の代表みたいなもんよ。うろこも剝がれやすいし背骨も弱い。すぐに生臭くなっちまう。でも何度も氷水で洗って刺身で食べると、鯛のお造りにも負けない濁りの無い味に生まれ変わる、ってな。そういう意味だ」

毘田さんは肩越しに私を振り返ると、目尻を細めて微笑んだ。

「男も女も、何べんも間違えて何べんも痛い目を見て泣いて、ようやくすっきりした味が出るってもんじゃないのかい？　いいじゃねぇか、泣いたって」

毘田さんの言葉に、おさまりかけていた涙がますますあふれ出す。しゃくり上げながら冷やし中華をすすり、こぼれ落ちる涙を拭って、鼻をすする。子供のように顔を歪めて泣く私に背を向けたまま、毘田さんはゆっくり煙草を吸っていた。いつのまにか夜は更けて、店の古い振り子時計は十時を過ぎていた。

食欲がないと言いながら、結局お皿に残ったトマトの漬け汁まで、一滴も残さずに飲み干してしまった。カウンターの内側に入り、匙田さんが食器を洗う隣で、水切り籠に積まれた鍋を布巾で拭く。

「あんた電車は大丈夫かい。今夜は駅が大渋滞で、下手したら終電を逃しちまうんじゃねぇか」

花火大会はすでに終わっているとはいえ、駅が人であふれていることは明らかだ。それでも今から店を出れば、家に帰れないことはない。わかっていながら、私はまた水切り籠に手を伸ばし、使ったばかりのガラスの器を拭く。

匙田さんは、煮え切らない態度の私を横目で見て、濡れた手をタオルで拭きながら、事も無げに言った。

「帰りたくねぇなら、今夜は俺んとこに来るかい?」

耳を疑った。お皿を持ったまま硬直している私に、匙田さんは怪訝そうに眉を寄せる。

「職員が部屋に上がったらまずいって規則でもあるのかい」

「い、いえ、そういうことではなく……」

動揺して声を上擦らせる私をよそに、匙田さんは不意に小さく舌打ちをすると、大きな手のひらでぴしゃりと自分の首筋を叩いた。浴衣の襟から覗く筋張った首筋が、かすかに赤く腫れていた。

「派手に吸いやがったな」

手のひらには、潰れた蚊と血がついている。そこから目が離せなくなると同時に、一気に顔が熱くなるのを感じた。普段は飄々とした毘田さんの、思いがけない人間らしさを見た気がした。蚊が吸ったばかりの赤黒い血に、毘田さんの体温を生々しく感じた。

首筋を無造作に搔きながらたすきを外し、毘田さんは「じゃ、行くか」と、流し場の上に取り付けられた蛍光灯の紐に手を掛ける。

その瞬間、スパンと切れ味のいい音をたてて店の戸が開いた。

「駄目に決まってるだろ、馬鹿じゃないの」という声とともに、憮然とした表情の祥太郎君が入って来る。どうやら食洗機は手に入れられなかったらしく、たこ焼き器の箱を小脇に抱えている。

「ガキのくせに、変な勘繰りしやがって。下心なんざありゃしねぇよ」

「そうそう、祥太は黙ってなさい。『人の恋路を邪魔する奴は』って昔から言うじゃないの」

ボックスティッシュを抱えた藪さんが、祥太郎君の後ろから顔を覗かせる。

「くだらねぇ。いちいち混ぜっ返すなよ、藪さん」

「だって『七度洗えばこいの味』だなんて言って、口説《くど》いてたじゃないの」

「ったく、いつから聞いてたんだ？　鯉《こい》なんて言っちゃぁいないだろ、耳がいかれちまったんじゃねぇか」

「おいおい、あたしゃ今でこそ横浜に住んでるが、こう見えても生まれは浅草、ちゃきちゃきの江戸っ子だよ。祝いの主役の一等魚といったら、鯛じゃなくて鯉だと相場が決まってるじゃないの。つまりね、七度も涙を見せるほど打ち解けた間柄になったら自然と恋が生まれるっていう、毘ちゃんなりの口説き文句なわけよ、桐ちゃん」

「馬鹿野郎。生憎俺は、遠州《えんしゅう》の空っ風が名物の静岡生まれなんでね。鯉が一等なんて聞いたこともねぇ」

なぁ？　と毘田さんに目で同意を求められ、額に汗が滲んでくるのがわかった。

「毘田さんの部屋に泊まるのは……ええと、すみません、正直に言うと私の方の下心に自信が無いというか……その……」

「ほらみろ。気を遣わせちまったじゃねぇか。似合わない冗談を言わせるんじゃねぇよ」

毘田さんに頭をはたかれて、藪さんと祥太郎君は不服そうにしていた。

あながち冗談とは言い切れない自分に困惑する。藪さんの『こいの味』という言葉が、いつまでも耳に残って消えなかった。

❖❖❖

やぶへびを出た後、すし詰めの相鉄線に乗り、天王町から五駅のところにある鶴ヶ峰で降りる。駅から歩いて五分、コンビニの角を曲がったところに、麦ちゃんのアパートはある。

四階の角部屋には、オレンジ色の灯りがついている。インターホンを押すとすぐに勢いよくドアが開き、ほっとすると同時に、女の子の独り暮らしなのに不用心過ぎる……と思ったのもつかのま、私はコンビニで買った手土産のプリンを床に落としてしまった。

「……どうしてここにいるの？」

震え声で尋ねる私に、相手も相当驚いているのか、ドアノブを摑んだまま固まっている。歯ブラシをくわえた口許が、ぽかんと開く。

「ぬ……濡れ女……」

「え？」

顎から歯磨き粉をたらしながら、彼は真っ青な顔で震えている。私が一歩近づくと、ひい、という悲鳴と共に、鼻先でドアが閉まった。

なんなんだろう、一体。私が今見たものは、幻覚だったのだろうか。しばらくドアを見つめて突っ立っていると、かすかに麦ちゃんと彼の話し声が聞こえ、再びドアが開く。

「桐ちゃん！　なんでずぶ濡れなの！」

「駅から出たときに、急に通り雨にやられちゃって」

髪の毛やワンピースがしっとりと水気を吸って肌に貼りついているけど、大したことはない。そんなことより気になるのは、麦ちゃんの背中に隠れてこちらを窺っている、黄緑色のツンツン頭だ。

「どういうこと……？　どうして墨田君が、麦ちゃんのうちにいるの？」

麦ちゃんは面倒くさそうにため息をついた。お風呂上がりなのか、色褪せた赤いTシャツにハーフパンツというラフな格好で、後ろにいる墨田君は上半身裸だった。今頃になって、ようやく私の正体に気付いたのか「え、日向さん⁉　嘘でしょ！」と声を上擦らせている。

「すみません、尋常じゃないくらい綺麗過ぎて、妖怪や魑魅魍魎《ちみもうりょう》の類《たぐい》だと思いました」

失礼極まりない。声で私だと気付いた後も、まだ半信半疑らしく、墨田君は完全に怯えた様子で大きな体を縮こめている。

「心配しないで、桐ちゃん。こいつは、次の彼氏ができるまでの〝繋ぎ〟だから。そういうんじゃないから」

「余計に心配だよ……。墨田君も、それでいいの？」

「平気です。麦さんの場合、ただの照れ隠しなんで」

「いや本気だし。桐ちゃんこそ、どうしたの急に。人妻がこんな夜中に」

「ちょっと、家に帰りたくなくて……、でも邪魔しちゃ悪いから、漫画喫茶でも探す。ごめんね、突然」

いくら相手が墨田君とはいえ、恋人が泊まりに来ているときに訪ねるのは間が悪すぎた。潰れたプリンを渡して帰ろうとする私を見て、麦ちゃんは深々と息を吐く。

「桐ちゃんて、ほんとに馬鹿だよね。『夏風邪は馬鹿がひく』って、よく言うでしょ。桐ちゃん、馬鹿だから風邪ひくよ」

「ひどい」

「早く入りなよ」

辛辣《しんらつ》さで隠した言葉のあたたかさに、また涙が滲んだ。

結局シャワーを借り、麦ちゃんのTシャツはサイズが小さく体の線が露《あら》わになりすぎるのでやめ、墨田君用のロックなTシャツとハーフパンツを借りた。

「墨田。言っとくけど、桐ちゃんに手を出したら坊主だから」

「いくら俺でも、職場の先輩の前でそんなに露骨に愛情表現されると照れるんですけど」

「頭腐ってるんじゃないの⁉　私は桐ちゃんの心配をしてるの！」

「それは平気です。俺、完璧なものよりも歪《いびつ》な方に愛着が湧くタイプなんで」

「歪で悪かったな」

私と麦ちゃんがベッド、墨田君が床、という配置で横になり、電気を消した後もじゃれ合いが終わらない二人に、笑ってしまってなかなか寝付けなかった。

始発の電車に乗って、夫の待つマンションに戻る。ゆうべのワンピースはまだ濡れていたので、墨田君のTシャツの下に麦ちゃんから借りたエスニック柄のロングスカートを穿いた。皺加工を施されたインド綿の肌触りが、素足に心地よかった。

部屋の鍵は開いていた。薄暗い廊下の突き当たりにあるリビングのドアを開けると、柔らかな光のなか、テーブルに朝食を並べている夫がいた。

「お帰り、桐子」

微笑む夫の顔を、遠く感じる。

「今コーヒーを淹れるから、座って待ってて」

夫は何も聞かない。夫を置いて逃げるように電車を降り、明け方、ちぐはぐな恰好で帰って来た妻に、何も聞かない。

「圭ちゃん。どうして何も聞かないの」

「何もって……そうだね、この部屋に入るまでに、誰かにその恰好を見られなかった？」

「……まだ、朝の五時だよ。誰もいなかったよ」

「よかった。着替えてきたら？　そのTシャツもスカートも、全然桐子らしくない。似合ってないよ」

夫は穏やかに微笑みながら、ランチョンマットの上にカトラリーを並べている。

もう私は、彼が何を考えているのかが分からない。そしてもう、何を考えているかを探る気力が無い。

椅子の背もたれに手をかけ、体を支える。

コーラルブルーの陶器の皿は透明なスープで満たされ、ぷっくりとした可愛らしい水餃子がいくつも浮かんでいる。ロシアの家庭料理、ペリメニ。夫の愛する妻の好物。

どんなに腹を立てていたとしても、妻はおいしいものには逆らえない。

もう泣くまいと思っていたのに、涙が頬を伝った。夫の中ではフィクションとノンフィクションが混ざり合っている。今ここに立つ私は、彼の目には一体、どう映っているのだろう。

「圭ちゃん、ごめんなさい。私、食べられない。食べたくないの」

しんとしたリビングに、私の頼りない声が、やけにはっきりと響いた。

「お願いします。別れてください」

言ってしまったらもう終わりだとわかっていた。

じりじりと炙ったトマトの皮が、ぷつんと弾ける音が聞こえた気がした。

第五話　クレソンとあさりのふわ玉雑炊

「戸土岐《ととき》さん」

振り向くまでに、少々時間がかかってしまった。結婚するまで二十年以上使っていた姓なのに、三年間『日向』を名乗っていただけで、こんなにも反応が遅れてしまう。

私と同じように半透明のゴミ袋を手にした三ツ谷《みや》さんが、笑顔で立っていた。同じアパートの一階、私の部屋の真下に住む女性だ。

「ちょうどよかった。渡したいものがあって」

駅前の花屋で働いている三ツ谷さんに、昨日の売れ残りだというコスモスをもらう。部屋に戻って茎をカットし、まだ新しいグラスに花を生ける。

故郷の叔母から送られてきた林檎を皮を剝かずに八つに切り、キッチンで立ったまま一切れ口に入れる。残りはインスタントコーヒーと共にベランダに運んだ。

十月に入ったばかりとはいえ、風はすっかり秋めいている。スマートフォンに表示された時間は午後一時。みぎわ荘では、そろそろ昼食の食器の洗浄が始まる時間だ。先月からパートのシフトを変えてもらった。学校司書の圭一さんに休みを合わせる必要がなくなったからだ。週に三日、木・土・日にもらっていた休みを土曜と月曜のみに変え、木曜と日曜は出勤日とすることにした。小学生のお子さんがいる皆川さんが、日曜日は学童保育がお休みで出勤できないこともあり、角木リーダーには歓迎された。

不動産会社の営業をしている祥太郎君のお母さん・春江さんに紹介してもらったアパートは、古いけれど南向きの角部屋で風通しも良い。川の向こうにある職場までは歩いて十分。やぶへびまでは自転車で五分。はじめは戸惑うことばかりだったけれど、今は行き付けのスーパーやドラッグストアもできて、ひとりの暮らしに慣れてきた。

襖を開け、プラスチックの衣装ケースを引き出す。ワードローブは地味なものばかりで、色合わせに悩む必要はない。それでも、かつて圭一さんと暮らしたマンションのひとりぼっちの寝室で、華やかな色とりどりの衣装を前にしているときよりも、ずっと胸が躍った。

カーキ色のパンツにボーダーの長袖Tシャツ、念のためにいつでも羽織れるように薄手のカーディガンを出した。長い髪をざっくりと後ろでくくり、最近買ったばかりの黒縁眼鏡を掛ける。少し迷ってから、いつものグリーンのレンズの色付き眼鏡に変えた。

急がなくていい、少しずつ。駆け足になって周りが見えなくならないように、自分に言い聞かせる。

スニーカーの紐を結んで家を出たところで、電話が鳴った。圭一さんの二番目の兄・秀一さんの奥さん、みどりさんからだ。

『秀一さんから聞いたの。本当はもっと早く連絡するつもりだったんだけど』

電話口からでもわかるほど、みどりさんは思いつめた様子だった。

『ごめんなさい、桐子ちゃん。私があのとき、余計なことを言ったから……』

自分のせいでこんなことになってしまったかと思うと、なかなか電話をする勇気が湧かなくて……と涙声で謝罪するみどりさんに、こちらの方が恐縮してしまう。

「みどりさんのせいじゃないです。本当は、ずっと前からだめになってたんです」

でも確かに、法事であの話を聞いたことがきっかけではあるのだから、みどりさんが気に病むのは当然だ。私の方から連絡を取って事情を説明するべきだった。

「ごめんなさい。私、みどりさんのこと、すっかり忘れてた……」

みどりさんは呆気にとられたように一瞬沈黙して、それから『ひどい』と呟いた。声を合わせて笑ってしまった。

「正確には、まだ離婚は成立していないんです。でもお義母さんには報告しました。

今は別々に暮らしていて、別れるつもりだって」

『お義母さん、なんて？』

みどりさんの不安げな声に、先週、恵比寿の三ツ星レストランで義母とランチをしたときのことを思い出す。

帆立貝のゼリー寄せを口に運びながら、義母は「あら残念」と言って、くるりと黒目を回した。その反応から、圭一さんから事前に話を聞いていたことは明らかだった。

『引き止められなかった？』

「少しだけ。でも最後はデザートを食べながら『圭一がダメなら、今度は優一にしてみない？』って」

『お義母さんらしいわね』

冗談だと思うんですけど、と言う私に、みどりさんは『きっと本気よ』と真面目な声で言い、また二人で笑った。『憎めないって得よね』と、義母の羨ましい性質についてひとしきり語り合い、最後に、いつか二人で食事でもしましょう、と話した。

きっともう、みどりさんから連絡が来ることはない。そして多分、私からもしない。離婚するということは、そういうことだ。

ボートネックからはみ出た首筋に肌寒さを感じ、腕にかけていたカーディガンを羽織る。電話を切った瞬間の名残惜しさを振り切るように、私は真新しい自転車を漕《こ》いでやぶへびに向かった。

ここのところの私は、夜の営業時間もお店を手伝うようになっている。言ってみれば押しかけ助っ人だ。とはいえ、今のところは皿洗いと後片付けが専門で、それほど役に立ててはいない。未だに色眼鏡を外せないし、たまにお客さんに話しかけられても、ろくな受け答えができずにいる。

ひと通り店の掃除や仕込みを手伝い、日が落ちた頃にのれんを掛ける。七時をまわると、お店を閉めた商店街のお客さんがやって来る。今夜は金物屋の國《くに》さんの喜寿のお祝いで、舟盛の予約が入っていた。そのためカウンターはめずらしく満席で、塾から帰って来た祥太郎君はまかないを食べた後「宿題は上でやる」と自宅スペースの二階に上がって行った。ちなみに藪さんはすでに厨房を出て、カウンター席の真ん中で國さんとさしつさされつしている。

店ののれんを大柄な二人組がくぐったのは、時計の針が九時をまわった頃のことだ。魚屋の二代目の康さんと、もうひとりは初めて顔を見る男性だ。高校の同窓会の三次会なのだといって、二人は小上がりの座卓に座った。

「春ちゃん、まだ帰ってないの？　ちょっと働き過ぎじゃない？」

そう言って店を見回す康さんに、常連のお年寄り達は意味ありげに顔を見合わせ、小鉢から殻つきの落花生をつまんで次々に投げつけた。

「そう思うなら、お前が大黒柱になってやれや」

「とっととプロポーズしちまいな。そうなりゃ、藪さんもひと安心ってもんだ」

なぁ、と水を向けられ、藪さんは「そうねぇ」と上機嫌だ。康さんが春江さんに思いを寄せていることは商店街中に知れ渡っているらしく、常連のお客さんにはしばしば酒の肴《さかな》にされている。

みんなに茶化された康さんは照れ臭そうにしながら、連れの男性に卓上メニューを差し出した。

「何にする？　ここは何でもうまいよ」

「特に店主が酔い潰れたあとはな」

被せるように口を挟む國さんに、他のお客さん達も「違いねぇ」と同調し、藪さんまでもが笑顔で頷いている。毘田さんだけが「勘弁しろよ」と渋い顔をした。

「二次会であまり食えなかったから、飯ものがいいな」

男性はメニューをさっと見てから、顔を上げて壁に視線を移した。短冊のような紙に一品ずつ料理の名前が書かれた品書きが貼られている。随分古いもので、紙の縁は黄ばんで文字が掠れている。

やぶへびのメニューは、その日仕入れた食材によって変わる。卓上メニューは毎日藪さんが手書きで作っているものの、多くのお客さんは藪さんや毘田さんとの会話のなかで注文を決めるので、あまり目に留められることはない。壁に貼られた古い品書きについては尚更だ。

「じゃあ、俺は塩むすびと玉子焼きのセット」

男性がそう言った瞬間、賑やかだった店の空気が変わった。私に背を向けコンロの前に立っている匙田さんの表情は見えなかったけれど、カウンターの向こうに並ぶお客さん達が皆、気遣うように藪さんの様子を窺う。國さんの隣に座る藪さんの表情からは笑顔が消え、ちゃんちゃんこを羽織った肩も、心なしか丸まっていた。

「悪ぃな兄さん、そっちに貼ってあるのは、随分昔に食堂してた時の名残でよ。今はやってねぇんだ」

匙田さんは厨房から少しだけ身を乗り出し、小上がりに座る彼に声をかける。

「でも塩むすびなんて、飯さえあれば……」

と不平を言う彼の額を、康さんがぺんと叩いた。

「あっちのお品書きは永久欠番なんだよ。ここがまだ、『初恋食堂』って呼ばれてたときの伝説のメニューだからさ」

へ？　と首を傾げる彼の気を逸らすようにして、康さんは「譲治さん、あれ出してよ」と明るい声を出す。

「あれでわかるかよ、普段は春江さんが休みの水曜にしかツラ見せねぇくせに、常連ぶりやがって」

「とぼけても無駄だって。舟盛に使った鰤《ぶり》と鰆《さわら》を卸したのは俺なんだからさ」

　毘田さんは肩をすくめると、冷蔵庫からプラスチックの容器を取り出した。刺身の切れ端を集め、味醂と醤油で漬けにしたばかりのものだ。汁気を切った漬けを包丁でたたき、摩り下ろしたニンニク、コチュジャン、最後に胡麻油を加えて混ぜ、丼ご飯の上に豪快に盛り付ける。

「待ってました、裏店主の裏メニュー、半端刺身のユッケ丼」

　康さんは丼を受け取ると、頂上に割り落とされた艶々の卵黄を、ぷつんと箸の先で突く。韓国風のたれをまとったユッケの山肌を、卵の黄身がゆっくりと滑り落ちてゆく。連れの男性の喉がごくりと鳴った。

　体格の良い男性二人が丼を抱え上げ、がつがつと掻き込むように食べる姿を見ていると、こちらの食欲まで刺激されてしまう。うっかりお腹が鳴ってしまわないように気を引き締め、洗い物に戻る。

　それにしても、腑に落ちない。炊飯器にはまだ十分にご飯が残っているし、いつもの毘田さんと藪さんなら、メニューに載っていない料理でも、材料さえあれば注文を受け付ける。それに、初恋食堂、だなんて呼ばれ方は初耳だ。居酒屋やぶへびを始める前は、藪内食堂、という名前のご飯屋さんだったことは聞いているけど。

春江さんのいうことには、若い頃の藪さんはかなりの風来坊で、生まれ育った東京下町から流れ流れて横浜にたどり着き、そこでふらりと立ち寄った食堂のひとり娘とドラマティックな恋に落ち、当時としてはまだ珍しかった婿養子になって藪内食堂を継いだらしい。

「何だい、小難しい顔をして。さっさと食いな」

匙田さんの声に我に返ると、目の前には先程のユッケ丼が置かれていた。手渡されたれんげで口に運ぶと、マグロや蛸、その他白身魚の、それぞれに異なる食感が歯に心地よく、ニンニクと甘辛いたれの風味も相まって、いくらでもご飯をおかわりできそうだ。

「匙田さんは食べないんですか？」

「あんたがうまそうに食ってるところを見るだけで、腹いっぱいだよ」

そんなふうに笑うけれど、実際のところ私は、匙田さんがきちんと食事をしている姿を目にしたことがないのだ。いつか私が作った煮魚の味見をしてくれたときのように、料理を作りながら一口二口摘《つ》まむくらいだ。

毎晩店を閉めてからみぎわ荘の自室に戻って食事をしているとしても、あまり遅い時間になると消化も悪いし体にも良くないのではないだろうか。

ぶつ切りにした牛筋を串に刺す匙田さんの腕は、手の平の大きさとは裏腹に細く筋張っていて、どうしたって心配になってしまう。でも口に出すのは憚《はばか》られた。面倒見が良くて優しい人ではあるけれど、こちらが踏み込み過ぎると途端に身をかわすような、干渉を拒む雰囲気が匙田さんにはある。

「しかし、前から思ってたけどよ、その細い体のどこに入るんだかな」

「すみません、図々《ずうずう》しくて」

「そんだけ気持ち良く食ってくれりゃあ、こっちも安心してこき使えるってもんよ」

食い終わったら手伝ってくれ、と言って、匙田さんは大量の茹で卵と、殻入れ用のボウルを掲げて笑った。明日からお店に出すおでんの仕込みのためのものだ。

こうして気軽に用事を頼まれると、この店に居場所をもらえたような気がしてほっとする。そんな私の気持ちなんて、匙田さんはとっくにお見通しなのだと思う。

夜十時過ぎ、自転車で自宅に戻る。鍵とチェーンをかけてひと息ついたところで、スマートフォンが鳴った。圭一さんから、新しいメッセージが届いていた。

花火大会の翌朝に離婚を切り出してから、圭一さんは一度も話し合いに応じてくれなかった。最終的に私は、署名捺印《なついん》した離婚届をダイニングテーブルに置き、身一つで――正確には、自分名義の預金通帳と印鑑だけを持ってマンションを出た。

独身時代に貯めた整形資金を、こんなふうに使うことになるとは思わなかった。でも確かに私は今、新しい私に会いに行こうとしている。

『桐子、どこにいるの？　いつ帰って来るの？』

『わかった、ちゃんと話し合おう。理由を教えて欲しい』

昨日までに送られてきたメッセージがずらりと並ぶ一番下に、たった今受信したばかりのものが表示されている。

『どうして帰って来ないんだ。好きな男でもできたのか』

いつになく乱暴な、彼らしくない言葉だった。一体どんな顔で、このメッセージを打ち込んだのだろう。電気の点いていない暗い玄関で、四角く光るスマートフォンの画面を見つめた。

そんなわけない、と返事を打ち込み送信ボタンを押そうとした瞬間、すぐに新しいメッセージが受信される。

『俺には桐子が必要なんだ。お願いだから、帰って来て』

彼が必要としている私は、きっとここにはいない。

電気を点けてベッドに横たわり、桜木町のマンションの寝室とは違う天井を見上げる。

彼のSNSには、まだ妻との愛にあふれる日常が投稿されているのだろうか。

でも、もう覗きにはいかない。スマートフォンのホーム画面に置いていた、写真共有アプリのアイコンは削除した。

もう彼女は私を脅かさない。彼女は、私からも、私が住むこの町からも、遠く離れた場所にいる。

❖❖❖

「秋なのにクレソン、ですか」

「春のもんよりピリッとした辛みがあって、うまいのさ。オランダカラシって名前があるくらいだからな」

翌週の月曜日。私は毘田さんに商店街を案内してもらいがてら、店の仕入れを手伝っている。ちなみに藪さんは、膝が痛むからと言って不参加だ。「きっと今頃、テレビの前で煎餅でも齧ってるだろうよ」と毘田さんは言う。先週から放送されている昼ドラに夢中らしく、つまりは仮病だ。

アーチ看板のすぐ下にある八百屋の店頭には、青々としたクレソンが籠に盛られている。そういえば、いつか麦ちゃんから借りた料理雑誌で、栄養価の高いスーパーフードとして特集を組まれていた。フランスでは『健康草』と呼ばれ、消化を助け心身を安定させる効果があるらしい。

「秋のクレソンは山葵《わさび》の葉っぱみたいなもんだな。生でも茹でても、搔き揚げにして食ってもいけるんだぜ」

そういえば毘田さんは、山葵の産地・静岡の出身だった。

「何もないド田舎だが、水と食い物だけはうまいな。もう少し寒くなったら山葵鍋、なんてのが最高だ」

「取り皿のポン酢に溶かすんですか？」

「いや、一本まるごと摩り下ろして、鍋に放り込むのさ」

「まるごと……？」

「熱を通すと辛みが消えて、香りだけが鼻に抜けてな、たまらないぜ」

クレソンの他に旬の蓮根《れんこん》や牛蒡《ごぼう》などの根野菜を買い、アーケード街を出て並んで歩くと、乾いた秋の風が頬を撫でた。

「毘田さんは、いつからお店を手伝うようになったんですか」

「今から十五年ばかし前かな。藪さん、カミさんを病気で亡くして一気にガタッと来ちまってよ。まぁ、女房に先立たれた男なんざ、みんなそんなもんよ。特にあの店は、働き者のカミさんでもってたようなもんだからな。亭主が飲んだくれでだらしねぇから、昼は食堂、夜は居酒屋にのれんを掛けかえて、日がな一日働き通しよ」

壁に貼られていた古いお品書きと、あの夜の藪さんの虚《うつ》ろな表情を思い出す。結局あの後はすぐに酔い潰れてしまい、康さんに抱えられるようにして奥の部屋に消えて行った。

「あの品書きも、紛らわしいから剝がせって言ってるんだけどな。なんだかんだと言い逃れして、ちっとも腰を上げやしねぇ。死んじまってから思い出ばっかり大事に抱いてたってしょうがねえのに、馬鹿なジジイだよ」

気のせいだろうか。匙田さんの言葉の端に、ほんのかすかな棘を感じた。横顔をそっと盗み見る。特に変わった様子はないけれど、いつも春江さんに「父さんを甘やかさないで」と叱られている匙田さんの、意外な一面に触れた気がした。

「じゃあ、初恋食堂っていうのはそのときの――」

「そんなふうに呼ぶ奴もいたな。カミさんが、藪さんにはもったいないくらいの器量良しで気立ても良くってよ。しょげてる若いのが店に来ると、なんにも訊かずに、ちょっとした小鉢や汁物なんかをサービスでつけてくれるのさ。それがうまくて滲みるってんで、大概の奴はコロッとまいっちまう」

「胃袋を摑む、ということですか」

「そこまで出しゃばった味じゃあないけどよ、こっちの傷んだ部分をそうっと手当してくれるような、そんな味さ。初恋食堂、だなんていっても、そこまで純な野郎が集まってたわけじゃねえぞ。いい年のジジイもいたしな。だがよ、今まで散々女を泣かしてきたすれっからしも、やたらと血の気の多いやくざもんも、あの店に行けば、うぶな小僧に戻っちまう。そういうこったな」

「今まで散々女を泣かしてきた、すれっからし……」

口の中で繰り返す。いつかの藪さんが若い頃の匙田さんを評し『色んな糠漬けを食べ散らかして……』と言っていたのを思い出してしまった。

「何だい」と怪訝そうに眉をひそめられたので、「いえ」と慌てて目を逸らす。

「つまり、初恋時代を思い出させるような場所、ということですか」

「おう、上手いこと言うじゃねぇか」

褒められてもちっとも嬉しくない。なんだか私は、非常に面白くないのだ。

匙田さんは昔のことをなめらかに語りながら、それでもまだ一度も、藪さんの奥さんの名前を口にしない。それがかえって、彼女への特別な思い入れを感じさせる。

「あの頃は持ち帰りの握り飯が特に人気で、商店街の連中の他にも、金がない学生なんかが店の前で列を作ってたな」

「塩むすびと玉子焼き、ですか。もうお店では出さないんですか？　何か特別な隠し味とか――」

「ただ普通に炊いた白飯に、なんでもない塩をパラッと振って握っただけのもんさ。玉子焼きだって、いつもの出汁に醬油を垂らして巻いただけのもんよ。簡単なもんほど腕の違いがはっきり出るって、それだけのことさ」

確かに、タイミングと思い切りの良さが命の玉子料理全般が、私は苦手だ。昔祖母が朝食に作ってくれたオムレツも、教わった材料と手順で何度となく作ってきたけれど、思い出の味には遠くおよばない。

「藪さんは、きっともう一度そのおむすびを食べたいんでしょうね」

「まぁ、そうだろうな。だがよ、それでいいんじゃねぇか？　食いたくて仕方がないのに二度と食えない、二度と食えないのに思い出すたびにうまくなる、ってな。そんな食い物のひとつもあった方が、男として箔《はく》がつくってもんよ」

胸の奥のざらつきが増す。

「毘田さんも——」

と聞きかけて、すぐに口をつぐみ、質問を変えた。

「素敵なひとだったんですね、藪さんの奥さんは」

「まあな。男を見る目だけは今ひとつだったけどな」

いつもなら引っ掛からないはずの言葉のひとつひとつに、特別な意味が隠されているような気がして、落ち着かなかった。

前を歩いていた毘田さんが、不意に足を止めた。川の向こうにあるみぎわ荘の方から、黄緑色のツンツン頭が橋を渡って歩いて来るのが見えた。隣には麦ちゃんの姿もある。ちょうど、昼の休憩が始まる時間だった。

「リサイクルショップで働いてる友達《ツレ》から、売れ残りの廃棄品をもらってきました」

そう言って墨田君は、古い壁掛け時計を私に見せる。麦ちゃんは、おそらくみぎわ荘から借りてきたであろう小さな工具箱を手にしていた。

「桐ちゃんの部屋の壁、フックとかついてたっけ？」

「前に住んでた人が取り付けたのがそのまま残ってたから、多分使えると思う。ありがとう、すごく助かる」

お茶でも飲んでいってもらおう、と思い、ポケットの中の鍵を探る。まるでその隙に乗じるかのように、毘田さんは「じゃあな」と言って立ち去ろうとする。

「帰っちゃうんですか」

「若いもんの邪魔はしねぇよ」

毘田さんの後姿を名残惜しく見送っていると、麦ちゃんが私の肩を小突いた。

「ちょっと桐ちゃん、大丈夫なの？」

「何が？」

「なんか危なっかしいんだよなあ。あんな得体の知れないジジイ、部屋に上げたりしちゃダメだからね。七十過ぎても、男は男なんだから」

「毘田さんは、私のことなんか子供扱いだよ」

そういえば、前に『ロリコンを通り越して子守り』と言われたことがあった。墨田君は時計を小脇に抱えたまま、呑気に首を傾げる。

「そうですか？　さっき一緒に歩いてるのを見た感じでは、結構お似合いでしたけど」

「はぁ？　あんた、頭だけじゃなくて目まで腐ったんじゃないの？　ジジイと孫娘が仲良く散歩してただけでしょ！」

「麦さんて、ちょっとシスコン入ってますよね。その屈折した愛情は俺だけに向けて欲しいんですけど」

いつもの調子で真顔で言う墨田君を、麦ちゃんが拳骨《げんこつ》で叩く真似をする。ちらりと見えた指先には黒いネイルが塗られ、蜘蛛《くも》の巣のような模様が描かれていた。『本気じゃない、ただの繋ぎ』なんて口癖のように言う割に、麦ちゃんのファッションは日に日に墨田君に影響されてきている。

「桐ちゃんは警戒心が強そうに見えて、一回気を許すとところん懐いちゃうんだから、気を付けてよね。ただでさえ、旦那と別居中っていう微妙な時期なんだから。あの横暴夫が素直に離婚に応じるとは思えないし」

「桐子さんの元旦《もとダン》て、オラオラ系なんですか。意外っす」

「いや、オラオラ系じゃなくてモラモラ系」

「そっちの方が性質《たち》悪いっすね」

そんな話をしながら、三人で匙田さんの背中を振り返る。川にかかる橋を渡る匙田さんは、少し肌寒そうに首を縮めていた。

「麦ちゃん、初恋って、いつだった？」

「何、急に」

「俺はカートコバーンっすね。初めて出会ったのは小二のときだったかな」

「そういう話じゃないんだよ、馬鹿墨田。そういう桐ちゃんの初恋は――あれか、二十歳の誕生日の初失恋の相手か」

「何すかソレ」

　やめて、と私が言う間もなく、麦ちゃんは例の件をかいつまんで墨田君に説明する。

「えーマジっすか、ストーカーに？」「ひえー」などという相槌と共に、私に向けられる墨田君のまなざしが、どんどん腫れ物を見るようなものに変わってゆく。

「やっぱ桐子さんって、思い詰めさせたらやばいタイプの人なんすね」

「ほっといてくれるかな」

「でも桐ちゃんのそれは、初恋とは違うね。そもそも桐ちゃんはさ、ビビリストーカーしかり、モラモラ旦那しかり、恋に落ちたって感じじゃないよね。寄ってくる男が危険人物ばっかりで、そんな中でもまだましかな、っていう消去法で相手を選んできただけじゃん」

「それって、いけないことなの？」

「いけなかないけど、恋って、絶対ダメだとわかってても落ちるときは落ちるものだからね。危険な男だとわかっていても、ついつい惹かれちゃうってこともあるし」

すかさず墨田君が、「どうも！　危険な男です！」と屈託のない笑顔でピースする。

相変わらず、ギザギザとげとげしたアクセサリーを沢山身に着け、見た目だけは危険そうではあるけれど。麦ちゃんは墨田君の言葉に無視を決め込み、私に続いてアパートの鉄骨階段を上る。もしかしたら、ちょっと照れているのかもしれない。

「だから桐ちゃんは、本当の意味での初恋を知らないのかもね。どう言ったらいいのかな……桐ちゃん、おばあちゃんが庭で育ててた、すももの木のことを覚えてる？」

「小さい真っ赤な実がなって、齧ると口の中がキュッてなる、甘酸っぱい品種の？」

「そう！　まさにあの感じだね。口の中じゃなくて、胸のところがね、キュッとして、あとからじんわり甘くなるの。懐かしいなあ。目が合うだけでどきどきして一日中嬉しくて、付き合うとか付き合わないとか、そんなこともまだ思いつかないくらいピュアだったあの頃。保育園で一緒だったまさはるくん、元気にしてるかなあ」

「えー、でもぶっちゃけ、旦那と別居中の人妻が、私初恋まだなんですう、とか言うの、図々しくないっすか」

うっとりと頬を染める麦ちゃんの横で墨田君はそんなことを言い、今度こそ本当に拳骨で叩かれていた。
　玄関を開けるなり墨田君は履いていたスニーカーを踏みつけるようにして脱ぎ、
「このフック緩んでますね」と躊躇なく壁に金槌を打ち付ける。リフォーム会社での
アルバイトの経験があるという墨田君には、ここのところすごく助けてもらっている。
「ごめん、まだお客様用の食器がないの。麦ちゃんは、私のマグでいい？」
「別になんでもいいよ。墨田の分は皿にでも入れてくれれば、すすって飲むよ」
　それはさすがにどうだろう。モヒカン頭の墨田君が、ミルクを舐める子猫のように
お皿に顔をうずめる姿を想像する。かなりシュールな光景だ。
　結局、お味噌汁用のお椀とご飯茶碗、マグカップにほうじ茶を注ぎ、小さな座卓を
三人で囲んだ。
　古いワンルームのアパートは殺風景で、まだ最小限の家具しかない。スタイリッ
シュなインテリアで飾られていた桜木町のマンションとは対照的だ。
　それでも、今の私は寒々しさを感じることはない。それはきっと、部屋の狭さのせ
いだけではないと思うのだ。

❖❖❖

「ありがとうございました！」

レジから身を乗り出し、商店街の振興組合の皆さんに声をかける私を見て、匙田さんが「でかい声が出るようになったじゃねぇか」と笑う。

「そこに座ってた米屋のジジイ、昨日もひとりで来てただろう。さっき、こそっと『あと何べん通ったら、あの姉さんは眼鏡を外して顔を見せてくれるかね』なんて言ってたぜ」

「そんなシステムじゃありません。からかわないでください」

つっけんどんに答えると、匙田さんの頬の笑い皺が深くなる。

時計の針は十時をまわっている。カウンター席にいるのは、仕事終わりの麦ちゃんと、藪さんだけになっていた。祥太郎君は小学校の宿泊研修、春江さんは残業中でまだ会社だ。

「麦ちゃん、そのくらいにしておいたら？」

厨房で洗い物をしながら、鮮やかなブルーの野球帽を反対向きに被った麦ちゃんをたしなめる。帽子の持ち主の藪さんはすでに潰れていて、カウンターに顔を伏せていびきをかいていた。お互いにお酒好きということもあって、今や二人はすっかり飲み友達だ。

「平気だよ。歩けなくなったら、墨田に背負わせるから」

「そんなこと言って……墨田君、今日はライブの帰りに寄るって言ってたし、ギターケースも運ばなきゃいけないから、大変じゃない」

「私よりギターを選ぶ男なんて、こっちから願い下げだね！」

麦ちゃんはコップに半分ほど残った日本酒を飲み干すと、威勢よく啖呵《たんか》を切った。

そろそろのれんを下ろそうと引き戸を開けると、冷気に鼻先をくすぐられ、くしゃみがひとつ出た。夏が終わってまだ間もないと思っていたのに、夜になると上着を羽織りたくなるほどだ。カーディガンのボタンを閉めて外に出ようとした、そのときだった。

「お疲れっす！　いやぁ、寒いっすね！」

「墨田君、ご近所に迷惑だから、もう少し声のトーンを――」

小言が喉の奥につっかえる。曲がり角から現れた墨田君の肩の向こうに、思いも寄らない人物が佇《たたず》んでいたからだ。

「久しぶりだね、桐子」

どうしてここに？　固まる私の後ろで、すっかり酔っ払った麦ちゃんが「あっ、噂のモラモラ夫！」と人指し指を突き付ける。

匙田さんが、鍋を洗っていた手を止めて顔を上げた。

「ロンドンにひとり旅に出かけたまま帰って来ない美人妻はお元気ですか！　あれ？　おかしいな、ここにいるじゃん！」

麦ちゃんは今度は私の方へ指を向けると、ケタケタと笑った。それから豪快にカウンターに突っ伏し、安らかな寝息を立て始める。賑やかだった店内が、しんと静まった。

「……参ったな」

圭一さんが顔を俯け、ぽつりと言う。本当に、困り果てているようだった。

「兄さん、そんなところで突っ立ってねぇで、よかったら座りな」

匙田さんに促され、圭一さんは物慣れない様子で席に着く。すかさず匙田さんが、お茶と作り置きのきんぴらを置いた。出汁がら昆布と大根の皮で作った、お馴染みのものだ。

圭一さんは遠慮がちに箸をつけ、それから、はっとしたように匙田さんを見た。二口目のきんぴらを摘まんだ箸が、宙で止まっていた。

「何だい、口に合わねぇかい」

「……いえ、おいしいです」

一体、どういうことなのだろう。墨田君のレザージャケットの袖を摑み、慌てて耳打ちする。

「どういうこと？　どうして墨田君が圭一さんと」

「俺にもよくわからないんですけど、ライブハウスの外で出待ちしてる客の中に、妙に場違いなおっさんがいると思ったら、いきなり『妻を返してくれ』って詰め寄られちゃって」

　圭一さんは、戸惑う墨田君に数枚の写真を突きつけたのだという。みぎわ荘のエントランスから、私と墨田君が並んで出てくる写真だったらしい。

「こうなったら当事者同士でちゃんと話し合った方がいいかなと思ったんで、連れて来ちゃいました」

　墨田君はからっと笑うと、カウンターでうたた寝をしている麦ちゃんの背中に手を添え、圭一さんに宣言する。

「さっきも説明しましたけど、俺の彼女はこっちのへべれけの方で、桐子さんは職場の先輩ですから」

「誰がへべれけよ！」

　麦ちゃんは椅子を蹴るように立ち上がったかと思うと、急に子供のような声で「アイスが食べたい」と呟いた。

「バニラアイスならあるけど」

冷凍庫の中身を思い出しながら言う私に、「そういうベタベタした甘いのじゃなくて、アイスキャンディ！　西瓜《すいか》味の！」とだだをこねる。目を覚ました藪さんと一緒に、アイス！　アイス！　とさえずり始め、完全に厄介な酔っぱらいと化している。そんな二人を宥《なだ》めながら「コンビニに行きましょうね」と店の外に連れ出す墨田君は、まるでベテランの保育士のようだった。

引き戸が閉まり、酔っ払った二人の声が遠のくに従って、人いきれとお酒のにおいで蒸し上げられた室内の温度も徐々に下がってゆく。

誰ひとり言葉を発しないなか、毘田さんがグラスやお皿を洗う水音と、圭一さんが遠慮がちにきんぴらを咀嚼《そしゃく》する音だけが響いていた。私は胸にお盆を抱えたまま、圭一さんの斜め後ろに立ち尽くすことしかできなかった。

小鉢を空にした圭一さんは、膝に載せたブリーフケースのファスナーを開けた。厚みのある紙ファイルを取り出し、申し訳なさそうに私を振り返る。

「悪いと思ったけど、プロに頼むしかなかったんだ」

差し出されたファイルをめくると、私の住んでいるアパートと、みぎわ荘、やぶへびの住所の他に、曜日ごとのパートのシフトや数週間分の帰宅時間までもが記されていた。

ぞっとしてファイルを閉じた。最後に目に入ったのは、みぎわ荘の自動ドアから出てくる私と墨田君の姿と、麦ちゃんと墨田君がアパートのベランダで洗濯物を干している様子をとらえた写真だった。

「ごめん、不愉快だよね。こそこそ探るような真似をして」

私が突き返したファイルを、圭一さんは困ったように見下ろしていた。彼自身、どう扱っていいかわからない様子だった。

「私が言うことじゃないかもしれないけど、できれば処分して欲しい」

「わかった。ごめん」

ごめん、と口にするたびに、圭一さんの背中は、少しずつ小さくなっていくようだった。

胸の前で抱き締めるように持っていたお盆に、カウンターに残っていたコップやお皿を載せ、厨房に運ぶ。いつも通りの行動をとることで少しは気が落ち着くかと思ったけど、実際は、あまり効果がなかった。

「桐子があんな場所で働いているなんて思わなかったよ。ずっと、ヨガ教室で働いてるって聞いていたから」

「あんな場所って……！」

思わず大きな声が出てしまう。カウンターの向こうにいる圭一さんと視線がぶつかる。圭一さんが店に入って来て初めて、私は彼の顔を正面から見た。

「ごめん。いやな言い方だったね」

弱々しく呟く圭一さんに、それ以上何も言えなかった。一ヶ月ぶりに会う彼は、随分と痩せて頬骨が目立った。私が家を出たことで、彼がこれほど憔悴《しょうすい》するとは思わなかった。

「ご飯、食べてないの……？」

「あまり食欲はないけど、ちゃんと食べるようにはしているよ。正直に言うと、今日の昼も、無理に詰め込んだから胃がもたれてるんだけどね」

圭一さんのニットの衿元には、濃い赤紫色の染みがついている。私の視線に気付くと、「ああ」と苦笑する。

「覚えてるかな。伊勢佐木長者町《いせざきちょうじゃまち》駅の近くにある、小さいビストロ。今日、そこでランチを食べたんだ」

「鴨のベリーソース？」

「覚えててくれたんだ。桐子、好きだったもんな」

初めてのデートで連れて行ってもらった思い出の場所。店の看板メニューとして圭一さんに薦められたのが、合鴨のロースト、ベリーソース添えだった。

「……体調が悪いのに、そんな重たいものを食べたらだめに決まってるじゃない」

押し寄せてくる思い出にからめ取られたくなくて、必要以上にぶっきらぼうな言い方になってしまった。ぐらつく私の隙を逃すまいとするように、圭一さんは椅子から腰を浮かせ、カウンター越しに身を乗り出す。

「桐子、ちゃんと話そう。今度こそちゃんと話を聞く。約束する」

圭一さんの瞳は真っ直ぐに私を見つめていた。

「桐子のことを理解したいんだ。今何を思っているのか、どうして急に出て行ってしまったのか、ちゃんと聞かせて欲しい」

その言葉を、随分長いこと待ち続けていた。だからだろうか。自分でも思いがけない涙が、一粒転がり落ちた。

圭一さんの強張っていた頰が、ほっとしたように緩む。

「とりあえず、今日は一緒に帰ろう。今桐子が住んでいるアパートのことも含めて、一緒に話し合って結論を出そう」

「圭ちゃん、違うの」

こぼれた涙を拭う。

私の中は空っぽだった。ずっと圭一さんに伝えたかった言葉も、受け止めて欲しかった気持ちも、圭一さんの口から聞きたかった言葉も、今はもう、私の中にはなかった。本当に、空っぽだった。

「もう、あなたに聞いて欲しいことは何もない。だから家を出たの」

家を出る前に、何度私の泣き顔を見ても動揺しなかった圭一さんが、なぜか今だけは、ひどくうろたえていた。

「でも、おかしいじゃないか。いくらなんでも、こんなに一方的に……！」

圭一さんが声を荒らげた瞬間だった。きゅっと蛇口をひねる音がして、水音が止まった。それまで黙っていた匙田さんが、布巾で濡れた手を拭いながら、低い声で言った。

「兄さん、夕飯は食ったのかい」

「いえ、まだ……」

圭一さんは困惑している様子だった。

匙田さんはシャツの腕まくりをおろし、腰に巻いていた前掛けの紐をほどいた。何度も洗濯を繰り返して日に焼けた帆前掛けは、まだらに色褪せ、裾は糸のほつれが目立つ。

「何か食わせてやりな」

「でも、私……」

尻込みをする私にはお構いなしに、匙田さんは前掛けを私の頭の上に置いた。そのまま厨房を出て、奥の居間の方へと行ってしまう。

　少し湿った帆前掛けを手にしたまま、私は圭一さんと見つめ合った。この場所で二人きりでいることが、とても奇妙に感じた。

「……お腹、空いてる？」

「いや、そんなには……」

　ためらいながらも、匙田さんの前掛けを腰に巻いてみる。太い紐を腰に二重に巻き、ずり落ちてこないように、後ろできつく縛る。握り拳大の固い結び目に、すぐに後ろに引けようとする腰を、ぐっと押し出されたような気持ちになった。

　覚悟を決めて冷蔵庫の扉を開ける。食材はほとんど残っていない。冷凍室の引き出しを開け、砂抜きしたあさりを取り出す。鍋に酒と水を入れて沸騰させ、凍ったままのあさりをそのまま入れた。静かな店内に、あさりが次々に口を開けるリズミカルな音が響く。

「圭一さん。──私、ずっとあなたに嘘をついてた」

　額のあたりに視線を感じながら、網じゃくしであさりをすくい、バットに移す。

「本当は私、デザート以外に果物を使うメニューは苦手なの。子供の頃から、酢豚のパイナップルもドライカレーのレーズンも、ポテトサラダに入っている缶詰のみかんも嫌いだった。だからあの店の鴨も、あなたが作ってくれたサンドイッチに挟んであったパパイヤとチキンの組み合わせも、ほうれん草と桃のスムージーも、本当は苦手だった」

圭一さんが息を呑む気配がした。その顔を見て私は、彼に初めて筑前煮を出した日のことを思い出した。『前から思っていたけど、桐子の作る料理って塩辛いよ』

仕返しをしたくて言ったわけじゃない。だから余計に、胸が痛んだ。

指先で、まだ熱いあさりの殻をつまみ、菜箸で身を外していく。

無心になろうとすればするほど、懐かしい思い出が甦《よみがえ》ってしまう。

あのビストロで、私がいつもベリーソースのメニューを頼んだのは、圭一さんの機嫌を取りたかったからじゃない。圭一さんが、定番の鴨と季節のお勧めメニューの両方を味わいたいことを知っていたからだ。彼の好きな料理も、それをシェアすることも、私にとっては特別だった。

「……僕も、嘘をついてた」

圭一さんはカウンターに頬杖《ほおづえ》をつき、白い湯気をこぼす鍋を、ぼんやりと眺めている。

「本当は桐子が、僕が押し付ける役割に戸惑っていたことを知っていた。でも、気付かないふりをしてた。また昔のように、誰にも気に掛けられない自分に戻ることが怖かったんだ」

ことことと鍋の蓋が揺れる音と、ほっこりとしたあたたかい蒸気には、特別な魔法でもあるのだろうか。強張っていた圭一さんの肩から少しずつ力が抜けてゆく様子は、初めてこの店に訪れたときの私のようだった。

「いつのまにか、僕が作った桐子が、本来の桐子から離れてひとり歩きをしていたことだってわかってるんだ。でも僕の中では、二人とも桐子だった。本当は、もっと正直に言えば——今でも、よくわからないんだ。僕が帰って来てほしいのが、どっちの桐子なのか。僕にとってはどっちも本物で、上手く切り離せないんだ」

「切り離さなくてもいいよ」

そう呟くと、憔悴しきった圭一さんの表情に、ほんの少し明るさが戻った。私の言葉を、別の意味に受け取ったのだろう。だからこそ、ちゃんと伝えなくてはいけない。

「圭一さんが探しているのは、どっちも私じゃない。あなたがSNSで育てた私も、あのマンションであなたと暮らしていた私も、もう私じゃない。今の私とは違うの」

圭一さんは、薄く唇を開いた。でもそこから言葉が出てくることはなかった。

貝の旨味が吐き出された汁に、冷蔵庫に残っていた冷やご飯を入れる。鍋の中でお米がくつくつと煮える音を聞きながら、ボウルに卵を割り入れる。

「フォークを使うの？」

圭一さんが意外そうに言う。咎める口調ではなかったけれど、手が止まってしまう。

『落とし蓋って言葉、聞いたことないかな』『面取りするの、面倒臭かった？』

そんな言葉を思い出しながら、フォークを握る手に力をこめる。

「こうするとね、白身がよく切れるし、玉子を落とすときも綺麗にできるの」

強張る頬を持ち上げて、なんとか微笑む。過去に引きずられずに済んだのは、店の奥で、戸がきしむ音が聞こえたからだ。

縁側に出るための硝子戸はたてつけが悪くなっていて、開けるたびにあんな音がする。いつものように、縁側に座って煙草を吸う匙田さんの横顔を思い浮かべる。姿の見えない匙田さんの気配を感じながら、玉子を溶いた。

柔らかく煮えた雑炊の上から、四本に分かれた細いフォークの先を伝わせて、玉子をまわしかける。菜箸ではなくフォークを使うのは、玉子料理が苦手だった私のために祖母が教えてくれた裏技だ。

息を詰めてタイミングを計り、コンロの火を止める。余熱でふんわりと咲いた黄色の花の上に、新鮮な生のクレソンを、三つ葉がわりにたっぷりとちりばめる。

地の厚い丼によそい、れんげを添えて、圭一さんの前に置いた。

いただきます、という小さな声のあと、赤いれんげの先が圭一さんの口に消え、ふっと、熱を逃がすような小さな吐息がこぼれる。二度、三度とそれが繰り返され、圭一さんの眼鏡が蒸気で白く曇る。

言葉はいらない。丼から雑炊が掻き取られてゆく速さと、少しずつ血の気を取り戻してゆく頬を見れば、圭一さんが久しぶりの私の料理の味を、どう感じているかがわかる。

最後のひと匙を口に入れ、圭一さんは、曇った眼鏡をカウンターに置いた。うっすらと汗が滲んだ鼻の上に、眼鏡の鼻当ての跡が赤く残っていた。そんな無防備な顔を見るのは久しぶりだった。なぜだかまた、胸が痛んだ。

「ごちそうさま。桐子が料理を作る仕事をしてるって知ったときは驚いたけど……今、ようやく腑に落ちた。桐子は、本当に料理を作るのが好きだったんだね」

綺麗にプレスされたハンカチで鼻を押さえてから、圭一さんは、空になった丼を長いこと見つめていた。

「僕は、ずっとひどいことをしていたんだね。おかしいのも、間違っているのも、きっと僕の方なんだろうな。とりあえず今日はひとりで帰るよ」

疲れ切った、心細げな声だった。まるで問題集の模範解答を眺めながら、どうすればそこにたどりつけるかが理解できない少年のような顔をしていた。

圭一さんを見送るために、一緒に店を出た。深い群青色の闇が、私達が吐く息の白さを際立たせていた。

「墨田君のライブ、観に行ったの？」

「頭が割れるかと思ったよ」

そんな場合でもないのに、私達はどちらからともなく笑った。季節外れの線香花火が、最後に小さく火花を散らすような笑いだった。

「私と墨田君が付き合ってると思うなんて、どうかしてるよ」

「そうだね。でも桐子が、彼と笑いながら歩いてる写真を見た時に、咄嗟にそう思った。それくらい、俺が知らない桐子だったから」

月明かりが圭一さんの痩せた頬を照らし、深い影を際立たせる。目を逸らした。見ていられなかった。

代わりに、ニットについた赤紫色の染みを見つめた。あのビストロでの初めてのデートで私は、緊張するばかりで、料理を味わうどころではなかった。おまけにワンピースの胸許にソースをこぼし、随分落ち込んだ。

だけど私にとっての一番の思い出の味は、鴨のベリーソース添えじゃない。圭一さんはきっと覚えていないと思う。

あれはまだ結婚する前のことで、週末にお互いの家に泊まるようになって間もない頃のことだった。レストランでの食事のあと、私のアパートで何気なくテレビを点けると圭一さんのお気に入りの映画が放送されていた。私は一度も観たことがなく、三部作だということすら知らなかった。映画が終わった後、どうしても続編を観せたいという圭一さんと共に、部屋着のままレンタルビデオショップに向かった。

圭一さんも私も洗い髪のままで、Tシャツとスウェット素材のハーフパンツ、私の足許はサンダルだったけど、圭一さんは先の尖った革靴を履くしかなく、そのミスマッチに二人で笑った。あのときの私達は、人の目なんて少しも気にならなかった。周りに指をさされようが笑われようが、どうだってよかった。それくらい、お互いのことしか見えていなかった。

結局目当ての作品はレンタル中だったのだけれど、無駄足になってしまったことすら可笑しくて、夜道を笑いながら帰った。途中のコンビニで肉まんをひとつ買い、ペットボトルのお茶と共に、ふたりで分け合った。

圭一さんにとっては、取るに足りない思い出だろう。でも私は、誰かの齧りかけの食べ物を差し出されるなんて、初めてのことだった。子供の頃から友達がいなかった私には、友人同士の「一口ちょうだい」という文化になじみがなかったし、家族間でもあからさまに歯型がついた食べ物を相手に渡すことなんてしなかった。

圭一さんが齧った肉まんを同じように齧りながら、こんなにおいしいものがあるなんてしらなかった、と思った。

小さくなってゆく圭一さんの背中は、三年前とさして変わっていないはずなのに、今から追いかけて寄り添って、あのときのコンビニで肉まんを買って分け合ったところで、同じ味には出会えない。

いつか匙田さんが、藪さんの奥さんの塩むすびについて話してくれたときの言葉のひとつひとつが胸に迫り、圭一さんの後姿が闇に呑まれた後も、動くことができなかった。

好きだった。純粋な初恋とは違ったかもしれない。どうしようもなく生きづらかった私達は、今いる場所から逃げ出す仲間が欲しくて、手を取り合っただけだったのかもしれない。でもちゃんと、私なりに精一杯で、圭一さんを好きだった。

しばらくして暗闇の向こうから、調子はずれな鼻歌が近付いてくる。慌てて目許を手で拭った。

ぶかぶかのレザージャケットを着込んでアイスキャンディーを舐める麦ちゃんと、背中に藪さんをおぶった墨田君が現れた。

「もう、この寒いのに、そんなもの食べて……。ごめんね、墨田君、ジャケットまで貸してもらっちゃって」

「いや、それは全然いいんですけど……」

墨田君は、何か言いたそうに言葉を濁した。墨田君が言葉に詰まるところを見るなんて、初めてのことだった。

「俺、どう言ったらいいか、わかんないですけど……あの人、俺みたいないかつい恰好の奴らを掻き分けて、真っ直ぐに俺に向かってきたんです。俺が麦さんと桐子さんに二股を掛けてると思ったみたいで、『本気じゃないなら手を引いてくれ、桐子を傷つけないでくれ』って」

「ごめんね、迷惑かけて」

墨田君は首を横に振った。墨田君のTシャツの衿もとは、強い力で引っ張られたように、よじれて伸びていた。

「俺と麦さん、調子に乗って面白おかしくネタにしてましたけど——あの人、ほんとは桐子さんのこと、どっかでちゃんと——」

言いかけた墨田君のおでこを、麦ちゃんが酔っぱらいならではの乱暴さで叩く。

「馬鹿墨田！　余計なことは言わなくていいんだよ！」

「だって麦さん……」

「別れた男は糞《くそ》野郎、終わった恋は最低の恋。それでいいの！　その方がいいの！　はい、この話は終わり！」

まだ納得がいかなそうな墨田君は、鼻につけたピアスに指を引っかけられ、強引に店の中に連れて行かれた。

入れ替わるようにして匙田さんが、頭を傾けて引き戸の鴨居をくぐる。

「帰っちゃうんですか」

おう、と呟くと、匙田さんは私から目を逸らした。いつものダウンジャケットの背中は、闇に溶けてすぐに見えなくなった。匙田さんが、私と圭一さんの話をどこまで聞いていたのか、何を思ったのかはわからない。だけど今までにないよそよそしさを感じた。

後片付けを終え、墨田君と、まだ足許がおぼつかない麦ちゃんと一緒に店を出た。三人で川沿いの道を歩き、星川駅から電車に乗るという二人と、いつもの橋の前で別れた。川の向こうにあるみぎわ荘の最上階、六〇二号室には、すでに灯りが灯っていた。

いつもはあたたかな玉子色の灯りが、なぜだか今夜は冷たく、無機質にさえ感じられた。

第六話　きのこづくしのハンバーグプレート

十月も半ばになると風もすっかり秋めいて、こんなによく晴れた日でも、ベランダに出ると肌寒さを感じる。物干し竿に掛けたシーツが風に吹かれてずり落ちていたので、皺を伸ばして吊るし直した。

サンダルを脱いで部屋に戻ると、小さな座卓で宿題に取り組んでいた祥太郎君が、深い溜息と共にシャープペンシルを手放す。

「そんなに難問なの？」

「桐子、ちょっと手伝ってくれる？」

即座に「無理です」と言いたかったけれど、さすがに大人の沽券《こけん》にかかわる。おそるおそる祥太郎君の手許を覗き込むと、可愛らしいイラストが描かれたプリントは、算数や国語の問題とは違うようだった。

「宿題じゃないの？」

「だったら桐子に頼まないよ」

ひどい言われようだけど、反論できない。

「今度学校で二分の一成人式があるんだけど、そのときに配る文集の原稿を仕上げなきゃいけないんだ」

そんな行事は私の時代にはなかったけれど、書きかけのプリントに懐かしさを感じるのは、学生時代に流行《はや》ったプロフィール帳のページに似ているからだろう。名前、血液型、誕生日などを記入する欄の他に、様々な質問事項が書かれている。

「馬鹿らしいと思わない？『尊敬する人』までは許せるとして、『面白いと思う人』とか『親友』とか『学校生活で楽しかったことベストスリー』とかさ。誰が知りたいんだよ」

「祥太郎君のことを好きな女の子とか」

「そういうのはいいから」

にべもない。祥太郎君は苛立たしげにシャープペンシルの消しゴムキャップをノックし、「もう面倒臭いから、桐子の名前を貸してよ」などと言う。

「でも、そういうのって同じ学校の子の名前を書くものなんじゃない？」

「嫌なの？」

「嫌っていうか、昔からお祖母ちゃんに、お金と名前だけは貸しちゃだめだって言われてて……」

　と私が口ごもっている隙に、祥太郎君は『面白いと思う人』と『親友』の欄にさっさと私の名前を記入する。ちなみに『尊敬する人』の欄は空白のままだったけど、それについては深く考えないことにした。

「せっかくの記念の文集なのに、嘘なんか書いちゃ駄目だよ」

「完全な嘘ってわけじゃないよ。今から本当にすればいい」

「どういうこと？」

「桐子って親友いないんでしょ？」

「……従妹は親友に入りますか」

「従妹は親戚だし、バナナはおやつに入らないよ」

　じゃあ、いない。うなだれる私に、祥太郎君は筆記用具をペンケースにしまいながら、さらりと言う。

「じゃあ、今日から俺が親友になってあげるよ」

「それって、宣言してなるものなの？」

　それに、十歳になったばかりの小学生の祥太郎君と二十八歳の私では、年が離れすぎている。

「友情に年の差なんて関係ないんじゃない？」

年下とは思えぬ大人びた口調で言うと、祥太郎君はプリントをしまう。台所から南瓜が煮える甘い香りがしてきたので、私はそのまま昼食の支度に戻った。

このところ、二人の休みが重なる土曜日は、こうして一緒に昼食をとるのが定番になっている。きっかけは、アパートに程近い川辺公園の市営図書館が書庫整理のために休館になったことだ。毎週土曜日は、夕方までそこで勉強するのが祥太郎君の習慣だったらしい。無駄足になったのが癪《しゃく》なのでついでに引っ越し祝い、と言ってコンビニでクリーム大福を買って訪ねてきた祥太郎君にお茶を出すと「ついでに勉強していってもいい？」とたずねられた。断る理由もないので頷くと、次の週もその次の週も祥太郎君は手土産と共にやって来て、いつのまにか一緒に過ごすことが当たり前になった。祥太郎君が塾の模試で来られない日があると、私の方が暇を持て余してしまうくらいだ。

小さな座卓に二人で向かい合い、「いただきます」と手を合わせる。

祥太郎君は、煮豆を器用にひと粒だけ箸でつまみ、「学校の先生って想像力に欠けてるよね。なんであんなことを書かせるんだろう」と首をひねる。

「桐子が自分の親友の欄に俺の名前を書いたとして、あとで文集が完成してから俺のページを開いた時に、親友の欄に他の名前が書いてあるのを見たら、ショックを受けるんじゃないのかな」

確かにそうだ。私の小学生時代は、そういった期待と失望の繰り返しだった。暗澹《あんたん》とした気持ちで頷く。

「今の時代のことはわからないけど、学校の先生って、ちょっとデリカシーに欠けるときがあるよね。『好きな人同士でグループを作ってください』とか『ペアになってストレッチ』とか」

「確かにね。うちは母子家庭だから、父の日とか父兄参観の話になると、過剰なくらい気を遣ってくるんだけどね。あれってマニュアルなのかな」

「こっちは向こうが思うほど気にしてないのにね」

そういえば、早くに父を亡くした私と、幼いころに両親が離婚し春江さんと藪さんと三人で暮らしている祥太郎君は、境遇的にはよく似ている。

「なんか俺達、親友としては順調だね」

祥太郎君が澄ました顔で言うので笑ってしまった。だけど、本当にそうかもしれない。

昼食の後片付けを済ませて乾いたシーツを取り込み、日が傾きかけたのを見はからって、祥太郎君と共にアパートを出る。

「祥太郎君、来週のお昼ご飯、何かリクエストはある？」

「きのこ料理以外」

「好き嫌いは良くないよ」

今日のなめこのお味噌汁も、祥太郎君は「具は入れないで」と言い張り、汁だけをすすっていた。

「あんなふうにぬめぬめした得体の知れない菌類を体内に取り込むなんて、どうかしてるよ」

「なめこは体にいいんだよ」

「桐子、きのこはね、ダイエット食材の代表と呼ばれるくらいカロリーが低いんだ。主な栄養素は食物繊維だから、牛蒡や人参、干しいちじくなんかで補えば十分なんだよ」

相変わらず口では完敗だ。並んで川沿いの遊歩道を歩いていると、橋の向こうから匙田さんが歩いてくる。思わず肩に力が入る。祥太郎君はそんな私に、怪訝そうに眉を寄せた。

「よう、色男。別居中の人妻の部屋に入り浸るたぁ、ずいぶん大胆じゃねぇか」

「そういう大人の無神経なからかいが、思春期の子供が心を閉ざす原因になるんだよ」

「そいつは失敬」

匙田さんは苦笑いで肩をすくめ、ちらりと私を見た。

「私達、親友になったんですよ」

冗談めかして言ってみる。匙田さんはすぐに目を逸らし、「よかったじゃねぇか」と祥太郎君の頭を乱暴に掻き回した。

ここのところ、いつもこうだ。圭一さんがやぶへびをたずねてきた夜以来、匙田さんの態度が私に対してだけ素っ気ない気がする。いつものように大きな歩幅で先を行く後姿を、祥太郎君と並んで追いかける。

「桐子、どうかした？」

祥太郎君が私の顔を覗き込む。なんでもない、と微笑んで首を振った。

郵便局の隣にあるコンビニを通り過ぎたとき、背後から、軽快なベルの音がした。

振り返ると祥太郎君のお母さんの春江さんが、スーツ姿で自転車にまたがっている。

「おう、今日は随分早いじゃねぇか」

「ずっと売れ残ってたマンションが片付いたんだよね！」

明るい栗《くり》色の髪を掻き上げて、春江さんは顔いっぱいで笑う。

「ごめんねー、桐子ちゃん。いつもショータの面倒押し付けちゃって」

「いえ、そんな……」

「面倒見てるのは俺の方だよ」

祥太郎君の柔らかそうな頬を、春江さんは綺麗にネイルを施した指先でつまんだ。

「チビのくせに、口ばっかり達者になっちゃってさ。桐子ちゃん、こいつが生意気言ったら、いつでもひっぱたいていいからね」

「うるさいな。そっちこそ、さっさと自転車から降りなよ。スカートがずり上がって見苦しいよ」

ペダルに片足をかけている春江さんのタイトスカートからは、ストッキングを穿いた太腿が剝き出しになっている。

「やだやだ。こいつ最近口うるさくてさ、化粧が濃いとか服が派手だとか、小言ばっかり言うんだから。それよりさ、見てこれ！　お客さんに貰ったんだ！」

春江さんが自転車の籠から取り出したのは、レジ袋に入った新聞紙の包みだった。

祥太郎君がうんざりしたように溜息をつく。

「また食べ物を貰ってきたの？　恥ずかしいから、あんまり物欲しそうにしないでよ」

「うるさいなぁ。あんた、持ちつ持たれつって言葉を知らないの？」

「一方的にもたれかかってるだけじゃないか」

「まぁね。我が家は地域の皆さんのご厚意と、匙田さんのおかげでまわってるようなもんだからね！」

「笑いごとじゃないよ」

からっと笑う春江さんに、祥太郎君はいつもながらに辛辣だ。

春江さんが働く不動産会社の社長と毘田さんは古い付き合いらしく、働き口がなくて困っていた春江さんに会社を紹介したのは、毘田さんなのだという。

「ほんと、毘田さんには足を向けて寝られないわ。私がみぎわ荘の担当になって、思うように売れなくて困ってたら、ポンとキャッシュで買ってくれてさ。あの頃は全然ノルマをこなせなくて、クビ寸前だったんだから」

長い間の謎、なぜ毘田さんがみぎわ荘を選んだのか、についての答えが、あっさりと解明されてしまった。拍子抜けする私の傍で毘田さんは、

「いいんだよ、こちとら金を使う予定もない独《ひと》り者《もん》だ。少なくともあそこにいりゃあ、死体になっても腐る前に誰かが様子を見に来るだろう」

と縁起でもないことを言い、春江さんから受け取った新聞紙を広げる。ふわっと山の香りが漂った。私の顔を覆うほどの大きさの、立派な舞茸だった。

「旬だねえ。鶏と人参で甘辛く炒め煮にして、白飯にでも混ぜ込むか」

「……俺、今日は夕飯要らない」

すたすたと早歩きで先に行く祥太郎君の背中を見て、私達は三人で噴き出した。

「あいつ、きのこが食べられないところだけは父親にそっくりなんだよね」

どきっとした。普段は豪快な春江さんが、一瞬だけ、別人のように儚《はかな》げに見えた。

「他にはひとつも似たところが無いんだけどね！」

いつもの調子で言うと、春江さんは自転車のペダルに片足を掛け、反対側の足でアスファルトを蹴って祥太郎君を追いかける。

春江さんと祥太郎君のお父さんの離婚理由について、詳しいことはわからない。それでも、かなりの修羅場があったことだけは聞いている。

でも、さっきの春江さんの愛おしげに細められた瞳は、息子である祥太郎君を通して、ここにはいない誰かを見ているようでもあった。

なんとなく、見てはいけないものを目にしてしまった気がした。

「くっつくときは紙切れ一枚だが、離れるときはそうもいかねぇからなぁ」

私より一歩前を歩く彪田さんが、ふたりを眺めながら独り言のように呟く。それが春江さんに向けられたものなのか、私と圭一さんも含めてのことなのか、たずねることはできなかった。橙色の道路に延びる彪田さんの影を踏みながら、ただ黙って歩いた。店に着くまで、彪田さんは、やっぱり一度も私を振り返らなかった。

❖❖❖

次の週の土曜日。私と祥太郎君は、とある場所の入り口に佇んでいた。カラフルにデコレーションされた入場ゲート、鳴り響く賑やかな音楽、足取りも軽く通り過ぎてゆくカップルや、親子連れ。

「まさか、祥太郎君が来たかった場所って、ここなの……？」

半信半疑で呟く私のはるか頭上を、乗客を乗せたジェットコースターが悲鳴と轟音《ごうおん》とともに通り過ぎて行った。

「そうだよ。俺だって子供だからね」

祥太郎君は顔色ひとつ変えず、全くらしからぬ台詞を口にする。

桜木町駅から徒歩数分の場所にある、巨大な観覧車が目印の都市型立体遊園地。

確かにまだ十歳だし、休日に遊園地で遊びたいというのは、別におかしな言動ではないけれど――祥太郎君が絶叫マシーンやメリーゴーランドに乗ってはしゃぐ姿など、想像がつかない。

今日の祥太郎君は、アパートのドアを開けて出迎えた瞬間から様子がおかしかった。たまには外に出掛けよう、と言われ、公園にでも行くのだろうと気軽に家を出てきたけれど、まさか目的地が遊園地だったなんて。

祥太郎君は迷いのない足取りで奥へと突き進み、名物の観覧車やダイビングコースターには目もくれず、野外ステージの前で立ち止まる。横長のベンチがステージを囲むように配置されており、前方の列には、荷物を抱えた中年男性が何人か座っている。

家族に席とりでも言いつけられたのだろうか。

ステージ周辺には、遊園地のオリジナルキャラクターらしきヒーローのポスターが貼られ、ショーの時間帯が書かれている。一回三十分のショーが、二時間置きに五回。本日の一回目のショーは二十分後に始まるようだ。

一番後ろの席に座り、祥太郎君は鞄から算数の書き込み式の問題集を取り出す。

「祥太郎君、何も乗らないの？」

「乗らない。桐子は、何か気になるものがあれば乗ってきたら？」

そうは言われても絶叫マシーンは苦手だし、カップルにまぎれてひとりで観覧車の列に並ぶほどの図太さは持ち合わせていない。

「いいよ。もともと、乗り物は得意じゃないから」

「……ありがとう。正直、助かる」

よかったら読む？　と言って、祥太郎君は私に文庫本を差し出した。

「桐子が退屈するかもしれないと思って、持ってきた」

遊園地に持参するものとしてはおかしい気がしたけれど、ありがたく受け取った。最近話題になったミステリー小説だったけど、この特殊な状況下では、全く頭に入ってこない。

ショーの時間が近付くにつれ、徐々に人が集まってくる。ステージにヒーローが登場すると、子供達の歓声が上がった。開始二十分ほどでヒーローは悪役のパンチに倒れ、絶体絶命のピンチに陥る。ステージに膝をついたヒーローが観客に向かい「みんな、俺に力を分けてくれ！　みんなの応援が必要なんだ！」と訴えると、子供達の目は使命感に燃え、口々に「頑張れ！」「負けるな！」と拳を振り上げる。

横にいる祥太郎君を盗み見ると、いつもと変わらぬクールな表情でステージを眺めていた。

ショーが終わり、観客がいなくなると、祥太郎君は膝の上の問題集に目を落としたまま、私にたずねた。

「桐子、最近、康さんが店に顔を出さなくなったことに気付いてた？」

康さんとは、商店街の魚屋の二代目で、水曜日には必ずやぶへびに来る常連さんだ。

「そういえば先週も今週も来なかったね。体調でも悪いのかな」

「大丈夫だよ、母さんにプロポーズして振られただけだから」

「……それは、大丈夫とは言えないんじゃない？」

「金物屋の國さんが『男は九回振られてからが本当の勝負だ』なんて慰めてたから、そのうち立ち直ると思うんだけど」

「そんな、野球じゃないんだから……」

「でも一回断られたくらいで簡単に引き下がるような奴には、正直言って任せられないよね」

普段は春江さんに対して辛辣なことばかり言う祥太郎君を知っているからこそ、つい頬がほころんでしまう。即座に横目で睨まれたので、慌てて顔を引き締めた。

「祥太郎君は、春江さんの再婚に賛成なの？」

私の問いかけに、祥太郎君は膝の上に広げていた問題集を閉じた。短い沈黙のあと、賢そうな瞳で私を見上げる。

「桐子、俺の父親のこと、誰かから聞いてる？」

「そんなには……」

春江さんも藪さんも口にしないし、その話題については、暗黙の了解でタブーになっている。

「はっきり言って、クズなんだよね。悪党ではないんだけど、生来のだらしなさのせいでズルズルなし崩しに悪い方向に行っちゃったタイプの、クズなんだよね」

……なし崩しのクズ。やけに語呂の良いフレーズを口の中で反復してみたものの、次の言葉が出てこなかった。

「実は、昨日久しぶりに会ったんだ。離婚してから音信不通だったくせに、校門のところで俺を待ち伏せしててさ」

「そうなの？　春江さんはそのこと……」

「知らない。誰にも言ってない」

そんな大切な話を、私だけの胸に留めておいてよいのだろうか。祥太郎君は私の心を見透かすように、「二人だけの秘密だから」と釘を刺す。

「俺と桐子、親友だよね」

「……祥太郎君、ずるいよ」

「親友の秘密は、たとえ拷問されても他人には絶対にもらしてはいけないんだよ」

そんな鉄の掟《おきて》は聞いたことがない。困り果てる私の隣で、祥太郎君は、ベンチからはみ出した細い脚をぶらぶらと揺らした。彼らしくない、子供じみた仕草だった。

「母さんがプロポーズされた話を聞きつけて、慌てて町に帰って来たらしいんだ。商店街の人達の間では、まだ振られたところまでは噂が広がってないみたいでさ。初めは母さんの職場に押しかけて門前払いに遭って、俺に泣きつきに来たんだ。子供の口から『もう一度親子三人で暮らしたい』って言わせて、復縁しようって魂胆なんだよ。馬鹿だよね。離婚のときに、俺には勝手に会いに来ないって、母さんと約束したはずなのに」

「それは……ちゃんと、春江さんに報告するべきだよ」

「言えないよ。あいつが約束を破ったことを知ったら、母さんが傷つく。母さん、あいつのことがまだ好きなんだ」

確かに、先週春江さんが祥太郎君のお父さんのことを口にしたときの表情には、隠しきれない愛おしさが滲んでいた。

「要するに、母さんは俺のために離婚したんだよ」

「そんな……だからって祥太郎君が自分を責める必要なんか」

「なんで俺が自分を責めるの？　あいつ、クズだよ。むしろ母さんがあいつと縁を切れたのは、俺のおかげだって自負してるよ」

惚れ惚れするほどの鋼《はがね》の精神力だ。でも口では強気なことを言いながら、祥太郎君の横顔は心細げだった。

「でも母さんは、まだあいつを待ってるんだ。あいつがいつか変わるって信じてる。俺とじいちゃんの手前、復縁なんてありえないって顔をしてるけど、何年でも何十年でも、あいつがまともな人間に変わるのを待ってると思う」

「祥太郎君は……？　お父さんは変わると思う？」

祥太郎君は口をつぐむと、それきり、誰もいないステージを見つめた。自分の中の答えを探しているようでもあった。

しばらくして二回目のショーが始まる。可愛らしいアシスタントの女性が、先程と同じ段取りでショーを鑑賞中の注意事項を伝える中、祥太郎君は急に口を開いた。

「今日、ここであいつと待ち合わせなんだ」

「え？　こ、ここで⁉　いいの、私がいて」

「うん。どうせ来ないから」

ますますもってわけがわからない。祥太郎君は背筋を伸ばしてステージを見つめている。舞台の袖からヒーローが飛び出し、歓声が上がる。

「ここ、六年前、俺が置き去りにされた場所なんだ。誕生日はここでヒーローショーを観るって約束しててさ。母さんは毎日休みなく必死に働いてたから、無職だったあいつと一緒に来たんだ。だけどあいつ、俺をベンチに座らせてすぐ、いなくなっちゃったんだよね。父ちゃんすぐ戻るから、良い子で待ってろって言って。だからずっと待った。係の人に聞かれても名前も言わなかった。『知らない奴に話しかけられてもついてっちゃだめだぞ』って言われてたから」

今よりもずっと小さな祥太郎君が、ひとりベンチに座ってヒーローショーを見つめている様子が目に浮かんだ。

「結局さ、閉園間際に仕事を終えた母さんが迎えに来て――あいつに何度連絡しても繋がらなくて、心配で遊園地に駆けつけて、俺を見つけたんだ」

「お父さんは――」

「パチンコ」

六年前というと、まだ四歳。小学校に上がる前のことだ。そんな小さな子を置き去りにしてパチンコなんて、信じられない。言葉を失う私を見て、祥太郎君は「仕方ないよ、病気みたいなものだから」と肩をすくめた。

「この前学校にあいつが会いに来たとき、ここに迎えに来いよって言ったんだ。『あの日、俺に待ってろって言った場所でずっと待ってるから、迎えに来いよ』って。そしたら、母さんを説得してやってもいいよって」

わぁっと悲鳴が上がる。ヒーローが悪役の攻撃で倒れたのだ。

「あいつはきっと、この場所も、俺を置き去りにしたことも覚えてない。だから絶対ここには来ない。何十年待ったって、あいつは変わったりしない」

一度目と同じ流れでショーが進み、子供達の声援で力を取り戻したヒーローが、決め台詞と共に舞台の中央でポーズを取る。

「俺はもう待たない。『頑張れ』も言わない。あの日、この場所で、何回も同じショーを見ながら決めたんだ。ステージの下でいくらヒーローを呼んだって、応援したって、現実は変わらない。だったら俺は自分で戦う」

膝の上に置かれた問題集と、使い込んだシャープペンシル。いつもたくさんの本が詰め込まれた斜め掛けの鞄。

目を輝かせてショーに見入る子供達と祥太郎君の背格好は、それほど変わらない。だけどすでに自分の戦い方を見つけた祥太郎君の目は、遠い一点だけを真っ直ぐに見つめていた。パーカーのフードから伸びる細い首筋が、私の目にはとても凛々しく、頼もしく見えた。

『待たない』という言葉は、紛れもない本心だと思う。でも無駄なことを嫌う祥太郎君が、一パーセントも信じる気持ちがないままに、こんなところに来るだろうか。

来てほしいのか、ほしくないのか、私にもよくわからなかった。ただ、膝の上に置かれた祥太郎君の拳に、いつのまにか自分の手を重ねていた。

祥太郎君は振り払わなかった。まるで気付いていないような素知らぬふりをしていた。だから私も、手のひらに伝わるかすかな震えには気が付かないふりをした。

結局、最後のショーが終わるまで、私達はそこにいた。お昼御飯を食べ損ねてしまった。閉園のアナウンスを背に歩き出しながら、私達のお腹はぺこぺこだった。

「祥太郎君、何が食べたい？」

電車の中で尋ねると、祥太郎君は、たっぷりひと駅分考えてから、とても意外な言葉を口にした。

❖❖❖

私の部屋のドアに背中を預け、匙田さんは煙草を吸っていた。

「すみません、お店の方は大丈夫でしたか？」

「今日は春江さんが定時で上がるって言ってたしな。まぁ、なんとか二人で回すだろうよ」

乗り継ぎ駅で電車を待つ間、スマートフォンからやぶへびに電話を掛けた。受話器をとったのは匙田さんで、なんとか藪さんには気づかれないように、とお願いして抜けて来てもらったのだ。

春江さんには祥太郎君がメールを送り、今日の夕食は私と遊園地の傍で食べる、と伝えたらしい。嘘をついたのは心苦しいけれど、こればかりは仕方がない。

部屋に入ってすぐ、祥太郎君はベッドに背中を預けてうたた寝を始めた。ずっと気が張っていたのだろう。小さな体にブランケットをかけて台所に戻ると、匙田さんはすでに調理に取り掛かっていた。バターとベーコンの脂が溶け合う香りに、空っぽの胃がぎゅっと縮む。

「私は何をすればいいですか？」

「そこのエノキダケをみじん切りにして、玉葱のボウルに入れてくれ」

指示通り大量のエノキダケをみじん切りにし、すでに切られている玉葱と合わせる。

匙田さんはフライパンで炒めた具材を炊飯器に入れ、固形コンソメを溶かしたスープを注いでいる。相変わらずひとつひとつの作業は丁寧なのに、動きに無駄が無い。シンクに戻ってきたフライパンは木べらで綺麗にさらわれ、米粒ひとつ残っていない。

匙田さんに鍋や調味料の置き場所を聞かれ、その都度指さしたり戸棚を開けたりしながら、二人で調理を進める。今まで数え切れないほど一緒に料理をしてきたのに、場所が自宅の台所に変わっただけで妙に気恥ずかしく、ぎごちなくなってしまう。それでも、いつもの厨房の四分の一程の狭いスペースで肩を寄せ合っているためか、最近の気まずい距離感が、ほんの少し縮まった気がした。

「わりぃな、好き勝手に使っちまって」

「無理を言って来てもらったのは、私の方ですから」

祥太郎君のリクエストに自分だけでは応えられる自信がなく、つい匙田さんにすがってしまった。ハンバーグを成形する私の横で、匙田さんは揚げ物用の鍋に油を満たしながら、とぼけた声を出す。

「しかし、祥坊とあんたが遊園地だって？　一体どういう風の吹きまわしかねぇ」

両手に叩きつけるようにして空気を抜いていた肉ダネが、力加減を間違えて無残にひしゃげた。

「あの、祥太郎君が、たまには外の空気を吸うのも気分転換になるからって、私を連れ出してくれて――」

「あいつの父親が嚙んでるんだろ」

下手糞な言い訳を見抜かれ、ぐうの音も出ない。

「三日ばかり前だったかな。配達に来た酒屋の親父《おやじ》が、店の前でうろちょろしてるあいつを見かけたらしくてよ」

押し黙る私の横で、匙田さんは手際良くフライを揚げていく。

しばらくは、油が跳ねる音と古い換気扇が回る音だけが聞こえていた。私も洗ったばかりのフライパンを火にかける。成形し終えたハンバーグを並べると、じゅうっと派手な音がした。

気をつけないと腕が触れてしまいそうな距離で、意を決して口を開く。

「私、祥太郎君と約束したんです。誰にも言わないって。だから匙田さんも、藪さんと春江さんには――」

「俺がベラベラ触れまわるような男に見えるかい」

「……ごめんなさい」

言わずもがなのことを口にしてしまった。俯く私を見て、匙田さんは喉の奥で小さく笑った。

炊飯器が保温に切り替わるのを待つ間、インスタントコーヒーを淹れる。自分用のマグと、祥太郎君がいつも使っている小ぶりのマグ。キッチンに立ったまま、並んでコーヒーに口をつけた。匙田さんは、窓辺に飾った多肉植物の寄せ植えを珍しそうに眺めていた。

炊飯器の蒸気口からは、バターの甘い香りが漂っている。初めてやぶへびに迎え入れてもらった日に、スープの鍋から漂ってきた香りに似ている。ずっと聞けずにいた言葉が素直に口からこぼれたのは、そのせいかもしれない。

「匙田さん。どうしてあの夜、私に料理を作るように言ったんですか」

匙田さんは寄せ植えに目を向けたまま、しばらく黙っていた。コーヒーを飲み干すと、静かにシンクにカップを置く。

「あの男には、口であれこれ言うより、あんたが作ったものを食わせた方が早いと思ったからさ」

素っ気なく言いながら、匙田さんは自分が使ったマグを丁寧に洗う。シンクに水が落ちる音を聞きながら、あの夜、鼻に汗をにじませて雑炊を食べていた圭一さんの姿を思い浮かべる。

「……私の気持ちは、ちゃんと、伝わったと思います」

「だろうな。まぁ、また塩辛いの何のとおかしなことを言いやがったら、店から叩き出してやろうとも思ってたけどよ」

水道の蛇口をひねり、匙田さんは笑った。私だけに向けられる笑顔を見たのは久しぶりで、自分でも大げさに感じるくらい、ほっとした。

「もうひとつ聞いてもいいですか。どうしてあの夜、ひとりだけ先に帰っちゃったんですか?」

「……別にわけなんかありゃしねぇよ」

「でも私、ここのところ、ずっと匙田さんに避けられてるような気がして……何か、気に障ることでもしてしまったのかと」

匙田さんは、うたた寝をする祥太郎君をちらっと見てから、極《き》まりが悪そうにうなじを掻いた。

「見抜かれちまったか。あんたの亭主の顔を目の当たりにしたせいか、あれからどうも落ち着かなくてよ。いっつも俺にくっついて歩いて、俺が作った飯をうまそうに食ってるあんたが、やっぱり人の奥さんだったって気付いちまったもんでよ。どう接したらいいか、わからなくなったんだよな。今更だけどよ」

「犬か猫かとでも思ってたんですか」

憮然とする私に、匙田さんは「わりぃわりぃ」と歯を見せる。それから、目を細めてじっと私を見た。

「あの夜のあんた、普段は俺達に見せない顔をしてたな」

「……そうですか？」

「言葉や態度のはしばしに、あいつと一緒に暮らしてた気配がふっと香ってよ。自分でもよくわからねぇが、妙にうろたえちまった。あいつの顔も、あいつと一緒にいるあんたの顔も、あんまり見たくなかったのかもしれねぇな」

「……ちょっと、どんなふうに受け止めたらいいのか、わからないです」

「だから言ってるだろうが、俺にだってわからねぇって」

匙田さんはいつもより乱暴な口調で言うと、私の視線を避けるように顔を逸らした。同じタイミングで、炊飯器から炊き上がりを知らせるメロディが流れる。ベッドにもたれかかっていた祥太郎君が、はっとしたように身を起こした。

寝ぼけまなこをパーカーの袖でこすってから、不審そうに私を見つめる。

「桐子、なんでニヤニヤしてるの？」

「そ、そう？　別にいつも通りだけど」

祥太郎君は今度は匙田さんを睨み「何か変なことでもしたんじゃないだろうね」と子供らしからぬことを言う。

「馬鹿野郎、今更そんな脂っ気が残ってるかよ。第一、もし何かあったとしても『親友』のお前にあれこれ口を出される筋合いじゃねぇよ」

「親友、は一時的な措置であって、俺は基本的に男女の友情は成立しないと思ってるから」

「はーん、なるほどな。初恋食堂、てわけかい。そいつは、邪魔して悪かったな」

匙田さんが茶化すように言う。

「え？　えっ？　邪魔って、何がですか？」

「桐子って、本当に馬鹿だよね」

ひどい。わけがわからず座卓を布巾で拭いていると、匙田さんが、ほんわりと湯気のたつ平皿を持って来る。途端に祥太郎君の表情が曇った。

本日のテーマは、きのこづくし。

メインディッシュはエノキハンバーグのデミソース風、付け合わせはエリンギのフライ、タルタルソース添え。マッシュルームとベーコンのピラフは、小さな山形に盛りつけられている。

「おめぇの希望通りだ。祥坊、遠慮はいらねえ、たらふく食いな」

きのこ嫌いな彼からの、きのこづくしのリクエスト。私としては、正体が無いくらいにみじん切りにした椎茸をハンバーグやミートソースに混ぜ込んだり、カレーなど香りの強いメニューに紛れ込まそうかと思ったけれど、匙田さんが提案した献立はあまりにも容赦がなかった。こうして実際にプレートを前にすると、やりすぎではないだろうか、という不安が頭をもたげる。

祥太郎君は一瞬怯んだものの、すぐに凛々しい顔つきに戻り「いただきます」と手を合わせた。まずは、タルタルソースがかかったエリンギのフライにフォークを刺す。軸を輪切りにして揚げたもので、一見すると帆立フライのように見えるものの、味はきのこそのものなので、一番難易度が高いはずだ。

案の定祥太郎君は、すぐに口を押さえた。指の隙間から、えずくような音が漏れている。

「大丈夫⁉　お水、いる？」

祥太郎君は強く首を振る。どうしたらいいかわからずにうろたえていると、匙田さんが、すっと立ち上がった。

「ちょいと煙草を吸わせてくれや。灰皿忘れちまったから、空き缶持ってきてくれねぇか」

スリッパ借りるぜ、と言うと、そのままベランダに出て行ってしまう。使ったばかりのトマトの水煮缶を手に、慌てて後を追った。

「匙田さん、これでいいですか」

半分開けた窓から空き缶を差し出した瞬間、煙草をくわえた匙田さんにいきなり腕を摑まれた。力強く引き寄せられ、靴下のままベランダに引っ張り出されてしまう。不意のことに身をすくませる私に、匙田さんは覆いかぶさるようにして、サッシに手を掛けた。窓を閉める乾いた音が、耳の裏側から聞こえた。

匙田さんのシャツのボタンが目の前に迫り、いつも吸っている煙草の、燻《いぶ》した枯葉のような匂いがした。

匙田さんは、素っ気なく私から体を離すと、ベランダの手摺によりかかった。

「振り向かないでやりな。あんたには見られたくねぇだろうから」

匙田さんのライターの音を合図にしたかのように、背後から、かすかな嗚咽が聞こえる。ガラス越しでわかりにくいけれど、確かに祥太郎君の声だった。

「小さくても、ちゃんと男だよなぁ、あいつは」

振り向いてサッシに掛けたくなる手を、強く握り締める。代わりに、匙田さんと同じようにベランダの手摺に体を預けた。

私の親友は、嫌いなものを無理に食べるくらいのことでは涙を流したりしない。

『きのこづくし』と口にした祥太郎君の真意に、今更になって気付いた。

「おいおい、あんたもかい」

「玉葱のみじん切りが目に滲みただけです」

「切ったのは俺だがな」

毘田さんが吐く煙の向こうからは、川べりの草むらで鳴く虫の声が聞こえる。そこに祥太郎君のかすかな嗚咽が混ざり、あの日の春江さんの声が重なる。

『あいつ、きのこが食べられないところだけは父親にそっくりなんだよね』

祥太郎君が決別しようとしているものは、子供じみた偏食などではなく、もっと大きなものだった。

私と毘田さんの体がすっかり冷え切った頃に部屋に戻ると、祥太郎君のプレートは綺麗に空になっていた。

「ご馳走さま。おいしかった」

祥太郎君の目は赤かったけど、いつもと同じ、凛々しい顔つきに戻っていた。

ふたりが帰ってから、冷たくなったハンバーグプレートに箸をつける。エノキダケのみじん切りをたっぷり練り込んだハンバーグは、冷めているはずなのに、箸を入れると意外なほど柔らかかった。エノキが肉汁を吸っているためか、豆腐ハンバーグのような素っ気なさはなく、嚙み締めるほどに旨味が口の中に広がる。低カロリーで見た目にもボリュームがあり、胃もたれもしない。

バックパックから仕事用のメモ帳を取り出し、ペンを走らせる。挽肉にエノキを混ぜ込むアイディアは、みぎわ荘の食事にも応用ができそうだ。

『みじん切りのエノキ、挽肉料理』と書き込んでから、ハンバーグ以外に、ミートソースや麻婆豆腐《マーボーどうふ》、担々麺にも応用できそうだと気付き、思いつくままに走り書きを重ねる。

夜遅く、圭一さんからメッセージが届いた。クローゼットに残ったままの私の衣類やアクセサリーを、義姉であるみどりさんに譲ってもかまわないか、という内容だった。

返事を打とうとして、随分前に私が送りそびれたメッセージがテキストボックスに残っていることに気付く。『好きな男でもできたのか』という質問に対し、『そんなわけない』と打ち込んだものだった。

矢印のキーを押して文字を消し、新しい返事を考える。

だけどなぜだか頭に浮かぶのは、ベランダで私のサンダルを履いていた毘田さんの浅黒い足だ。つま先立ち健康スリッパでも履いているかのように飛び出した踵は、日が経ったフランスパンの表面のように乾いていて、歯が立たないほどに堅そうだった。

ふいに胸がキュッと軋《きし》み、戸惑う。いつか麦ちゃんが話してくれた、初恋の味。歯を立てると口の中がキュッとすぼまるほど酸っぱく、だからこそ、あとから広がる甘さが癖になる、おばあちゃんのすももの味——。そんなことを思い出してしまうのは、窓越しの夜空に浮かぶ満月が、収穫を待つ果実のように、淡く紅色がかっているせいかもしれない。

❖❖❖

遊園地に行った日から、早くも一週間が過ぎた。

土曜日だというのに、祥太郎君達四年生は登校日だ。例の二分の一成人式、というものが体育館で行われるらしく、私も招待状を貰った。

「不審者みたいな恰好で来ないで」と祥太郎君に言われたので、きちんと化粧をして、いつものカラーグラスではなく黒縁眼鏡を掛けた。膝下丈のニットのワンピースの上に、古着屋で買ったジャケットを羽織る。サイズは大きいけれど、くたっとした生地感が気に入っているものだ。

小学校の校門を抜け、人の流れに沿って体育館に向かう。入り口には折り畳み式の長机が設置されており、教師らしき女性が受付をしていた。ポケットから出した招待状を見せて名前を告げると、女性は名簿らしきものを辿《たど》ってから、あちらへどうぞ、と昇降口を指し示す。

受付でもらったポリ袋に脱いだスニーカーを入れながら、最近の小学校はセキュリティが厳重なのよ、と春江さんが肩をすくめていたことを思い出す。以前参観日に保護者用のパスカードを忘れ、慌てて家に取りに戻った、とも言っていた。

確かに面倒ではあるけれど、こんなご時世だからその方が安心かもしれない。そんなことを思ったときだった。

「だから父親だって言ってるだろうが！」

古びたスカジャンを着た男性が、受付の女性に向かって声を荒らげていた。

「すみません、式に出られるには保護者用の〝あんぜんカード〟か、招待状をお持ちじゃないと――」

「親が子供の式に出られないっておかしいだろ？　ちょっとは融通をきかせろよ！」

机から身をのり出して凄《すご》む彼の顔に、息を呑んだ。広い額や鼻の形が、祥太郎君にそっくりだった。

「もしかして、藪内祥太郎君のお父さんですか？」

スニーカーを履き直すのももどかしく、行儀悪く踵を踏みつけたまま走り寄る。

「私、祥太郎君の友達です。ええと、居酒屋やぶへびで……春江さんと、藪さんにもいつもお世話になってます」

藪さん、と言った瞬間、彼の顔が忌々しそうに歪んだ。それでもすぐに頬を緩め、一見人懐こそうな笑顔を作る。

「あ、店の常連さん？　ショータがいつもお世話になってます。いやぁ、あいつにこんな綺麗な友達がいるなんて知らなかったなぁ」

そう言って、私の顔から足の先までを舐めるように見た。

「あいつ、今日のこと俺には一言も言ってなくて。ひどいでしょう？　一丁前に照れてんのかな？　俺も昔は、参観日に親が来るのが恥ずかしかったもんなぁ」

軽薄な笑い方も、大らかそうに見えて卑屈に私の顔色をうかがう様子も、落ち着きなく始終黒目が定まらない様子も、私の凛々しい親友とは似ても似つかない。それでも顔立ちや体つきは、残酷なほどにそっくりだ。

「――帰ってください」

緊張で口の中がからからだった。それでもちゃんと、きっぱりとした声を出せた。

彼の顔が強張り、途端に私を威圧するような態度に変わる。

「父親の俺が、なんで他人のアンタにそんなことを言われなきゃいけないの？」

ぐっと顔を近付けられ、腰が引ける。不揃いな歯並びの隙間から、強いアルコールの臭いがした。

「確かに私は他人ですけど……祥太郎君と過ごした時間は、父親のあなたよりも、ずっと短いかもしれないけど――」

手のひらの汗を吸った招待状を握り締める。指先の冷たさとは反対に、頰は熱く火照っていて、初めて会ったばかりの人にこれほど腹を立てられることが、自分でも不思議だった。

「でも私、わかってます。祥太郎君が今何をしてほしいか、してほしくないか、あなたよりも、ちゃんとわかってます！　だから帰ってください！」

穏便に済まさなくてはいけない。わかっていながら、声を抑えることができなかった。

彼は呆気にとられたように口を開け、でもすぐに、目尻を吊り上げて私を睨んだ。素早く伸びて来た手に、ジャケットの衿を掴まれそうになる。咄嗟に体を後ろに引くと、背中が何かに当たった。

燻した枯葉のような匂い。振り返ると、匙田さんが立っていた。

「匙田先生……」

彼は顔を引きつらせ、呻《うめ》くように呟いた。匙田さんは今までにないほど険しい顔をしていた。

「こんなところまで出張《でば》ってきやがって、おめぇ、自分の立場がわかってんのか？　祥太郎の代わりに俺が言ってやるよ。おとついきやがれ！」

「でも俺は正真正銘あいつの！」

「父親だったら何だってんだ。赤ん坊をこしらえるだけなら、中学生のガキにだってできるんだよ」

匙田さんに凄まれ、彼は少しずつ萎れていく。

「祥太郎はガキだ。糞生意気で世間知らずで、世の中で一番賢いのは自分だと思っていやがる。大人を食うような一端《いっぱし》な口をきくのも、そのせいだろうな」

いつも私を遣り込める、祥太郎君の利発な口調。それを思い出す私の横で、匙田さんは低い声で、はっきりと言った。

「でもな、あいつはおめぇよりもずっと、大人になろうとしてるんだよ。大事な母ちゃんを守るためにな」

「匙田先生、でも俺、今度こそ本当にちゃんと――」

「これ以上がっかりさせせんじゃねぇ！　二度とあいつの前に顔を見せんな、このトウヘンボク!!」

びりっと空気が震えた。祥太郎君のお父さんは、明らかに気圧《けお》された様子だった。

「あっちの裏門から帰りな」

匙田さんに顎で示され、彼は肩を落として校舎の裏手の方へ歩いて行く。その背中を、匙田さんはしばらく睨んでいた。やがて唸るように溜息をつき、自分の白髪頭を乱暴に搔きむしる。

「おい！　電話の番号は変わってねぇんだろうな」

スカジャンの背中の派手な刺繡《ししゅう》が、ぴたりと止まる。彼は一度こちらを振り向いてから、ぐっと唇を噛み、勢いよく頭を下げた。体を起こしたときに一瞬だけ見えた目許は、真っ赤になっていた。

その表情もやっぱり、あのきのこづくしの夜の祥太郎君に、そっくりだった。

「おいおい、大丈夫かい。小鹿みたいになってるじゃねぇか」

今頃になって膝が震え、立っているのがやっとだった。へっぴり腰で、匙田さんのダウンジャケットの肘につかまる。

「すみません、腕、お貸りします……」

「構わねぇが、あべこべだな。ジジイに介護されてるようじゃ、せっかくの別嬪が形《かた》無《な》しだぜ」

校舎と体育館を繋ぐ渡り廊下を、教師に先導された子供達が歩いている。列のなかほどにいた祥太郎君は、匙田さんにすがりつくようにして昇降口に向かう私を見て眉を寄せた。不機嫌そうではあったけれど、とりあえず、お父さんと鉢合わせをせずに済んでよかった。

「匙田さん、藪さんは……？」

式が始まるまで時間が無い。春江さんは職場から真っ直ぐ学校に向かうと言っていたけど、藪さんは匙田さんと一緒に来るものだと思っていた。

「出掛けに藪さんが階段から足を踏み外しちまってよ」

「大丈夫なんですか⁉」

「ちょっと脚の骨にひびがいっただけで、たいしたこっちゃないさ。まぁ、しばらくは入院かもしれねぇが」

「じゃあ、お店の方も当分……」

言いかけた私の声は、甲高いブレーキ音で遮られる。息を乱した春江さんが、自転車から降りて駆けて来る。

「間に合った⁉　まだ始まってない⁉」

凄い形相で私達に詰め寄る春江さんのタイトスカートは、自転車で激走したためか、右太腿のあたりがチャイナドレスのスリットのように無残に破けていた。

❖❖❖

他の子供達の感動的な作文とは対照的に、祥太郎君の作文は拍子抜けするくらいあっさりとしたものだった。それでも凜々しく前を向いてお辞儀をする姿に、春江さんも私も涙をこらえられなかった。匙田さんは私達の横で、半分呆れたような顔をしていた。

式が終わってすぐ、四人で病院へ向かった。藪さんは足首の骨折、全治二ヶ月ということで、細い足に嵌められたギプスが痛々しかった。それでも気落ちした様子はなく、式に出られなかったからここで作文を読んでくれ、と祥太郎君に頼み込み「いやに決まってるだろ」と一蹴されていた。

「藪さん、聞くほどのもんじゃねぇぞ。教科書のお手本をそっくりそのまま書き写したようなもんだ。味も素っ気もありゃしねぇ」

「うるさいな。『僕の目標はまずは東大に現役合格、のちに一流企業に就職し、悠々自適な人生を送ることです』とでも言えばよかったの？　俺だって、やろうと思えば空気くらい読めるんだよ」

最近は保健室登校をやめ、〝そこそこ〟クラスメイトと打ち解けるようになったという祥太郎君は、もっともらしいことを言う。

毘田さんは「そいつは失敬」と少し寂しげに笑うと、「空気ばっかり読んでると、つまらねぇ大人になっちまうぞ、祥太郎」と呟いた。

毘田さんは、もう祥太郎君を、祥坊とは呼ばない。変わったのは多分、きのこづくしの夜からだと思う。

病院では家族の面会時間は午後八時まで、それ以外の面会者については六時までと決まっているらしく、私と毘田さんは一足早く病室を出た。

相変わらず歩くのが速い匙田さんを小走りで追いかけていると、整形外科のスタッフセンターから、看護服姿の女性が飛び出して来る。

「匙田さん！　久しぶりじゃない」

年齢は私の母と同じくらいだろうか。意志の強そうな濃い眉と、右の目尻の艶やかな泣き黒子《ぼくろ》が印象的だった。

「ちょっと、随分痩せたんじゃない？　ちゃんと食べてるの？」

匙田さんは首を傾げて目を細めたのち、ようやく思い出したように声をあげた。

「おう。あんた、整形外科に異動になったのかい」

「嘘でしょ、忘れてたの？　ひどいわぁ、昔は毎日顔を突き合わせてたっていうのに、たった二年でこれじゃあね」

「しばらく見ない間に別嬪さんになっちまったんで、気付かなかっただけだろ」

「馬鹿ね。衰えるばっかりで、今更育ちはしないわよ」

女性は笑いながら匙田さんの背中を叩いた。その手は離れることなく、ダウンジャケットの生地を掴むように、その場所にとどまっている。

そのとき、自分がどうしてそんな行動に出たのかわからない。ただひとりでに、唇が動いた。

「──譲治さん」

廊下に響いた私の声に、毘田さんと女性が同時に振り返る。

「そろそろ帰りましょう」

そう言って笑顔を作る。自然に振る舞ったつもりだけど、少しぎごちなかったかもしれない。

女性は私と毘田さんを交互に見て、意味ありげな含み笑いをした。毘田さんがぶすっとした顔をする。

「何だい、何か言いたいことでもあんのかい」

「別に。いやになっちゃうわよねぇ、これだから」

そう言って肩をすくめると、さっきよりもずっと強い力で毘田さんの背中をぶち、笑いながら去って行った。

「綺麗な人でしたね」

「そうか？　ジジイ相手に手加減もありゃしねぇ」

「私は、歩いて帰りますけど。……毘田さん、は、どうしますか」

「大した距離じゃねぇし、月でも見ながら夜の散歩と洒落《しゃれ》こむか」

そう言って下りのエレベーターに乗り込みながら、毘田さんは笑いを含んだ横目で私を見た。

「別に何て呼んでくれてもかまわねぇぜ、桐子さん」

俯いて一階のボタンを押す。随分子供じみたことをしてしまった。反省しながら、頭の後ろでひとつにまとめていた髪をほどいた。赤くなったうなじや耳の後ろを、毘田さんに見られるのがいやだった。

病院を出ると、くしゃみがひとつ洩れた。ニットの編み目の隙間から忍び込む夜風が冷たかった。スカートが破けてしまった春江さんにジャケットを貸したのだ。

毘田さんはダウンジャケットを脱ぐと、私の肩にかけた。「一緒に歩いてる女に風邪ひかせたとなっちゃあ、かっこうがつかねぇだろう」と言うので有難くお借りしたけれど、薄いシャツ一枚の毘田さんは、やっぱり寒そうだった。

帷子川に沿って歩きながら、少しだけ圭一さんの話をした。圭一さんとの電話やメッセージでのやりとりは、離婚に向けて、段々と具体的になっていた。

「余計なお世話だろうけどよ、自分が不利になるようなことは言うもんじゃねぇぞ。あんたはどうも、馬鹿正直で素直過ぎるからな。後ろ暗いところなんかひとつだってありゃしないんだから、堂々として、うっかり足許をすくわれないようにな」

「後ろ暗いところ……」

思わず足を止める私に、少し前を歩いていた毘田さんも立ち止まる。

「私、最近、ずっと考えているんです。悪かったのは夫じゃなくて、私の方だったんじゃないかって」

「そりゃあ、あんたの悪い癖だな。道っ端《ぱた》で足を踏んづけられたって、自分の方から『ごめんなさい』って言いそうなもんだから」

「違うんです、そうじゃないんです」

川沿いの道は、古い外灯に淡く照らされているだけで、振り返った毘田さんの表情は見えない。それでも、怪訝そうに首を傾けたのがわかった。

「離れて暮らすようになってから、彼に聞かれたことがあるんです。好きな男ができたのか、って」

そのときの私は、反射的に『そんなわけない』と打ち込んだ。でも結局、送信ボタンを押さなかった。そう打ち明けると、毘田さんは呆れたように肩をすくめた。

「そいつは利口じゃないな。きっぱり否定しないと、痛くもない腹を探られることになるぞ」

「でも――そんなわけない、なんて、もう言えなくて」

いつのまにか、言えなくなっていた。

「私、毘田さんが思っているほど、清廉潔白じゃありません」

圭一さんと離れて暮らし始めてからではなく、もっとずっと前から、私のなかにその気持ちは芽生えていたのかもしれない。あの日、火傷しそうに熱いスープを口に運んだ瞬間から。

「好き……に、なってしまったかもしれません」

唇から白い息がこぼれた。

「私、毘田さんのことを好きになってしまったみたいです」

人気のない川べりに、虫の声だけが響く。毘田さんが口を開くまでの時間が、気が遠くなるほど長く感じられた。

第七話　たっぷり山葵のみぞれ鍋

待ち合わせは、市役所からほど近いレトロな雰囲気の純喫茶だった。ドアを押すと真鍮《しんちゅう》のベルが鳴り、窓際の席に座っていた圭一さんが顔を上げる。最後に会った時よりも、頬にふくらみが戻っていた。

圭一さんがすぐに立ち上がって伝票を摑んだので、そのままふたりで店を出た。圭一さんは一歩後ろに下がり、私の全身を視界におさめるようにして、しばらく見つめていた。

「この前も思ったけど、全然、違う人みたいだね」

「そうかな」

化粧くらいしてくるべきだったろうか。服装も、祖母の手編みのたっぷりとしたセーターにデニム、スニーカーというカジュアルなものだ。もう少し、改まった恰好をするべきだったかもしれない。

「服のことじゃないんだ」

それきり、圭一さんは市役所までの道を、ただ黙って歩いた。

戸籍担当課の筆記机の前で、圭一さんはジャケットの内ポケットから離婚届を出した。保証人欄には、院長と優一さんの名前が記されていた。

「母さんに頼んで桐子を説得してもらおうとしたのに、逆に『男ならきっぱりあきらめなさい』って叱り飛ばされちゃったよ」

そう言って笑いながら、机に設置された朱肉の蓋を開ける。圭一さんの手は震えていて、何度も判を押し損じた。

「ごめん。いやかもしれないけど、手を貸してくれるかな」

判を持つ圭一さんの手に、自分の手を重ねた。私が彼に触れたのも、日向の判を押したのも、それが最後になった。

三年前は素っ気ないながらも「おめでとうございます」と言ってもらったけれど、今回は当然のことながら、何も言われなかった。

市役所の裏手にある銀杏並木はすっかり葉が落ち、金色の絨毯《じゅうたん》がしきつめられていた。

「この前は、突然訪ねて悪かったね」

「体の調子はどう？」

「あれからかなり良くなった。クレソンをあんなふうに使うなんて、僕には思いつかなかったよ」

「胃腸によく効くって本で読んだの。薬膳のメニューにも取り入れられているみたい」

「そうか。おいしかったけど、やけに辛みがあったから、桐子の僕に対する無言の意思表示なのかと思った。絶対に帰るもんか、っていう」

真顔でそんなことを言うので、つい笑ってしまう。

「そんなことしないよ。圭一さん、胃の調子が悪いって言ってたから」

「そうなんだね。ほっとしたよ。帰りの電車で、密かに落ち込んでたんだ」

「もしかして、笑わせようとしてる？」

「少しね。でも半分は本気だよ」

噴き出してしまう私を見て、圭一さんは目を細めた。

「こんなふうに、もっとたくさん話をすればよかったね。こんなことになる前に」

もう笑えなかった。恋しさも愛おしさも、後悔もないはずなのに、胸が潰れたように痛む。

「ひとつだけ、最後に聞きたいことがあるの」

足を止める私を、圭一さんが不思議そうに振り返った。

「私の作る料理、本当にしょっぱかった？」

圭一さんはゆっくりとまばたきをし、それから俯いて首を横に振った。

「じゃあどうして……」

圭一さんは弱々しく微笑んだまま、自分の口から出る言葉と、自分のなかにある感情をひとつずつ答え合わせしてゆくかのように、ゆっくりと話し始めた。

「初めて出会ったときの君は、あの家の客間でおどおどと怯えていて、母の秘書という役割にも、兄のフィアンセという役割にも、まるで馴染んでいないように見えた。その姿を見た時、僕と同じだと思った。あの家の息子として生まれて、でも誰の期待にも応えられなくて、息苦しくてもがいていた自分と、同じだと思った」

銀杏並木を抜けた場所にある小さな公園に入り、私達は並んでベンチに腰を下ろした。

「みんなは君のことを特別に綺麗だって言ったけど、正直に言って、僕にはよくわからなかった。母親が美容外科医で、子供の頃から整った容姿の人ばかり見ていたせいかもしれないけど——ごめん、気に障るよね」

強く首を振った。だから私は圭一さんに惹かれた。この人の、そういうところを好きになった。

「あの家から君を連れ出したいと思った。それをできるのも、君の気持ちを理解できるのも、僕しかいないと思った。君とならずっと一緒にいられると思った」

だけど、と言葉を切って、圭一さんは革靴に貼りついていた銀杏の葉を、そっと振り落とした。

「入籍して、何の気なしにSNSに君の写真を投稿したら、驚くほどフォロワーが増えた。僕と同じだと思っていた君は、本当は、こんなに大勢の人間から称賛される特別な女性だったんだって、初めて気付いた。母さんや兄貴達と同じ、あっち側の人間だったんだ、って」

「圭一さん、それは違うよ」

たまらず口を挟む私に、圭一さんは「わかってる」と呟いた。

「変わったのは君じゃなくて、僕の方だ。それまでは家柄以外のことで褒められたことなんてなかったのに、君を妻にしたことを称賛されて、どんどんフォロワーが増えていって——初めて自分自身の能力を評価された気がして、有頂天だった。でも同時に、君がいなくなったら、僕はどうなるんだろうって不安になった。そもそも君は、どうして僕のような男と結婚したんだろう、おかしいじゃないかって。いつか君が僕のくだらなさに気付いていなくなることが、怖くて仕方なかったんだ。だから、僕がいないと何ひとつできないような君になってほしかった。安心したかったんだ。情けないよな」

それきり圭一さんは口をつぐんだ。公園を行き交う親子連れの姿を見つめているようだった。もしもパズルのピースの繋ぎ方を変えていたら、私達もあの場所で、あんなふうに笑っていただろうか。

ベンチがきしむ音がして、気が付くと圭一さんが私の前に立っていた。

「ごめん。桐子、本当にごめん」

頭を下げる圭一さんに、膝の上に置いた自分の手を握り締める。

「どっちかだけが悪いなんてことはないよ。前に、ある人に言われたの。もっとあなたとちゃんと向き合わなきゃだめだって」

「それは、あの町で知り合った人？」

頷いて立ち上がる。公園を出て、駅に向かって歩いた。

「居酒屋やぶへび、か。いい店だったね。大根の皮のきんぴらなんて、初めて食べたよ。もしかして、だけど……、君をそんなふうに変えたのは——」

圭一さんは、革靴の先から視線を上げて私を見た。

それから思い直したように目を伏せ、「いや、なんでもない」と笑う。

「今日、君が待ち合わせの喫茶店に入って来たときに驚いた。君がそんなに綺麗だなんて知らなかった。もう絶対に無理なんだって、わかった。こんなふうに君を変えてしまう人には、僕は太刀打ちできないよ」

「SNSは、まだ続けてるの?」

圭一さんは、いや、と首を振りかけて、しばらく黙った。それから小さな声で「やめなきゃいけないとは思っている」と呟いた。

もう少し散歩をしてから帰るという圭一さんと、横浜駅の前で別れた。

グリーンのカラーグラスも、黒縁眼鏡も掛けない裸眼の瞳で、チャコールグレーのジャケットを着た圭一さんの背中を見送った。その隣に、フレアスカートを揺らして歩く女性の幻が見えた。ふたりの姿は、雑踏に呑まれすぐに見えなくなった。

私は正式に、三年ぶりに戸土岐桐子に戻った。

❖❖❖

「いくらなんでも、くつろぎ過ぎじゃない?」

離婚届を出して最初の土曜日。私の狭いワンルームアパートは、人口密度が極限まで高まっている。こたつから顔だけ出した麦ちゃんが平然と言う。

「いいじゃん、優雅な休日を満喫してる桐ちゃんとは違って、私達は朝から労働してるんだから。昼休憩くらい、ゆっくり温まらせてよ。それより、お腹空いたんだけど」

「あ、俺、焼きそばでいいですよ」

反対側から顔を出して言うのは墨田君。どうやら、昨日の昼休みにみぎわ荘の休憩室で、駅前のスーパーのチラシの目玉商品『焼きそば、お一家族様三個まで』にマジックでしるしをつけていたのを、しっかり見られていたようだ。

こんなふうに溜まり場になってしまうなんて、職場と家が近いのも考え物だ。ちなみに祥太郎君は、いつもの定位置を麦ちゃんに奪われ、不本意そうにベッドに腰掛けている。

「私は二人のお母さんでもお父さんでもないんだから、お腹が空いてるなら冷蔵庫の中のもので適当に済ませてください」

「だってさ。さぁ行け、墨田」

「ええ、俺ですか」

麦ちゃんにこたつの中で足でも蹴られたのか、墨田君は渋々台所に向かう。戸棚を豪快に開け閉めしてフライパンを出す背中を眺めながら、私もこたつに足を入れ、そっと麦ちゃんに耳打ちする。

「麦ちゃん、墨田君とは上手くいってるみたいだけど……将来のこととか、ちゃんと考えてるの？」

「だから墨田は、彼氏じゃなくてただの繋ぎ。桐ちゃん最近うるさい。うちのママみたい」

鬱陶しがる麦ちゃんの声が聞こえたのか、墨田君はキャベツを洗いながら「桐子さん、俺達のこと反対なんですか？」と全く危機感のない口調できいてくる。

「俺なりにちゃんと考えてるから大丈夫っすよ。五年以内に武道館のステージに立てるようになって、ライブ中にサプライズでプロポーズするのが目標です！」

「墨田君は、サプライズの意味を知ってるのかな」

祥太郎君が私を援護するかのように、「そんな話を聞いたら、従姉としては余計に心配になるよ」と、言いにくいことをはっきりと口にする。頼りになる親友だ。

麦ちゃんはこたつ布団を顎まで引っ張り上げ、フンと鼻を鳴らした。

「桐ちゃんにそんなことを言う資格があるわけ？　タワマンに住んでるセレブな夫を捨てて、七十二歳の爺さんへの片思いに突っ走った挙句、あっさり振られて落ち込んでるくせに」

「振られたっていうか、はぐらかされたっていうか……」

口の中でもごもごと呟く私を、麦ちゃんは「同じことじゃん」と一刀両断する。

そう。結論から言うと、私は振られた。それもさることながら、あの夜からしばらくして、匙田さんは姿を消した。かれこれ一ヶ月もみぎわ荘に帰っておらず、管理人さんの話では、本人から『しばらく留守にする』と電話があったらしい。

「どうして急にいなくなっちゃったんだろう……。やっぱり、私が急にあんなことを言ったから……」

「思い立って、ふらっと旅に出てるんじゃないの？　桐ちゃん、考えすぎ。自意識過剰」

「でもね、今まで友達だと思っていたのに、実はずっといかがわしい目で見られていたって気付いたらやっぱりショックだと思うの。傷ついて人間不信になっちゃったのかもしれない……私にもその気持ち、わかるもん」

　クッションを抱えて呻く私を、麦ちゃんは冷ややかな目で見る。

「馬鹿じゃないの？　潔癖な女子中学生じゃあるまいし、酸いも甘いも嚙み分けたスカしジジイが、そんなことで傷つくわけないでしょ。桐ちゃんみたいな小娘の告白なんか、屁《へ》とも思ってないよ」

「屁……」

　相変わらず容赦がない。

「そもそも桐ちゃん、本気なの？　いや、正気なの？　なんでこんなことになっちゃったわけ？」

「なんでって言われても……」

「どのみち桐ちゃんはやり方が悪いよ。『好きです付き合ってください！』なんて、中学生じゃないんだから。お互い大人なんだから、言葉よりもまず既成事実に誘い込まないと」

「でもあの時点では離婚が決まってなかったし、そもそもあと半年は再婚できないし、さすがに婚姻届を持って迫るとかは、無理だよ」

「誰がそんなことしろって言った？　あのね、既成事実っていうのは……まぁ、いいや」

麦ちゃんはちらりと祥太郎君に目をやると口をつぐんだ。祥太郎君は、麦ちゃんと墨田君の背中に交互に視線を投げると「お兄さんとお姉さんは、まさにそんな感じですね」と軽蔑したように言う。

「どういう意味よ！　桐ちゃん、なんなのこの子」

「まぁまぁ麦さん、ほんとのことじゃないですか」

墨田君はあっけらかんと認めると、豪快にフライパンを煽りながら、体を斜めにして私を振り返る。

「でも桐子さんて、見かけによらずパンクですよね。ストーカー、モラモラ旦那の次が匙田さん、て相当ブッ飛んでますよ」

「桐ちゃんの場合はねー、それ以外の男どもが、ろくでもなさすぎたからね」

「俺の友達《ツレ》にも、歴代彼女がメンヘラばっかの奴とかいるから、そういうのを引き寄せるオーラがあるんでしょうかね」

麦ちゃんは起き上がると、こたつの上の蜜柑籠を引き寄せながら「というよりも、桐ちゃんは道端に咲いたカサブランカだったんだよ」と、わけのわからないことを言う。

「花屋じゃないと買えないカサブランカがその辺に生えてたら、みんな我先にと毟《むし》るじゃん。そういうことだよ。ちゃんと綺麗にディスプレイされて、高い値段で売られてたら、選ばれた人間だけに買われて大切にされるはずなのにさ」

そういえば、結婚して着飾って歩くようになってからは、危険な目に遭うことが極端に減った。薬指の指輪のおかげだと思い込んでいたけれど、麦ちゃんの説も一理あるかもしれない。

「でもね、最近は素顔に普段着で過ごしているけど、変な人に声を掛けられたり後を尾《つ》けられたりしなくなったの。どうしてかな？」

麦ちゃんはちょっと意地の悪い顔で「桐ちゃんもなんだかんだ言って、もうすぐ三十歳だからね。流石《さすが》の美貌にも衰えが見えてきたんじゃないの？」と笑う。

「ほんとに⁉」

「そこで喜ぶんだ……」

「雑草感出てるかな？」

「出てる出てる、綺麗な雑草って感じ。簡単には引っこ抜けなそうだもん」

うきうきしながら鏡を覗き込む私を、祥太郎君が呆れ顔で見ている。台所からは、焼きそばソースの香りとは違う、もっと甘くて複雑な香りが漂っている。

「できました！」

墨田君がフライパンをこたつまで運んでくる。蓋を開けると白い湯気がこぼれ、甘辛い味噌と濃厚なチーズの匂いがあふれ出す。

「鶏もも肉しかなかったんで、チーズタッカルビ風焼きそばです」

「墨田君、罪深いものを作らないでよ……」

鶏もも肉と大きめに切られた冬キャベツ、粉末ソースに、この香りはきっとコチュジャンとラー油。そして上には、大量のチーズがとろけていた。

「しかも……もしかして、ピザ用チーズ一袋、丸ごと全部使った？」

「冷蔵庫の中のもので適当に、って、俺の好きにしていいってことですよね？」

屈託なく言うと、墨田君はフライパンに直に菜箸を突き入れ、上にかかっているチーズごと焼きそばを摘まみ上げた。そばと絡み合ったチーズが、ピザのＣＭのように長く伸びる。

行儀が悪いことこの上ない。フライパンからそのまま、しかも直箸で、なんて――そう思うのに、私も麦ちゃんも、祥太郎君までもが、墨田君が差し出す箸を引ったくるように取っていた。押しくらまんじゅうをするように肩をぶつけ合い、我先にと箸を伸ばす。悪魔的な魅力を放つ禁断の焼きそばは、ものの十分足らずで四人の胃袋に収まった。

結局、麦ちゃんも墨田君も、休憩時間ぎりぎりまでこたつに居座っていた。

「墨田君、料理は後片付けを終えるまでが料理なんだよ」

「うす、勉強になります！」

私の小言を華麗に受け流し、二人はみぎわ荘へと帰って行った。

墨田君が使ったあとの台所は、悪戯好きの小鬼が五匹ばかり暴れ回ったかのように、惨憺《さんたん》たる有様だった。醬油も胡麻油も、蓋があるものは全て開けっ放し。コチュジャンのチューブは真ん中から押し出され、無残な形にひしゃげている。まな板や包丁、フライパンに至っては、文字通りシンクに放り入れられている。

ガスコンロにこびりついた焼きそばの麵をこそげ取りながら、毘田さんは台所の使い方が綺麗だったな、と思う。トレイに小麦粉やパン粉を開けるときも、手早いのに慎重で中身をこぼすことはなかったし、使ったものはその都度すぐに元の場所に片付けられた。調理器具もシンクにたまることはなく、いつのまにか水切り籠に立てかけられていた。

コンロを磨く手を止め、顔を上げる。換気扇を覆うタイプの古いレンジフードに、匙田さんが頭をぶつけそうになっていたことを思い出す。視線を横に向けると、シャツの袖を肘までまくり上げて洗い物をする姿が目に浮かんだ。

初めて匙田さんを部屋に招いた夜からずっと、この台所が随分と広く、寒々しく感じられてしまう。

気が付くと祥太郎君がすぐそばに立っていた。足音もなく近付き、黒目がちな瞳で私を見上げる様子は、まるで猫のようだ。

「ど、どうしたの？　おやつにする？　昨日一階の三ツ谷さんからもらった塩大福があるから、お茶でも淹れようか」

「帰る」

「え、もう？」

「まだ三時だからひとりで帰れるよ」

玄関でスニーカーを履くと、祥太郎君は、上がり框《かまち》に立つ私を振り返った。私の方が一段高いところにいるのにもかかわらず、初めて会ったときに比べると随分背が伸びたことに気付く。

「前も話したことがあると思うんだけど、俺さ、男女の友情なんて存在しないと思ってるんだよね」

「そうだよね。だから私達こそが、真の男女の友情が存在することを証明するんだよね」

「桐子ってやっぱり馬鹿だよね」

鼻白んだ顔で言うと、祥太郎君は去って行った。相変わらず私の親友の思考回路は謎だ。

❖❖❖

何度でも思い出す。あの夜、川べりの道で冷たい風に吹かれながら、匙田さんは茶化すように言った。

「嬉しがらせるねぇ。ジジイをからかうもんじゃないぜ」

そこで私が気の利いたことでも言っていれば、こんなことにはならなかったのかもしれない。でもそのときは、なにも思いつかなかった。肩にかけてもらったダウンジャケットのおかげで寒くないはずなのに、長い袖の中の指先が震えていた。

匙田さんが歩き出したので、私も黙ってあとに続いた。虫の声と二人の足音、それに加速する自分の鼓動が重なって、何かに追い詰められているような気持ちになった。

「ちょいと座って話そうや」

匙田さんは、かつての私の定位置、古びたベンチの前で立ち止まった。拳ふたつぶんの距離を開け、並んで腰を下ろすと、ニットのスカートごしにも濡れているのかと思うほどに冷たかった。

「吸ってもいいかい」

どうぞ、と消え入るような声で呟くと、毘田さんは胸ポケットから煙草を出した。顔に刻まれた皺が、ライターのオレンジ色の炎に照らされ、すぐに暗闇に消えた。

「初めてあんたに声をかけたのは、この辺だったよな」

まだ一年もたっていないのに、もっとずっと、遠い昔のことのように思えた。

「俺が初めて見かけたときは、寒そうに震えて泣きべそをかきそうなのに、ちょっとでも間合いを詰めたら飛び上がって逃げ出しそうで、野良猫みたいだったよな。今じゃ、すっかり見違えちまった」

「それは全部、毘田さんが――」

「俺は何もしちゃいねぇよ」

ほおずき色の小さな灯りが、毘田さんの顔に近付き、ゆっくりと離れる。暗闇にいるせいか、いつもよりも煙の輪郭がはっきりと見えた。

「いい加減な後輩を怒鳴りつけたのも、おかしな色眼鏡とマスクを取っ払ったのも、わからずやの亭主に三行半《みくだりはん》を突きつけたのも、祥太郎の父親に惚れ惚れするような啖呵を切ったのも、全部あんただろ。そこは間違えちゃぁいけねぇよ」

「でも、もしあの日、毘田さんに声をかけてもらわなかったら、私はきっと……」

気持ちを落ち着かせたくて、深く息を吸った。呼吸が震えるばかりで、うまくはいかなかった。

毘田さんが長い脚を組んだのが、ぼんやりとしたシルエットでわかった。

「桐さん、あんたはまだ、生まれたてだ。たまたますっ転んで、殻が割れたところに俺が居合わせただけさ。生まれたばっかりのひよこが、初めて見たもんを親だと思っちまうようなもんだ。いっときの気の迷いってやつよ」

そうじゃない、と声をあげたいのに、そう言い切る自信が、まだ私の中にはなかった。俯く私に、毘田さんは思いがけないことを言った。

「さっき病院で声を掛けてきたのはな、二年前に俺が手術をしたときの担当看護師だ」

胃癌《いがん》だった、と毘田さんは言う。胃袋の三分の二を切り取ったのだと。

「今は大分元通りの暮らしに戻ったけどな、それでも昔のようにはいかねぇ。切る前と後じゃあ大違いよ。一度に量は食えねぇ、ちまちまゆっくり進めないと腹は下すわ眩暈はするわで、大騒ぎだ」

「じゃあ、食堂でみんなと一緒に食べないのは……」

「大の男が人前で、小鳥の餌みたいにちんまり盛られた飯をゆっくりおっとり食えるかよ。お嬢さんじゃあるまいし。格好が悪くて仕方ねぇ」

「そんな理由で……？」

思ってもみなかった秘密に、肩の力が抜けた。

「棺桶《かんおけ》に片足突っ込んだジジイが、最後に張れるものなんて、意地と見栄《みえ》しかねぇからな」

こんなに近くにいるのに、匙田さんの顔は見えない。それでも私の目には、鼻の頭に皺を寄せて笑う顔がはっきりと浮かんでいた。匙田さんにつられて唇からは笑い声が洩れているのに、胸の内側は薄ら寒くて、あの店で初めて食べたスープの味を思い出していた。

舌の上から喉を滑って、私をまるごと温めてくれた酒粕のミルクスープ。あの味が、無性に恋しかった。

「だから余計に、あんたがうまそうに飯を食ってる顔を見るのが好きだったんだろうな」

無鉄砲な私を思いとどまらせようとする匙田さんの声は、今までで一番優しくて、どっちつかずの私の気持ちは、余計に迷子になってしまう。

煙草が一本燃え尽きるまで、私達は暗い川を見つめていた。先に立ち上がったのは匙田さんで、私はただ黙って後ろを歩いた。

公園の入り口を通り過ぎ、匙田さんは私のアパートの前で足を止めた。

「早く入りな。風邪ひいちまうぜ」

羽織っていたダウンジャケットを返すと、匙田さんは少し躊躇するような素振りを見せてから、袖を通した。

外付けされた階段を上りながら、何度も足を止めて振り返る私に、匙田さんが息を漏らすように苦笑するのがわかった。

ドアを閉めて鍵をかけ、聞こえるはずもないのに、下駄の裏がアスファルトに擦れる音に耳を澄ませた。しばらくドアに背中を預け、それから、たまらなくなって靴を脱ぎ捨て、ベランダではなく、大通りに面した小さな窓を開けた。思い切って身を乗り出すと、橋までの一本道を歩く匙田さんの後姿が、ぼんやりとしたシルエットで見えた。

これ以上何を言っても、困らせるだけだ。ぎゅっと唇を結ぶと、次第に視界がうるんでくる。瞼をこすって目をこらすと、匙田さんの姿は消えていた。本当にふっと、儚く消えていた。

初めから全部、夢だったと思ってしまうほどに。

ひとりきりの夕食を簡単に済ませ、これといって用事もないのに、厚手のカーディガンを羽織ってアパートを出た。みぎわ荘の傍にあるコンビニに入り、見るともなく棚を眺めても、欲しいものなどひとつもなかった。

諦めて帰ろうとしたとき、レジの横に立つ店員の男性の肩越しに、煙草の棚が並んでいるのが目に入った。匙田さんがいつも手にしていたパッケージの番号を伝え、会計を済ませて外に出た。

暗い遊歩道を歩き、ベンチに座って、四角い箱のビニールを剝がした。初めて唇にくわえた煙草は、ほんのかすかに、懐かしい匂いがした。

今まで一度も吸ったことのない煙草に火を点ける勇気もないまま、私は川の向こうに見えるみぎわ荘を眺めた。

最上階の六〇二号室。この町に越してきた日から、何度も眺めてきた部屋の灯りは、もう長いこと消えたままだ。

煙草を口から放し、細く長く息を吐く。唇からこぼれる白い吐息は、匙田さんが吐きだす煙とは違い、あっさりと闇に溶け消えてしまう。

私は失恋したのだろうか。

だとしたら一体、何を失ったのだろう。気持ちを伝える前よりも、今の方がずっと、胸がいっぱいで苦しい。

受け取ってもらえなかった思いは胸に留まり膨らんで、私の溜息を余計に湿らせるだけだった。

❖❖❖

匙田さんが姿を消して二ヶ月が過ぎた。

藪さんは無事に退院し、季節は秋から冬へと変わった。商店街にはクリスマスソングが流れ始め、いろいろなことが変わってゆくのに、私の心だけがまだ、川べりのベンチに置き去りのままだった。

「ごめんねー、折角の休みなのに呼び出しちゃって。こんなときじゃないと、ゆっくり話せないからさ」

フリース素材の部屋着姿の春江さんが、厨房の食器棚からマグカップをふたつ出し、やかんを火に掛ける。

仕事が休みの月曜日、私は久しぶりにやぶへびのカウンター席に座っている。

不動産会社に勤めている春江さんのお休みは水曜日と決まっていて、月曜と土曜が休みの私とは時間が合わない。今日は有給を消化するために午前休を取った、という春江さんは、ヘアバンドですっきりとおでこを出し、お化粧もしていなかった。

「藪さんは、お出かけですか?」

「さっき病院に送ってきたところ。最初はリハビリなんて面倒だってごねてたのにさ、お気に入りの可愛い看護師さんを見つけたみたいで、今じゃ大はりきり。もう一回転んで反対側の足も折っちゃおか、なんて馬鹿なこと言って、ショータに白い目で見られてんの」

春江さんは肩をすくめ、頭上の戸棚を開ける。

「あれっ、コーヒー切らしてる」

取り出した瓶には、小匙半分ほどの黒い粉が残るばかりだった。

「ほうじ茶なら、あっちの引き出しに……」と立ち上がる私を、「桐子ちゃんは今日はお客さんなんだから座ってて!」と手で制する。

春江さんは、それぞれのマグカップにコーヒー用のミルクパウダーだけをスプーンで山盛り三杯も入れた。さらに蜂蜜と、琥珀《こはく》色の液体が入った小瓶を取り出す。

「午後からは会社なんだけど、ちょっぴりならいいよね」

言葉のわりに豪快に瓶の口を傾けると、ラム酒のいい香りが鼻をくすぐった。

「匙田さんがときどき作ってくれる玉子酒もおいしいけどさ、手間がかかるし、洗い物が出るじゃない? それに、私にとって料理がおいしくなる一番のスパイスは、〝かんたん〟ってことなんだよね。もちろん、自分が作るとき限定だけど」

悪戯っぽく言うと、春江さんは厨房を出て私の隣に座った。手渡されたマグカップに、おっかなびっくり口をつける。ラムの香りのするホット・ミルクは、昔どこかのカフェバーで飲んだバター入りのホットカクテルに負けない味がした。

「おいしい……。甘くて、ほっとする」

「でしょ？　すっごく、スパイスが効いてるでしょ？」

得意げに胸を反らして私を笑わせてから、春江さんはカウンターに頬杖をついた。視線の先には、誰もいない厨房がある。

「こんなに長いことお店を閉めてるのは、母さんが死んだとき以来かな」

ぽつりと洩れた呟きは、随分と寂しげだった。

「前に匙田さんから、少しだけ聞きました。奥さんが亡くなって、藪さんが随分落ち込んでいたって」

「そういう言い方をすれば聞こえはいいけど、日がな一日飲んだくれて、くだをまいてただけなんだよね。あの頃私はまだ高校生で、自分のことでも精一杯なのに、母さんは死んじゃうし父さんはそんなだし、もう、どうしたらいいのかわからなくなっちゃって。そんなときに助けてくれたのが、匙田さんだったんだ」

春江さんは昔を懐かしむように、店の入り口に目を向けた。

「店を休んで三ヶ月くらいが経った頃かな。匙田さんが長いバールを肩にかついで、そこからぬっと現れてね。いい加減、開けるか閉めるかどっちかにしやがれ、って父さんに詰め寄ったのよ」

『商売する気がねぇなら、とっとと店をたたんで土地も売っ払って、春ちゃんの花嫁資金にでもしてやれってんだ！』

そう怒鳴りつけると、カウンターにしがみつくようにして酔い潰れている藪さんの鼻先に、担いでいたバールを振り下ろしたのだという。

「『あのときは脳天をかち割られるかと思った』なんて言って、父さんは未だに根に持ってるんだけど、それでようやく目が覚めて、なんとか夜の居酒屋ののれんだけは掛けてお店を開けるようになって――まぁ、飲んだくれは相変わらずで、ちゃんと営業してるとは言い難いけどね」

「そんなことが……」

綺麗に磨き上げられたカウンターには、端の方から中央に向かって、物差し一本分ほどの亀裂が走っている。割れた部分には色味の異なる木片が楔《くさび》のように押し込まれ、丁寧に補修されていた。

春江さんは、その部分を指の先で辿りながら、しんみりと呟く。

「あのときは余裕が無くて気付けなかったけど、きっと匙田さんも辛かったと思うんだよね。だって、自分の子供の体に一生消えない傷をつけるようなものじゃない？」

怪訝な顔になる私を見て、春江さんも意外そうにまばたきをした。

「言ってなかったっけ？　このお店を作ったのは毘田さんなんだよ。私のじいちゃんの代に、一回建て直したの。大工さんじゃなくて、設計の方ね。若い頃は日本中渡り歩いて大きな仕事をしてたみたいで、本当は、こんな小さい店を頼めるような先生じゃないんだけどね。毘田さんも気がいいから、常連のよしみでタダ同然で引き受けてくれたみたい」

「常連、ていうのは……」

「そのときは、まだ昼間の営業だけで、じいちゃんが厨房に立ってたの。それで、母さんが看板娘。聞いたことない？　初恋食堂、て」

カップの底に沈む蜂蜜をスプーンでかき混ぜていた手が、思わず止まってしまう。

春江さんは屈託のない笑顔で話し続けた。

「父さんも最初は食堂のお客さんで、『アタシと毘ちゃんで夏江《なつえ》を取り合ったんだ』なんて言ってたなぁ。毘田さんも母さんも笑って聞いてたけど、どこまで本当なんだか」

いつか毘田さんに、塩むすびの話を聞いたときのことを思い出してしまう。

『男を見る目だけは今ひとつだったけどな』と笑った時の、眉間に刻まれた深い皺。

毘田さんが、あれほど親身になってお店のことや藪さん、春江さんや祥太郎君のことを気に掛けるのは、底なしの優しさや面倒見の良さもあるのだろうけど——でもやはり、それだけではなかったのだ。

「母さんも昔は器量よしで評判だったみたいだけど、匙田さんと父さんと三角関係っていうのは眉唾だよね。だって、どっちを選ぶかなんてわかりきってるじゃない？」

「一概にそうとも言えないと思いますけど……」

流石に藪さんが不憫《ふびん》すぎて言葉を濁す私に、春江さんは「あんなのんべえに気を遣わなくていいって」と顔の前で手を振る。

「だって母さん、散々苦労させられたんだよ？　父さんはあの通り、ちゃらんぽらんなお人好《ひとよ》しだから、ちょっと飲み屋で会っただけの相手に借金を押しつけられたり、もあったらしくてさ。夜も営業するようになったのは、そのせい。だから匙田さんじゃなく父さんを選ぶなんて、趣味悪過ぎ——って、私が言えたことじゃないか」

ふっと春江さんの笑顔が陰る。

どう反応したらいいものかわからずに、私は湯気の立つミルクの表面を見下ろした。

つい先週、魚屋の前で顔を合わせた康さんは「譲治さんは戻って来た？」と気さくに声をかけてくれた。お店を開けるときには尾頭付きの鯛を持って駆け付けるから、とポロシャツの胸を叩いて笑ってくれたけれど、心なしか元気がなかった。

春江さんは一気にミルクを飲み干すと、やおら体ごと私に向き直った。

「桐子ちゃん!!」

「は、はい！」

「まわりくどいのは苦手だから、単刀直入に言うね。今日は聞きたいことがあって来てもらったんだ。――ショータの、二分の一成人式のことなんだけど」

ミルクを口に含んでいたらむせてしまうところだった。うろたえる私を見て、春江さんは、やっぱり、という顔をする。

「この前、外回りの途中にショータのクラスの子のお母さんに会ったんだけどさ。桐子ちゃんのこと、いろいろ聞かれたんだよね。式のとき一緒にいた、もの凄《すご》く綺麗な人は誰？　って。その人が言うには、式の直前に桐子ちゃんと変な男が大修羅場になってた、って」

「も、元彼です！　昔付き合っていた人が、どうしてもやり直したいって、つきまとってきて――！」

春江さんは、ふうん、と鼻を鳴らす。

「桐子ちゃん、旦那さんと結婚して三年って言ってなかった？　結婚前の元彼が、今更復縁を迫りに来るなんて、ちょっとおかしいんじゃない？」

「えぇと、結婚前というか――その人とは、夫と結婚している間もずっと続いていて、その……」

そういうことにしておかないと、辻褄《つじつま》が合わない。苦し紛れに呟く私に、春江さんは大袈裟《おおげさ》に目を丸くした。

「じゃあ、旦那さんと同時進行で不倫してたってこと？　桐子ちゃんて、意外と奔放な女なんだねぇ」

「そっ、そうです、そういう女なんです！　気が多くて移り気で、ふしだらで、どうしようもない女なんですっ」

声を上擦らせて宣言する私をじっと見つめてから、春江さんは噴き出した。くつくつと笑う様子に、頭を抱えてしまう。

「違うんです、本当に、嘘じゃないんです……」

「いいって、もうわかってるんだから」

春江さんはお腹を抱えてひとしきり笑ってから、「嘘をついてくれてありがとう」と呟いた。

「本当、どうしようもない奴だよねぇ。昔から、レジのお金をくすねたり、あちこちに借金してパチンコにつぎこんだり、しまいには店の権利書を持ち出したりしてさ。そのたびにお父さんや匙田さんに迷惑かけて、もうしないから信じてくれって、土下座して泣いて――ショータが生まれて、少しはまともな父親になってくれるんじゃないかって、期待したこともあったけど……結局、こんなことになっちゃって」

春江さんの声が少しずつ小さくなっていく。こんなとき、どんな言葉をかけたらいいものだろうか。マグカップを両手で包みながら、そっと春江さんの様子を窺う。でも予想に反し、春江さんの横顔には悲しみとは正反対の表情が滲んでいた。

はにかんだように伏せた睫毛も、ほころぶ口許も、まるで少女のようだった。呆気にとられる私に気付いてか、春江さんは照れ臭そうに笑った。

「実は、先週あいつから手紙が来たの。家じゃなく、職場宛てにね。電話は着信拒否にしてたし、家に送ったら父さんが受け取ることもあるからって、あいつなりにいろいろ考えたと思うんだよね。読まずに捨てたってよかったんだけど、汚い字で一所懸命、封筒に宛名を書いてあるのを見たら、なんか、ね」

春江さんは、フリース素材のパーカーのポケットから、二つ折りにした茶封筒を取り出した。何度も中身を取り出して読み返したのか、封筒の表面には細かな皺が寄っていた。

「ギャンブルから足を洗って、ちゃんと働き始めたって。今更許してくれるなんて思わないけど、二度と会えないとしても、せめて祥太郎の父親として恥ずかしくない男になる、なんて書いてあってさ。正直、そんな言葉は今までだって何べんも聞いたし、そのたびに裏切られてきたんだけど。でも、あとで確認したら、久しぶりに養育費が振り込まれてたの」

春江さんは早口で呟いてから、はっとしたように表情を引き締めた。

「でも、誤解しないでね！　よりを戻す気なんか全然ないし、だいいち振込だって、いつまで続くかわかったもんじゃないんだから！」

無理に肩肘を張った姿が微笑ましい。頷く私を見て、春江さんはほっとした様子で、祥太郎君のお父さんの職場について話し始めた。今まで誰にも打ち明けられずにいた反動なのか、声が弾んでいた。

「前に働いてたことがある大工の棟梁《とうりょう》のところで、もう一度見習いから始めたみたい。棟梁は昔気質《むかしかたぎ》の厳しい人だから、まさか出戻りを許してくれるなんて思わなかったけど、あいつなりに必死に謝ったのかな。ろくでなしの根性なしだから、昔は一ヶ月と経たずに逃げ出しちゃったんだけどね。せっかく紹介してくれた毘田さんも呆れて、『もう二度とあいつのために頭は下げねぇ』ってカンカンで――」

私の表情の変化に気付いた春江さんが、不思議そうに言葉を止める。

「桐子ちゃん？　どうかした？」

小学校の校庭で、苛立たしげに白髪頭を掻いていた毘田さんの姿が思い浮かんだ。

「すみません、猫舌で……」

苦し紛れに呟き、カップに残ったミルクに息を吹きかける。春江さんは特に不審に思った様子もなく、蜂蜜のついたスプーンを口に含んだ。

「ほんと、自分でも馬鹿みたいだと思うんだけどさ。なんで綺麗サッパリ見限れないのかな。そもそも、なんであんなのに引っ掛かっちゃったんだろ」

「好きになる相手を選べたらいいのにって、思いますよね」

しみじみと呟く私を見て、春江さんは、おや、というように眉を上げる。

「なんだか、すごく実感がこもってるんじゃない？」

「別に、一般論というか、深い意味はないですけど――」

レジ横の電話が鳴ったので、天の助けとばかりに空になったマグカップを持ち、厨房に走る。春江さんはそんな私を笑いながら、身を乗り出して受話器を取った。

「え？　やだ、久しぶり。うん、お父さんは今出かけてるけど――私？　私は、今日は午後から」

同級生か誰かだろうか。流しの蛇口をひねり、スポンジをつかむ。

「うん、そうそう、ちょっと久しぶりにガールズ・トークに花を咲かせてたってわけ」

春江さんは楽しげに笑うと、受話器を離して私の方に突きだした。

「代われ、だって」

「え？」

不思議に思いつつ、泡まみれのスポンジを置いて手を洗う。受け取った受話器を耳に当てると、少し間を置いてから『おう。久しぶりだな』と、懐かしい声がした。

「匙田さん!? どこにいるんですかっ、みんなに心配かけて！」

『大袈裟に騒ぐなよ。どのみち、店は当分開けられないだろうが』

「そうですけど……お店が困らなくても、匙田さんがいないと――」

口ごもっていると、春江さんが「私が困るんだから、早く帰って来て！」などと、私を真似ているらしい作り声で叫ぶので、受話器を取り落としそうになった。

『ん？ わりぃな、よく聞こえなかった。何だって？』

「いっ、いつ帰って来るんですか？」

『いつって――そうだな。長居したってしようがねぇか。あんた、今日は仕事が休みだったよな』

「そうですけど……」

『わりぃが、ちょいと駅まで迎えに来てくれねぇか。荷物が重たくて、どうにも帰りづらくってよ』

新横浜に着いたら電話してくれ、と言い、固定電話の番号らしい数字を私に告げると、匙田さんはぶつりと電話を切った。あまりに一方的だ。複雑な思いで受話器を置く私を見て、春江さんが噴き出す。

「ほんと、男って勝手よね。ちょっと甘い顔を見せると、すぐに俺の女気取りで扱いがぞんざいになるんだから」

「もう、からかわないでください。そういうんじゃないですから」

春江さんはくつくつと笑いながら、「そうなの？」と首を傾ける。

「うちの会社の社長なんか、完全にそう思ってるよ。まぁ、半分は匙田さんのせいでもあるんだけど」

「え？」

アパートの契約をするときに顔を合わせた、高価そうなスーツを着た男性の顔を思い出す。日に焼けた肌は艶々していて、笑った口許からこぼれる歯は陶器のように白く、大きな笑い声や押しが強い雰囲気が、ちょっと苦手だな、と思っていた。

「うちの社長、匙田さんとは古くからの知り合いなの。正確には先代が仕事仲間で、今は二代目なんだけど。子供の頃からいろいろ知られてて、悪さをするたびに拳骨をくらってきたから、今も頭が上がらないらしいのよ。だから私が桐子ちゃんに紹介したアパートも、ほんとは匙田さんが社長に頼んで見つけさせたんだよ。治安が良くて、近所におかしな野郎が住んでいないところ、って」

全然知らなかった。でも一階の三ツ谷さんといい、お隣に住んでいる大学生の優香《ゆうか》ちゃんといい、隣人にはとても恵まれている。

「社長はね、ひと目桐子ちゃんを見たときから狙う気満々で、匙田さんに『愛人を住まわせるなら、もっと見栄えがするオートロックの新築マンションの方がいいんじゃないですか』なんて、かまかけたわけ。勿論、否定されることを見越してね。そしたら毘田さんが、にやっと笑って『手許に置いとかねぇと危なっかしくてな』って」

そのときの毘田さんの笑顔が容易に浮かんだ。俯く私に、春江さんは追い打ちをかけるように続ける。

「商店街の人にも、いろいろ言われてるよ。生き別れだった娘だとか、大昔に泣く泣く別れた運命の恋人の忘れ形見との禁断の恋だとか、昔山で助けた鶴だとか」

「みなさん、どこまで本気なんですか……」

「まぁ、私も含めて、おもしろがった者勝ちだと思ってるから。でも離婚したばっかりの頃って、とにかく変な男が寄って来るから、それくらいでいいんじゃない？　桐子ちゃんにちょっかいを出したら毘田さんが黙ってないって、みんな思い知らされてるわけだから」

「毘田さんて、そんなに恐れられてるんですか」

「今はすっかり丸くなって顔つきも穏やかになったけど、昔はよく、その筋の人に間違われてたよ。結構荒っぽいところもあって、店でチンピラくずれの連中が暴れた時も、襟首つかんで放り出したりしてたもん。だから店の仕入れの手伝いにかこつけて桐子ちゃんを連れ歩いてたのも、牽制《けんせい》みたいな意味があるんじゃないかな。半端な気持ちで手を出したら承知しねぇぞ、っていう」

商店街の人と掛け合うときの、匙田さんの笑顔を思い出す。鼻の頭に皺を寄せ、眉を寄せて笑う顔も。

洗い物なんていいから早く行ってあげて、と背中を押され、私は駅に向かって駆け出した。

さっきまで受話器を押し当てていた熱い耳に、年の瀬の空気の冷たさが心地よかった。

❖
❖
❖

「駅まで迎えに来てくれって——嘘でしょう」

思わず独り言が漏れてしまう。

新横浜駅で教えられた番号に電話をかけると、すぐに電話に出た匙田さんは、まるで身代金の受け渡し場所のやりとりをするかのように列車の時刻と降車場所、乗換方法について指示し、またまた一方的に電話を切った。そこから新幹線で四十分、さらに私鉄に乗り換え二十分。一体私はどこに導かれているのだろうと呆然としながら、車窓の向こうを流れる茶畑も、その向こうにそびえる富士山も、目の前にあるはずなのにガイドブックの写真を眺めているようで、現実感がわかなかった。

見知らぬ駅のホームで降り、古い木造建築の構内を眺める。改札を抜けると、どこか懐かしい風景が広がっていた。緑が多く、高い建物が少ないためか、視線の高さにパノラマの空が広がっている。

ふっと、いつものあの香りがして、顔を横に向けると、久しぶりに見る毘田さんが、ベンチに座って煙草を吸っていた。私の到着には気付いていない様子で、自分が吐き出す煙草の煙の行き先を、ただぼんやりと眺めている。

すぐには声を掛けられなかった。最後に会った時よりも髪が短く刈り込まれ、随分と痩せたように見える。煙草を持つ手は乾いて粉をふいていて、細かい皺が寄った皮膚を盛り上げるように、いく筋もの血管が走っていた。

いつもたくさんの人を気遣って、弱った人には肩を貸して、迷子になっている人には手を差し伸べて——でも、この人自身が疲れ果てた時には、一体誰によりかかるんだろう。そんなことを思った。

「おう、遠路はるばるご苦労さん」

私に気付いた毘田さんが、片手をあげて笑う。

「駅って、新横浜駅じゃないんですか……」

「俺はひとっこともそんなこと、言っちゃあいねぇだろうが」

会ったら絶対文句を言おうと思っていたのに、少し間を空けて隣に座るだけで、胸がいっぱいになった。

「静岡に帰るなら、ひとこと言ってくれたらいいじゃないですか」

「なんだか、急に思い立っちまってよ。藪さんの足の具合はどうだい」

「退院して、今はリハビリを頑張ってます。祥太郎君は相変わらずで、春江さんは……祥太郎君のお父さんがようやくまた働き始めたって、喜んでました」

「そいつはよかったな」

「……とぼけちゃって」

小さく呟くと、髭田さんは俯いて笑った。

「戻ろうが戻るまいが、あいつは腐っても祥太郎の父親だからな」

髭田さんは首をひねり、背後の建物を見上げた。

「なぁ、この駅舎、どう思う」

切符売り場と改札口、待合のベンチがいくつかあるだけの小さな駅だ。外側から見ると、急傾斜の三角屋根に深い緑の瓦が敷き詰められていて、大正モダン、とでもいうのだろうか。私の田舎町にある、寒さを凌《しの》ぐためだけに作られたような武骨な駅とは、まるで違う。

「趣があって、レトロで、素敵だと思いますけど」

「そうか？　あの屋根といい正面の丸窓といい、無駄に洒落気づいてて、鼻につかねぇか？　どうせどっかの芸術家気取りの若造が、あっちこっちの建物の意匠を切り貼りして、猿真似で設計したんだろうな」

「そんな言い方をしなくても……」

「まぁ、四十四年前の俺なんだがよ」

匙田さんはからりと笑ってそう言うと、日が落ち始めた空に煙を吐いた。

「ちょうど俺があんたくらいのときだな。でかい仕事じゃないが、初めてひとりで任された物件でよ。あのときの自分の尻の青さがあっちこっちから透けてて、まともに見ちゃいらんねぇ」

そんなふうにうそぶくわりに、匙田さんは随分と愛おしげに駅舎を眺めていた。

四十四年前の、ペンキが塗りたてだった頃の駅舎と、それを誇らしげに見上げる二十代の匙田さんの姿を思い描く。普段は目に見えない、私と匙田さんが過ごした年月の差。それが今、老朽化した駅舎にかたちを変えて、私に現実を突き付けていた。

来年改築が決まり、年明けから取り壊しが始まるらしい。旧駅舎の解体と、新駅舎の設計を任されたのが、地元で建築設計事務所を営んでいる匙田さんの甥御《おいご》さんなのだという。もともとは匙田さんが設立した小さな事務所を甥御さんが引き継いだもので、事務所の倉庫に当時の手描きの図面が残ってはいたものの劣化が激しく、一度帰って話を聞かせて欲しい、と前々からお願いされていたのだ、と匙田さんは説明する。

「図面が残っちゃいない古い建物をいじることなんざ珍しくもねぇし、甘えんな、って言ってはみたんだけどな」

「じゃあ、ずっと甥御さんのおうちに？」

「それもお互いに気詰まりだし、あいつも嫁さんを貰ったばっかりだしよ。昔馴染みがやってる民宿にな」

「ご飯はどうしてたんですか」

私の質問には答えずに、匙田さんは少し腰を浮かせると、ベンチの脇にある古びた灰皿で煙草の火を揉み消した。

「甥御さんの前でも食べられないんですか？」

「おっかない顔をするんじゃねぇよ。里帰り気分で帰ってみたものの、別件の仕事やら、若いもんの面倒やら、いろいろ押し付けられちまってな。ゆっくり飯を食う時間もなかったのさ」

半分は言い訳、半分は本当なのだろう。

人前で食事をできないことの不便さを、私は身をもって知っている。誰の目にも触れない場所というのは意外に限られているし、独りきりになれる時間も、忙しく働いていれば、なかなか確保できないはずだ。

「胃を切除しているからこそ、なるべく負担を掛けないように、日中もこまめに栄養を摂らなきゃいけないんじゃないですか」

毘田さんがいなくなってから、胃癌や胃切除後の生活について書かれた書籍を探した。他人から立ち入られることを何より嫌う人だとわかっていたけれど、手に取らずにはいられなかった。

「すみません、知ったふうなことを言って。でも、知りたくて——」

やつれた毘田さんを目の当たりにしたせいか、本の中にあったいくつかの不吉な言葉が急に現実感を増し、声が震えた。

「おいおい、なんて顔をしてんだ。俺が泣かしたみてぇじゃねぇか。店で厨房に立ってたときは、味見にかこつけてちょいちょい摘まんでたからな。案外それが体に合ってたんだろうよ」

「そうじゃなくて、もっとちゃんと……！」

もどかしさに声が上擦る。やぶへびで一緒に後片付けをして店を閉めたあとは、川沿いの道を並んで歩き、橋の前で別れるのが、いつのまにか私達の定番になっていた。ときどき振り返って毘田さんの後姿を見つめながら、部屋に戻った毘田さんがひとりきりで遅い食事をするところを、何度も想像した。

臆病で頑なだった私に、気の許せる人達と一緒に食べるご飯のおいしさを思い出させてくれたのは、他ならぬ匙田さんなのに。

「格好が付くか付かないかって、そんなに大事なことですか」

「格好が付かないくらいなら、俺は死んだ方がましなんでね」

匙田さんはおどけた様子で鼻の頭を掻いた。

「こっちに来たのも、つまりは、そういうこったな。あのままあんたと顔を突き合わせてたら、年甲斐もなくみっともねぇことになりそうだったからよ。見ろよ、この傷」

匙田さんはスラックスの裾をめくり上げ、脛を露わにした。

「あの夜、あんたを見送ったあとに、うっかり橋の降り口の階段を踏み外してすっころんじまった。あやうく藪さんと一緒に入院するところだったぜ」

「えっ、大丈夫だったんですか⁉」

「軽くくじいただけで、骨まではいってなかったけどよ。浮かれ気分に足元をすくわれちまった、ってことだな」

あの夜、匙田さんは私の視界から、煙のように消えた。まさか階段から足を踏み外していたなんて、思いもしなかった。

外灯の少ない川べりで、匙田さんの顔まではっきりとは見えなかったけど――落ち着き払って、なんでもなさそうにしていたくせに。

「何だよ。笑いたきゃ笑えよ」

そう言う毘田さんに、こらえきれずに噴き出してしまった。毘田さんは目を細めて、じっと私を見つめてから、ぽつりと呟いた。

「あと五十年早く会えてりゃなぁ」

五十年前、私の母はまだ高校生だ。笑った顔のまま、愉快な気持ちだけが萎れてゆく。こんなに近くにいるのに、手を伸ばせば簡単に触れられるのに、毘田さんを遠く感じる。

「もったいないけどよ、こればっかりはどうしようもねぇな」

「そんな言い方、ずるいです。ちゃんと、迷惑だって言ってください」

毘田さんは新しい煙草に火を点けた。細く吐いた煙が切れ切れに伸びて、冬の乾いた空気に溶けた。

「わりぃな。俺は、昔っから嘘がつけない性分でね」

茜《あかね》色の夕陽《ゆうひ》が、毘田さんの顔に刻まれたたくさんの皺に、いつもよりも深い影を作っていた。この二ヶ月、数えきれないほどについた溜息のなかで、一番深いものが漏れた。俯いて顔を覆う。手のひらが熱かった。

「嘘つきの癖に……」

「聞き捨てならねぇな。俺がいつあんたに嘘をついたってんだ」

やっとのことで絞り出した私の呟きを受け、匙田さんが不機嫌そうな声を出す。

「いつも食堂にご飯を食べに来てくださいって言っても、『そのうちな』って誤魔化すじゃないですか」

「そりゃぁ、まだ『そのうち』が来てないってだけの話だろうよ」

「いつなんですか、『そのうち』って！」

悔し紛れに嚙みつく私の前に、中型のワゴン車が停まる。白い車体の横には『匙田建築設計室』の文字と、スプーンをモチーフにしたようなシンプルなロゴが描かれていた。

「叔父さん！　急にいなくならないでくださいよ」

水色の作業着を着た男性が車から降りて来る。四十代半ばくらいだろうか。細面で背が高いところが、匙田さんによく似ていた。

「おう、世話になったな」

「まだいいじゃないですか！　聞きたい話も教えて欲しいことも、山ほどあるのに」

「夜通し建築オタクのお前の話に付き合わされる身になってみろや。寿命が縮まるぜ」

甥御さんは不満そうながらも、車のトランクからあれこれとお土産を運んでくる。

匙田さんは迷惑そうに顔をしかめた。

「地酒と、お茶の葉と、取れたての山葵も多めに入れておきましたから」

笑顔で紙袋を差し出しながら、甥御さんはそのときになって初めて、匙田さんの体に半分隠されていた私の存在に気付いたようだ。ぎょっとした顔をする。

「あの……？」

「ああ、この人は、俺が住んでる施設の職員さんだ」

甥御さんはややうろたえた様子で、それでも愛想のいい笑顔を作って私に会釈をする。

「すみません、叔父のためにこんなところまで。さすが東京の施設は、至れり尽くせりですね。しかも、こんなに綺麗な方が」

匙田さんが、「余計なことを言うんじゃねぇぞ」というふうに目配せをする。私はベンチから立ち上がり、甥御さんに向かって微笑んだ。

「今日は仕事じゃなくてプライベートですけど」

澄ました顔で言うと、匙田さんが小さく舌打ちをした。甥御さんが怪訝そうに首を傾げる。

「あの、失礼ですが、叔父とはどういう……」

「譲治さんの内縁の妻です」

絶句する甥御さんの傍らで、毘田さんは煙草の煙でむせ込んだ。その様子を見ていたら、ほんの少し溜飲《りゅういん》が下がった。この二ヶ月間、散々悩まされて、今日だってわけもわからず振り回された。これくらいの仕返しは許されると思う。

「そっ、そうだったんですか。初めまして、甥の一也《いちや》といいます。あの、叔父とはいつから……」

「馬鹿野郎、真に受けるんじゃねぇ！　お前、仕事を抜けて来てるんだろう。見送りはいいからさっさと行け！」

うろたえながら自己紹介をする甥御さんの額を、毘田さんがぴしゃりと叩く。

「いや、でもせっかく静岡まで来てくれたんだから、せめてどこかで食事でも——」

「いいんですか？　静岡には、山葵を丸ごと摩り下ろしたお鍋があるって、前に譲治さんから聞いたことがあるんですけど、ずっと食べてみたくて」

「それならうちの妻の得意料理ですよ。よかったら今夜うちで、」

「いい加減にしねぇか！」

毘田さんは盛り上がる私達を一喝すると、ぎろりと私を睨んだ。

「山葵鍋なら、帰ってから作って食わせてやるよ。それでいいだろう」

「え？　じゃあ叔父さん、本当にこの女性と一緒に住んでるんですかっ」

「そんなわけねぇだろう！　おめぇはさっさと仕事に戻りやがれ！」

毘田さんは甥御さんを怒鳴りつけると、私の背中を押し、改札の中へ追い立てる。

「ちょうど上りの電車が来るな。早いとこ帰るぞ」

「でも私、まだ着いたばかりなのに」

ホームに到着したブルーのラインの列車に押し込まれ、後ろを振り返ると、改札の向こうにいる甥御さんは、狐につままれたような顔をしていた。

「全く、本当にあんたは突拍子もねぇな」

「愛人、の方がよかったですか」

「勘弁してくれよ」

「はじめに愛人扱いしたのは、毘田さんじゃないですか」

毘田さんは不可解そうに眉を寄せた。春江さんの会社の社長のことを口にすると、ああ、と頷く。

「あれはな、あの女好きがあからさまに色目を使ってたからよ。何だい、それで腹を立ててるのかい」

「そのことでは怒ってませんけど……そもそも、なんなんですか、一体。私、まだ駅から五歩くらいしか外に出ていないんですけど」

「あんた明日は朝から仕事だろう。こんなド田舎、見るものなんてありゃぁしねぇよ」

「それにしたって……。第一、重たい荷物があるから迎えに来いなんて言って、さっきまで手ぶらだったじゃないですか」

毘田さんは二ヶ月も滞在していたとは思えない身軽さで、さきほど甥御さんに手渡された紙袋を手にしているだけだ。車内は空いていて、私達は四人掛けのボックス席に、向かい合わせに座る。

「この歳で故郷に帰ると、妙に気弱になっちまってよ。こんなに長居するつもりじゃなかったんだが、どうにも腰が上がらなくてな」

ゆっくりと電車が走りだし、景色が流れるとともに、小さな駅が遠ざかる。

「あんたの顔でも拝めば、帰る気になるかもしれねぇと思ってよ」

「……だから、どうしていつもそうやって」

そんなことを言われたら、もう怒るわけにはいかなくなってしまう。車窓の外を眺めるふりをしながら、赤くなった顔を夕陽で隠す。茶畑に沈む太陽は、故郷の家の庭の木に実っていた、熟れたすももと同じ色だった。

エピローグ

「じゃあ桐ちゃん、一也君に会ったのかい」

「藪さんもご存知なんですか？」

「何度かこの店にも来たことがあるよ」

静岡の小さな駅から、とんぼ帰りで横浜に戻ると、やぶへびにはいつもの面々が揃っていた。麦ちゃんと藪さんはお土産の銘酒に飛び付き、下戸の墨田君と祥太郎君はオレンジジュース。春江さんは、あと一時間ほどで帰るという。

匙田さんは紙袋から、たっぷりと葉のついた山葵を取り出し、藪さんの言葉を補足するように言う。

「あいつも年に何べんかは、東京の会社との打ち合わせでこっちに出て来るんだよ。地方の仕事でも、でかい市庁舎なんかを建てるときは大手と連携することが多いからな」

「アタシも初めて会ったときは、若い頃の匙ちゃんにあんまり似てるもんで驚いたけどねぇ。いい男だったでしょ」

確かに、立ち姿や涼しげな目許は、匙田さんによく似ていた。

「まぁ、今は皺だらけの俺にも、あんな時代があったってことよ」

「でもさ、さすが匙ちゃん、決めるときはビシッと決めるねぇ。桐ちゃんを故郷に連れ帰って、たった一人の肉親の甥っ子と引き合わせるって、つまりはそういうことよね」

「馬鹿野郎、そんなんじゃねぇよ。帰りがけにたまたま出くわしたってだけじゃねぇか」

おちょこを片手に冷やかす藪さんに、匙田さんは苦々しげに顔を歪める。

「おい、このもうろくジジイ、脚のボルトと一緒に頭のネジまでとられちまったんじゃねぇか」

匙田さんが助けを求めるように私に視線を投げてきたけれど、そっぽを向いて山葵を手に取る。思ったよりも重みがあり、表面にはいぼのような突起がいくつもついている。まだ瑞々しい葉にそっと顔を近付けてみても、鼻にツンと来る香りはしない。

無言で山葵の葉を洗う私を見て、麦ちゃんが不思議そうに首を傾げる。

「どうしたの、桐ちゃん。ずっと待ってた人が帰って来たわりに、ご機嫌ななめじゃん」

「だって——やっぱり、気持ちがおさまらなくて」

突然姿を消して、みんなに散々心配をかけて、また平気な顔で戻ってくるなんて、どうかしている。

「俺がどこに行って何をしようと、いちいち誰かに了解もらう必要があんのかよ。そういうのが面倒くせぇから俺はひとりでいるんだよ」

「髭田さんがそのつもりでも、他の人は心配してるんですっ。いろいろやきもきさせられて迷惑なんです！」

「あぁ、おっかねぇ。山葵より先にこっちが怒っちまった」

髭田さんはふざけた調子で言いながら、根を落とした山葵の茎をざく切りにする。

私が本気で怒っていることを知っているからこそ、わざと冗談で済ませようとしているのだろう。そんなところが、余計に腹立たしい。

髭田さんは湯通しした山葵の茎に丁寧に塩を揉み込み、密閉容器に移した。山葵の茎や葉に刺激を与え、二時間ほど寝かせて辛みを引き出すことを『怒らせる』というらしい。辛みを増した葉山葵は、お浸しで食べても醤油漬けにしても絶品なのだという。

「桐ちゃん、あきらめなよ。昭和世代のジジイにはね、謝ると作動しちゃう自爆装置が搭載されてるんだから、しょうがないじゃん」

「そうさね、桐ちゃん。そんなに怒ると大根おろしが辛くなっちまうよ」

大根を摩り下ろす手に力が入る私を見て、藪さんがおかしそうに言う。匙田さんは、さすがに極まりが悪そうに山葵の根を取り上げた。陶器のおろし金に円を描くように根を摩りつける手つきを見て、墨田君がストローから口を離して言う。

「もういいじゃないっすか桐子さん。ほら、山葵で『のの字』なんか書いちゃって、なんだか可哀想ですよ」

「うるせぇな、おめェにかわいそがられる筋合いはねぇんだよ。山葵ってのは、こうして円を描いてゆっくりおろさねぇと、辛みが出ねぇんだ。料理人の端くれなら、ちっとは勉強しとけ！」

「痴話喧嘩の八つ当たりはよしてください。それに俺、調理補助は仮の姿で、本業はバンドマンなので」

いつも以上に賑やかな店内で、コンロにかけた土鍋が、ことことと楽しげな音をたてる。頃合いを見て蓋を開けると、ほんわりとした湯気と共に、出汁を吸って柔らかく煮えた鶏もも肉、白菜、豆腐やうどんが顔を覗かせる。

「ちょ、ちょっと待って桐ちゃん！　私には、それを入れる前によそってくれない？」

大根おろしと山葵おろしが入ったボウルを手にする私を見て、麦ちゃんが怯えた声を出す。

「麦さん、寿司《すし》もサビ抜きですもんね」

「桐子、まさか全部入れるつもり？」

さしもの墨田君と祥太郎君も、怖気《おじけ》づいている。

ちらりと匙田さんを見ると、意地悪な顔でにやりと笑い、「入れちまいな」と言う。

思い切りよくボウルの中身を鍋に投入すると、店内に悲鳴があがった。

軽くかき混ぜひと煮立ちさせ、みんなの抗議を笑って受け流している匙田さんに問いかける。

「うどんと、お豆腐だったら大丈夫ですか？」

なるべく消化によさそうな具材を小鉢に取り分けると、匙田さんはぎょっとしたように、「おいっ」と抗議の声を出す。

「ひとりじゃなくて、ここでみんなと食べた方がおいしいって、私に教えてくれたのは匙田さんじゃないですか」

厨房から手を伸ばし、藪さんの隣の空席に小鉢を置く。そうだ、ちょうどこの席だ。私が、この人の作る優しいスープの香りに誘われてスプーンを取ったのは。

「謝らなくてもいいから、少しだけでも食べてください」

匙田さんは、苦虫を嚙み潰したような顔で私を見下ろしている。妙な緊張感が漂うなか、観念したような舌打ちが聞こえた。毘田さんは厨房を出ると乱暴な手付きでカウンター席の椅子を引いた。

「あ、食べた！　私、食べるところ、初めて見た！」

不本意そうにれんげを口に運ぶ毘田さんを見て、麦ちゃんが素っ頓狂な声をあげる。

「うるせぇっ、人を珍獣みたいに言うんじゃねぇ！」

「桐ちゃん、すごいじゃん！　こういうのって、なんて言うんだっけ？　猿も木から落ちる？」

「全然違うよ。強いて言うなら『毘田も毘を取る』だね」

クールに呟く祥太郎君のおでこを、毘田さんはしかめっ面で叩いた。

「そんなにうまいんですか？　桐子さん、俺、大盛りで！」

「私も！」

初めはおっかなびっくりだった麦ちゃんも墨田君も、祥太郎君でさえ、すぐに夢中でれんげを口に運ぶ。白い湯気の向こうで熱々の鍋を頬張るみんなの顔は、あどけなく火照っていた。

子供みたいだな、と思った瞬間、胸のあたりに、じんわりとあたたかいものが滲んだ。思わずシャツの胸許に触れる。だけど、そうじゃない、もっと奥の方だ。

『目でも耳でも鼻でもない。手でも口でもない、他のところ？』

なんだかなぞなぞみたい、と首を傾げるのは、幼い頃の私だ。かつての自分の声に呼び覚まされるようにして、ずっと忘れていた祖母の言葉を——自分には絶対手が届かないものだからと、心の片隅に押しやって、忘れたふりをしていた祖母の言葉を、唐突に思い出す。

あの頃の私には気付けなかった、特別なおいしさを味わうことのできる、もうひとつの秘密の場所——

「どうしたの桐ちゃん、大丈夫？」

立ち尽くす私の顔を、麦ちゃんが心配そうに覗きこむ。私はそっと、胸に当てていた手をお腹の方へと滑らせた。

お昼にホット・ミルクを飲んだきりで、お腹は空っぽだった。でも、その場所よりもほんの少し上の方。悲しいときに締め付けられ、嬉しいときにはそわそわと浮き立つ場所が、あたたかなスープを飲み干した後のような、特別なおいしさで満たされている。

「うまい！　桐子さん、おかわり！」

墨田君が元気よく私に小鉢を突きだした瞬間、私の目から、思いがけずに涙がこぼれ落ちた。みんながぎょっとしたように私に注目する。

「墨田、食べすぎなんだよ！　桐ちゃんのぶんがなくなっちゃうじゃん！」

すかさず墨田君の頭を叩いて小鉢を取り上げる麦ちゃんに、慌てて涙を拭う。

「ごめんね、違うの。大丈夫」

強く擦り過ぎてぼやけた視界に、生まれ育った家の台所と、白い割烹着《かっぽうぎ》をつけた祖母の顔が浮かんだ。

『大人になって、大好きな人のためにご飯を作るようになったら――』

いつかの祖母も、コロッケを頬張る私を見て、このおいしさを味わっていたのだろうか。

食いしん坊の桐子には難しいかもしれないけど、と言ったときの悪戯っぽい笑顔を思い出し、確かにそうだと、笑いがこぼれてしまう。そんな私を、麦ちゃんと墨田君は薄気味悪そうに見ていた。

「桐ちゃん、なんか今日、変だよ。少し休んだら？」

「桐子がおかしいのはいつものことだよ」

「腹が減ると目ん玉から涙が出る仕組みになってるんじゃねぇか？」

意地悪なことを言う祥太郎君と毘田さんを横目で睨むと、二人とも、素知らぬ顔で明後日《あさって》の方を向いた。

藪さんは薄切りにしたカマンベールチーズに山葵醤油を付け、たまらない、というように口をすぼめている。

「やっぱり、チューブの山葵とは段違いだねぇ。酒もうまいし、茶畑はあるし、せっかくだから桐ちゃんと一緒にゆっくり観光でもしてくればよかったじゃないさ」

「馬鹿言うなよ、この人はな、おとなしそうな顔して時々とんでもない嘘を口走ったりするからな。連れて歩くにはあぶなっかしくて仕方ねえ」

どうやら、私が甥御さんに言ったことを根に持っているらしい。

「嘘かどうかなんて、まだわからないじゃないですか。髭田さんが言うみたいに、『そのうち』本当になる可能性だって、」

「あるわけねぇだろ馬鹿野郎!!」

そんなに怒らなくてもいいんじゃないだろうか。

「まぁ、もう当分帰ることはねぇな。何人かは知ってる奴も生きてたが、やれ孫がどうした、ひ孫がどうした、このままじゃおめぇは孤独死だって、マウンティングされっぱなしだったしよ」

「それならなおさら、桐ちゃんを連れて練り歩いて、若い彼女《コレ》だって自慢してやりゃよかったじゃないの。悔しがる奴らの顔が見ものだねぇ。もういっぺん、茶摘みの時期にでも行ってきなさいよ」

細い小指を立てて笑う藪さんに、髭田さんは「下品な真似するんじゃねぇ」と顔をしかめる。

「色ボケジジイ扱いされてみっともねぇだけだ。第一、この人は、そんなふうに見せびらかされるのが一番嫌いなんだよ」

なぁ、と同意を求められ、言葉に詰まる。

確かにそうだ。圭一さんにそうされたことが、私達の夫婦関係が歪むきっかけにもなった。だけどもし匙田さんだったら――

「私――もう一度、一緒に行ってみたいです。匙田さんにだったら、見せびらかされたいです」

店にいる全員の視線が私達に向けられる。

匙田さんは顔をしかめて私を見つめていたけれど、やがて首を前に倒し、眉間を揉むようにつまんだ。

「あらあら匙ちゃん、降参かい?」

「うるせぇ、山葵がつーんと来ただけだ」

「とーんと来た、の間違いじゃないのかい」

「とーんと、って何ですか?」

私の問いかけには答えずに、匙田さんは唐突に立ち上がる。

「おいおい匙ちゃん、逃げるのかい」

「うるせぇな、煙草を吸ってくるだけだ」

「この寒いのに、わざわざ外で吸わなくたっていいじゃないの」

茶化す藪さんを無視して、彪田さんは出口に向かって歩いてゆく。肩越しに振り向き「おい藪さん、余計なこと教えるんじゃねぇぞ」とにらみを利かせると、ぴしゃりと後ろ手に戸を閉めた。

首を傾げる私に、藪さんは、ただにんまりと微笑んでいた。

きみはだれかのどうでもいい人

伊藤朱里

同じ職場で働く年齢も立場も異なる女性たちの目に映る景色を、４人の視点で描く。デビュー作『名前も呼べない』が大きな話題を読んだ太宰治賞作家の勝負作。節操のない社会で働くすべての人へ。迫真の新感覚同僚小説！（解説・島本理生）

9月9日9時9分

一木けい

タイ・バンコクからの帰国子女である漣は、日本の忙しない日常に馴染めずにいた。高校の渡り廊下で出会った先輩に漣の心は一瞬で囚われるが、彼との恋が大切な人を傷つけるものであることに気がついてしまい——(解説・高知東生)

本書のプロフィール

本書は、二〇二〇年二月に第一回「日本おいしい小説大賞」受賞作として小学館より刊行された『七度笑えば、恋の味』を改題し、文庫化したものです。

小学館文庫

初恋食堂《はつこいしょくどう》

著者　古矢永塔子《こやながとうこ》

二〇二四年二月十一日　初版第一刷発行

発行人　庄野　樹

発行所　株式会社　小学館

〒一〇一-八〇〇一

東京都千代田区一ツ橋二-三-一

電話　編集〇三-三二三〇-五六一七

販売〇三-五二八一-三五五五

印刷所――TOPPAN株式会社

ISBN978-4-09-407329-4